GOLDMANN

Buch

Eigentlich wollte Universaldilettant Baltasar Matzbach zusammen mit seiner Gefährtin Jorinde Seyß einige ruhige Tage beim Verköstigen guten Rotweins und ziellosem Herumlungern im Ahrtal verbringen. Doch schon bald kommt ungewollte Bewegung in die scheinbare Idylle: Bei einer kleinen Erkundungsfahrt entdecken die beiden etliche sauber aufgeknüpfte und aufgeschlitzte Hunde, die von diversen Bäumen baumeln. Und Heinrich Genenger, Freund von Matzbach mit Wohnsitz Ahrtal und Spezialist für Sonderbeerdigungen, die auf dem kirchlichen Gottesacker so nicht geduldet werden, berichtet über eine signifikant hohe Sterberate im nahegelegenen Sanatorium. Betroffen sind Männer im mittleren Alter mit dubiosen Todesursachen. Als der Heimatdichter Osiris K., an dessen eher mißglückten Versen sich Matzbach gerade erbaut, selbst als Bestattungsfall in Erscheinung tritt, ist die kriminalistische Ader des Detektivs aus Passion endgültig geweckt. Hat das Ableben etwas mit der umfassenden Verschwörungstheorie zu tun, die der Dichter gerade dabei war zu entwerfen? Der gewichtige Detektiv mit der ausgeprägten Vorliebe für gutes Essen, große Weine und geschliffene Dialoge gerät in einen Fall von bizarrsten Dimensionen.

Autor

Gisbert Haefs, 1950 in Wachtendonk/Niederrhein geboren, lebt und schreibt in Bad Godesberg. Als Übersetzer/Herausgeber zuständig u. a. für die neuen Werkausgaben von Rudyard Kipling und Jorge Luis Borges, als Autor haftbar für Romane und Erzählungen. Einem großen Publikum wurde er durch seine historischen Romane »Hannibal« und »Alexander« (beide bei Haffmans) bekannt.

Außerdem als Goldmann Taschenbuch

Die Schattenschneise (5046)
Mord am Millionenhügel (5613)
Das Triumvirat (5035)

Gisbert Haefs

Matzbachs Nabel

Roman

Goldmann Verlag

Originalausgabe

Umwelthinweis:
Alle bedruckten Materialien dieses Taschenbuches
sind chlorfrei und umweltschonend.
Das Papier enthält Recyclinganteile.

Der Goldmann Verlag
ist ein Unternehmen der Verlagsgruppe Bertelsmann

Umschlaggestaltung: Design Team München
Umschlagmotiv: Guido Pretzl
Satz: Uhl + Massopust, Aalen
Druck: Elsner-Druck, Berlin
Verlagsnummer: 42453
Lektorat: Ulrich Genzler
Herstellung: Heidrun Nawrot
Printed in Germany
ISBN 3-442-42453-4

3 5 7 9 10 8 6 4 2

Alle Personen, Doubles, Wiedergänger, Charaktere und Charakterlose in diesem Roman sind frei erfunden, ebenso viele Örtlichkeiten, Weinqualitäten etc. Jederlei Ähnlichkeit zwischen Dichtung und Wahrheit würde den Autor verblüffen, der sich hiermit nachdrücklich von seinen Protagonisten, ihren Taten und Meinungen distanziert.

»Die Fantasievorstellung... der sich der Krimisüchtige hingibt, ist die einer Heimkehr in den Garten Eden, zurück zu einem Zustand der Schuldlosigkeit, in dem er Liebe als Liebe erfahren kann statt als Das Gesetz. Die treibende Kraft hinter diesem Tagtraum ist das Gefühl von Schuld, deren Ursache dem Träumer nicht bekannt ist...«

Wystan Hugh Auden

Aus: Jakob Grunewald, *Willkürliche Biogramme*, ^{2}1986*

»... wurde Baltasar Matzbach als ›Universaldilettant‹ bezeichnet, der sich in die Gefilde der Kriminalistik verirrt habe. Das Etikett... beklebt einen, der von vielen Dingen zu viel weiß, um sie ernst zu nehmen, zu wenig, um von ihnen ernstgenommen zu werden, und genug, um Experten zu bluffen und Laien zu amüsieren... ein Bekannter mutmaßte auch, B. M. leide (?) an Elephantiasis der Seele. Interessanter sind jedoch andere Aspekte, so... Matzbachs verwegene Verfressenheit; wie zu Zeus Sein Donner und zu Jehovas Sein Zorn gehört zu Baltasar Sein Wanst. Immerhin kann er es sich seit vielen Jahren leisten, Hecht zu essen und zum folgenden Fleischgang einen Grand Cru zu trinken. Er wuchs nach dem Verscheiden seiner Eltern bei Verwandten auf und studierte später Philosophie und Atomphysik. Dabei erfand er etwas für ein Betatron, so kompliziert, daß er es selbst schon längst nicht mehr erklären kann, aber das Patent wird international verwendet und wirft einiges ab; anschließend wandte Matzbach sich der Musik zu und komponierte ein bißchen, darunter einen vollendet schwachsinnigen Schlager, der noch immer läuft und zwei- bis dreimal pro Jahr neu aufgenommen wird, und so schickt ihm die GEMA bisweilen einen freundlichen Scheck. Ein Hauptgewinn im Lotto sorgte 1962 dafür, daß Baltasar aus dem Gröbsten heraus war. Er investierte klug und ergab sich der sinnlosen Bildung, wobei

* Alle Titel erschienen im Verlag für Enzyklopädische Geisteswissenschaften (Edinburgh – Simla – Wachtendonk – Córdoba – Beaune).

er von den exakten zu den diffusen Gebieten überging; so stammt aus seiner Feder ein in Fachkreisen geschätztes Werk über *Monotheistische Strömungen des inselkeltischen Druidentums**. Einige Jahre hielt er sich an der bretonischen Nordküste auf, ehe die touristische Völkerwanderung sie verwüstete, und weilte dort als Mäzen und Manager junger Künstler, Veruntreuer von frühen Touristinnen und Privatdozent für (gegen) Okkultismus. Dabei verfaßte er zwei weitere Standardwerke: *Schamanistische Einflüsse in die Analekten des Konfuzius** und *Sexualpathologische Aspekte der Psychokinese**. Und tat zahllose weitere unsinnige Dinge, die ausnahmslos zu Gold wurden (er habe, behauptete er, in dieser Beziehung etwas durchaus Eselhaftes an sich). Seit Jahren verdient er sich ein regelmäßiges Zubrot mit seinem Kummerkasten *Fragen Sie Frau Griseldis;* außerdem droht irgendwann die Veröffentlichung seines geheimen Hauptwerks, *Der Leichnam in der Weltliteratur*. (Die Mußmaßung, seine detektivischen Aktivitäten seien nur ein Vorwand dafür oder umgekehrt, ist nicht von der Hand zu weisen.) ...«

TEIL I

Nebel

1

»Der Himmel öffnet gähnend blau den Rachen«, sagte Matzbach. Er plumpste aus dem breiten Bett, blinzelte und tastete mit den Zehen nach den sich auflösenden Hanflatschen. »Die Vögel hocken hustend im Geäst.« Er hustete und schlurfte über knarzende Bohlen zur Tür. »Wer möchte da nicht in die Socken machen, und würf ihn auch die Kebse aus dem Nest?«

»Wage es nicht.« Jorindes verschlafenes Gesicht erschien unter den verwickelten Wolldecken, dann auf dem Kissen. Sie richtete sich langsam auf, rutschte zurück, bis ihre bloßen Schulterblätter die Wand berührten, und blickte zum Wekker, der auf dem Rand der alten steinernen Pferdetränke stand. »Erst zehn. Was willst du denn schon draußen?«

Baltasar blieb unter dem Türsturz stehen, kratzte sich das Brusthaar und musterte die Hexe. Langsam breitete sich ein unrasiertes Lächeln über sein Antlitz.

Das Steingebäude war einmal Kapelle gewesen, später Stall, dann Unterkunft für Feldgendarmerie, Geräteschuppen und zuletzt – bis vor etwa drei Jahren – Alterssitz eines hessischen Staatssekretärs, der an die Nordgrenze des feindlichen Auslands Rheinland-Pfalz geflohen war. Aus dem bunten Bleifenster über Bett und Trog – es zeigte einen Seraph mit Flammenschwert, kokett abgespreizten Flügeln und grünstichigen Schwungfedern – rieselte Sommerlicht in mehreren Farbschichten.

Als Jorinde Seyß an der Wand wieder ein wenig hinabrutschte, schob sich ihr langes Mahagonihaar als schimmernde Mütze über den Kopf. Sie hatte den linken Arm zum

Trogrand erhoben und ergriff den Aschenbecher; die rechte Brust lugte über die Wolldecken, und auf dem sahnigen Fleisch knisterte ein von der Schwertspitze des Seraphs geseihtes Brandlicht.

»Mußt du so früh schon grinsen?«

Matzbach schnalzte. »Des Bildes Anmut«, sagte er heiser. »Apart und revolutionär, wiewohl seitenverkehrt. Dein Haar als phrygischer Kopfputz – es fehlt die Fahne.«

Jorinde schloß die Augen. »O Mann.«

»Zutreffend. Und bevor ob deiner Unruh mein Pendel ausschlägt, geh ich lieber ins Aushaus.« Er öffnete die Tür.

»Herzchen.« Jorinde blinzelte. »Aber doch nicht *so*.«

Matzbach blickte an sich hinunter. »Wie?«

»Nackt.«

»Nein?«

»Nein.«

»Doch.«

»Ja?«

»Ich betrachte es nicht als vordringliche Aufgabe, optische Gefährdungen von meinen Mitmenschen abzuwenden. Wer das Risiko eingeht, zu mir hinzusehen, der ist selber schuld.«

»O Mann.«

Matzbach nickte und trat in den Sonnenschein hinaus. Die mobile Bauarbeiter-Toilette – grünes Plastikzeug mit einem aufgemalten roten Herzchen, darüber Wellblech – stand einige Meter rechts der Tür, im Halbschatten des modernen Anbaus. Nach vollzogener Entwässerung watschelte Baltasar zur Viehtränke vor dem alten Hausteil, zog am kreischenden Schwengel der Pumpe, schnitt eine schmerzliche Grimasse und hielt den Kopf unter das kalte Wasser. In einem Anflug von Heroismus klomm er prustend und schnaubend in den Trog und ließ sich zur Gänze überspülen.

Als er den steinernen Behälter verließ und sich schüttelte, bemerkte er die Signalleine, die wahrzunehmen seine Augen vorher nicht imstande gewesen waren: Zwischen der Pumpe und der Antenne des zerbeulten grünen Volvo-Kombi spannten sich drei verknotete Nylonstrümpfe; in einem der Knoten steckte ein zusammengerolltes Stück Papier.

»Auch noch Inkas.« Mit nasser Pfote nestelte er an den Knoten.

»Was?« sagte Jorinde; die Tür war nur angelehnt.

»Post von Atahualpa. Ein Quipu.«

»O Mann.«

Matzbach schlang sich die Nylonstrümpfe um Hals und Schultern. Sonnenstrahlen leckten an den Tropfen auf seiner Haut und in seinem Haar. Er entrollte die Botschaft. WENN DU ZU ENDE GEPOFT HAST, KOMM ZUM GALGENBERG WG. INTERESSANTE LEICHEN – HEINRICH

Baltasar gluckste und ging zurück ins Haus. Jorinde saß noch immer malerisch zu Füßen des Seraph. Sie streckte die Hand aus, nahm den Zettel, las und rümpfte die Nase.

»Hat er wieder wen verbuddelt?«

Matzbach zuckte mit den Schultern. »Macht er doch häufiger; dafür ist er ja Privatbestatter, oder?«

Sie seufzte, legte den Zettel auf den Rand des Trogs, unter den Wecker, und rutschte tiefer zwischen Decken und Laken. »Machst du Kaffee, herrlicher Mann?«

Matzbach blickte abermals an sich hinunter. »Ja. Nun ja.«

Jorinde verfolgte ihn mit ihrem schrägen Lächeln. Er ging zum riesigen Kamin an der rechten Kopfseite des Raums, nahm das Kistchen vom Bord darüber, holte eine Zigarre heraus, steckte sie hinter sein linkes Ohr, klemmte das Streichholzdöschen zwischen die Zähne, nahm den Korb mit Holzscheiten und Tannenzapfen in die linke Hand und wanderte zur anderen Kopfseite, hinter der der moderne Anbau begann. Dort stand ein alter Herd, von dem Röhren zu vier Heizgerippen an den beiden langen Wänden führten. Auf halbem Weg, als er das Fußende des Betts passierte, hielt Jorinde ihn auf.

»Moment, Herzchen«, sagte sie kopfschüttelnd. »So geht das aber nicht.«

Sie kniete, während er sich auf ihre Gesten hin vorbeugte. Sie hauchte ihm einen Kuß auf die Nase und band die drapierten Nylonstrümpfe zu einer Schleife. »Jetzt kannst du Kaffee kochen. Woher stammen übrigens die Strümpfe?«

Matzbach hob die Schultern und nuschelte etwas um die Streichholzdose herum. Er spuckte die Schachtel auf die Herdplatte. »Heinrich nimmt sowas als Briefumschlag, offenbar.«

Die Hexe verdrehte die Augen und rollte sich wieder in die Decken.

Aus den Proviantkartons fischte Baltasar Knäuel aus Zeitungspapier, warf sie in den Herd, streute Tannenzapfen darüber, legte Holz darauf und riß ein Streichholz an. Immer noch unbekleidet ging er wieder zur Pumpe vor dem Haus, füllte die antike Blechkanne mit Wasser, brachte sie pfeifend zum Herd zurück, stellte sie auf die Platte und zündete sich die Zigarre an. Nach ein paar mächtigen Vorfrühstückszügen legte er sie in den mitgebrachten irdenen Aschenbecher zu Häupten der Hexe.

»Willst du dich nicht mal anziehen?« sagte Jorinde.

»Warum? Gefall ich dir nicht mehr?«

»Ein Jegliches hat seine Zeit, o Matzbach. Es ist nicht zu leugnen, daß der Anblick mich gelegentlich erschauern läßt, aber jetzt ist nur Schaudern angesagt.«

Er giggelte schrill und ging zum Kamin, wo auf der Pyramide dickerer Hölzer seine Gewänder ruhten. Nachdem er die helle Leinenhose, die die untere Hälfte seiner 110 Kilo faßte, mit dem Gürtel gesichert hatte, stülpte er ein blaues Frotteehemd über die obere Partie. Das Wasser in der Kanne begann mißtönend zu singen.

Nach Heinrich Genengers Auskünften war auch der Speicher über dem einen großen Raum der ollen Kapolle leer. Herd, Kamin, bunte Fenster, die Heizkörper und die Tröge an der Wand gegenüber der Tür hatten seit Jahren den Raum mit Mäusen und anderen Geschöpfen des Feldes sowie Unrat geteilt. Jorinde Seyß und Baltasar Matzbach, am späten Nachmittag des Vortags zur Erholung angereist, waren vor der Tür mit dem demontierten Bettgestell, Matratzen, Dekken, Brennholz, Tannenzapfen, einem Eimer, mehreren Besen und einem Zettel von Genenger kollidiert – er habe dringend fortgemußt, werde morgens jemanden bestatten und stehe alsdann zur Verfügung; bis dahin wünsche er feines Räumen und seliges Beilager. Dank längerer Telefonate in den letzten Wochen wußten sie, daß der moderne Anbau seit dem Tod des weiland Staatssekretärs versperrt war. Die Unschlüssigkeit der kleinen Landgemeinde hinsichtlich der Gebäude dauerte pietätvoll an.

Das Dorf lag an der Mündung des Adelbachs in die Ahr. Im Zuge der Gebietsreformen war es annektiert worden; es gab jedoch neben Bauern, Winzern, Handwerkern, Krämern und dem Pfarrer immer noch einen Dorfbürgermeister und offenbar auch Zuständigkeit für verwahrloste Gebäude. An der Mündung war das Tal breit genug für Felder und Weiden; die talauf schnell zusammenrückenden Hänge, nach alter Art terrassiert, produzierten mit Hilfe von Sonne, Regen, Wind und Winzern mehrere Weinsorten, über deren Trinkbarkeit Matzbach sich näher informieren wollte.

Auf dem linken Ufer des unbegradigten Bachs schlängelte sich eine vor vielleicht zwanzig Jahren zuletzt nachgebesserte Asphaltstraße talauf. Etwa dreieinhalb Kilometer vom Ortskern, mehr als zwei Kilometer vom letzten Haus entfernt, lag des verstorbenen Staatssekretärs Eremitage auf einer kleinen Kuppe, hundert Meter von der Straße und zweihundert Meter vor dem Beginn des Weinhangs. Der Feldweg – ringsum lag etwas, was Sauerwiese oder verwilderte Weide sein mochte – bestand aus Lehm, Schotter und Löchern.

Einen weiteren Kilometer talauf mündete ein namenloser Minilauf in den Adelbach. Immerhin hatte das Wässerlein in Jahrzehntausenden einen V-Ausschnitt in die Berge gefräst; dort endete der Weinbau, und dort begann das Reich von Heinrich Genenger. Von der verwilderten städtischen Nachkommenschaft eines alten Adelsgeschlechts – man hielt sich nur noch zu bestimmten Gelegenheiten in den Hallen der Vorväter oberhalb des Tales auf und ließ die Gebäude gezielt verfallen – hatte Genenger vor Jahren ein Areal namens Galgenberg »zu Lehen genommen«. Nach alter Überlieferung sollten dort nur Schufte und anderes Kroppzeug verscharrt werden. Genenger, Absolvent mehrerer Universitäten, Dr. phil. (mit Dissertation über Spinoza), hatte seine nutzlosen Philosophiekenntnisse, die ihn im Leben nicht weiterbringen konnten, sinnvoll aufgegeben und sich dem Geschäft des Todes gewidmet, von dem er prächtig lebte, indem er auf seinem Privatfriedhof um teures Geld Snobs bestattete, die nach ausgefallenen, okkulten, finsteren oder obszönen Riten beigesetzt werden wollten und bei bundesdeutschen Friedhofsämtern nicht landen konnten. Matzbach hatte Heinrich Genenger und die ehemalige Studentin der Philosophie, nunmehr Hexe Jorinde Seyß, vor zehn Jahren bei einem Treffen kreativer Ex-Philosophen kennengelernt, die sich als Tierverleiher, Auftragsdichter, Heraldikmodistin, Portraitrice, Computerkomponistin, Beratender Philosoph (mit Praxis in Bonn) sowie eben Privatbestatter und Hexe selbständig gemacht hatten, statt Matzbach in seiner Eigenschaft als Steuerzahler auf der Tasche zu liegen. Es war ein wildes Wochenende in einem verschneiten Haus im Westerwald gewesen, mit Marder und allerlei erotischen Leibesübungen und einem Mord, den Matzbach hatte aufklären können, ehe der Schnee wieder schmolz.

Als das Wasser kochte, schüttete Matzbach vierzehn Löffel Kaffee in die Kanne, die neun Tassen faßte, ließ sie einen Moment auf der Platte stehen, streute eine Prise Salz in das Gesprudel, schlug an der Pfanne, in der zerlassene Margarine zischte, ein Ei auf, warf die Schale ebenfalls in den Kaffee und schob das Blechgefäß dann an den etwas kühleren Herdrand. Aus dem mitgebrachten Proviant folgten fünf weitere Eier, ein paar Scheiben *bacon*, Salz und Pfeffer; dann säbelte er von dem dicken Laib Graubrot, den Genenger als Willkommen auf der Schwelle hinterlassen hatte, vier fingerdicke Scheiben ab, wühlte nach Tellern, Blechbechern und Besteck, lief zu seinem Wagen hinaus, kehrte mit zwei Picknickstühlchen und einem Klapptisch zurück und arrangierte am Fußende des Betts alles für ein Schlemmerfrühstück. Den Slivovitz lehnte Jorinde dankend ab; mit großen Augen sah sie zu, wie Baltasar die Nylonstrümpfe beschnupperte.

»Was wird das?«

Er hob das Gebinde hoch. »Ich hoffe, die sind unbenutzt, oder jedenfalls nicht allzu oft getragen seit der letzten Wäsche. Wäscht man sowas?«

»Man tut das, ja. Wieso?«

Matzbach spitzte konzentriert den Mund, breitete ein Oberschenkelstück Nylon über seinen Blechbecher und siebte den Kaffee. »Darum, Gespielin des Nachtwinds. Du auch?«

Sie zuckte mit den Schultern, wickelte sich in die Decke, nahm Platz und aß zwei Spiegeleier zu einer Scheibe Brot; der Rest verschwand in Matzbach.

»Irgendwie«, sagte er mit vollem Mund, »find ich das hier ganz nett. Vor allem dieses mobile Aushaus drauß und den Badetrog vor der Tür. Ob in dem Anbau Dinge sind, die man als sanitäre Einrichtungen umschriebe, wenn man es wüßte?«

»Selbst wenn – wie soll man reinkommen?« Jorinde blickte hin und her im Raum, der in allen Farben des Regenbogens schillerte. Auf Matzbachs Stirn waberte ein roter Klecks: Sonnenlicht und ein Scheiterhaufen im Fenster mit einem zappelnden Märtyrer. Sie streifte die Proviantkartons, verstreuten Koffer, Matzbachs Seesack, die Bücherkiste mit wehmütigem Blick, seufzte und schloß die Augen, als Baltasar den leeren Teller von sich schob, rülpste, Kaffee per Nylon nachgoß, mit Slivovitz versetzte und die erloschene Frühzigarre wieder ankokelte.

»Und jetzt?« sagte sie schwach.

»Ah, na was? Genenger auf seiner Leichenhalde aufsuchen. Wenn's da interessante Leichen gibt … Wann hatte ich die letzte interessante Leiche? Elend lange her.«

»Ich denke, wir wollen uns erholen.«

»Deine Anwesenheit entschädigt mich in einer Minute für einen Monat des Darbens, Madame. Gewissermaßen bin ich bereits erholt.«

»Irgendwie ist mir nicht nach Leichen zumute.« Sie öffnete die Augen und lächelte. »Selten. Außer wenn ich Tischrücken spiele oder professionell mit dem Jenseits telefoniere.«

»Sehr wohl, Frau Hexe. Muß aber heut früh nicht sein, oder?«

»Muß nicht, nein. Ich glaub, ich räum ein bißchen auf.«

Baltasar ging um das Bett herum und klaubte ein Buch vom Boden. »Hier. Wenn du dich zwischendurch amüsieren willst.«

Sie nahm den Band in die Hand, drehte ihn hin und her. »Morganatische Gesänge«, sagte sie halblaut; sie runzelte die Stirn. »Von Osiris K. Was ist das denn?«

»Sowas wie ein subversiver Heimatdichter. Hockt hier irgendwo in der Nähe. Hat mir Genenger mal geschickt, aber bisher war ich nicht dazu gekommen.«

Jorinde blätterte. »Sieht wie richtiges Bütten aus. Jesses.«

»Macht der wohl alles selber. Schöpft Papier, vergnügt sich mit Handsatz, bindet und marmoriert. Und dichtet. *Mon dieu*, und wie der dichtet!«

»Und was, bitte sehr, sind morganatische Gesänge?«

Matzbach grunzte. »Das war früher mal, wenn ein Fürz oder King oder Prinz ein Mädel nahm, und die Dame war nicht standesgemäß, so daß sie zwar in sein Bett durfte, aber nicht an seinen Privilegien teilhaben oder Thronrechte genießen, dann war das eine morganatische Ehe. Auch Ehe zur linken Hand oder linker Hand oder so. Lyrik linker Hand ist das wahrscheinlich. Aber verglichen mit dem, was sonst so an Gedichten gedrechselt wird, ist es nicht schlecht. Allein für die Zeile ›die Vögel hocken hustend im Geäst‹ hat er nen Preis verdient.«

»Ach, deine üblen Aufstehverse vorhin sind von *dem?*«

»Just so.« Er kratzte sich den Kopf. »Ich glaube, ich überlasse dich deiner Ordnungsliebe und geh Leichen kucken. Bis nachher, Fürstin des Morgendämmers.« Er schleuderte eine Kußhand nach ihr; Jorinde duckte sich.

2

Auf leisen Sohlen, die Socken in der Tasche, die Schuhe in der Hand, drückte Matzbach sich durch das Tor der von Genenger als Sichtschutz angelegten Friedhofsmauer, mied den Kies und schlich Taxushecken entlang über den Grasrand. Der Drachenkopf der purpurnen Gondel, die Genengers Särge auf dem Friedhof verschiffte, ragte über die schartige Zwischenmauer, weiter vorn. Matzbach pirschte näher.

Heinrich Genenger saß am Kopf des offenen Grabes und aß. Die Beine baumelten über dem Sarg. Es war ein schöner Behälter, liebevoll gefertigt aus schimmerndem Kirschbaum. Wider alle Wechselfälle hatte man ihn verriegelt und mit vergoldeten Beschlägen gesichert; ob er einen doppelten Boden und Netz hatte, konnte Matzbach von seiner Lauerposition aus nicht sehen. Die Oberfläche, einen halben Meter unter Genengers Halbstiefeln, war von kundiger Hand ausgeschnitzt worden; hierbei hatte der Künstler die Maserungen des Holzes als Anregung für verschlungene Ornamente genommen.

Ein lädierter Regenwurm hangelte sich die Steilwand der Aushebung entlang. Genenger kaute auf einem Hühnerknochen und folgte dem Wurm mit den Augen, bis dieser Rand und Rettung erreichte. Er verschwand unter den Blumenbergen und Kranzstapeln.

Der Bestatter ließ den abgenagten Knochen auf den Sargdeckel fallen, gluckste und wischte sich die Finger. Das T-Shirt sah aus, als sei dies nicht der erste Wischer gewesen. Jemand hatte in die helle Baumwolle ein zusätzliches G gebatikt; die Aufschrift lautete nun, etwas weniger einfältig, FRUIT OF THE GLOOM.

Aus der rechten Tasche seiner blauen Leinenhose zog Genenger ein Tuch von unentschiedener Farbe und tupfte sich Fett aus den Mundwinkeln. Dann seufzte er und langte hinter sich. Am Fuß der efeubewachsenen Bruchsteinmauer stand die Korbflasche mit Rotwein. Die Rollen der Taue, mit denen der Sarg abgelassen worden war, umgaben sie wie ein Poller. Auf dem Weg am Fußende des Grabs stand der vierrädrige Gondelkarren. Mit Goldlettern auf schwarzem Feld im allgemeinen Purpur stand CHARONS GO-CART zu lesen.

Julisonne stichelte durch die Zweige der trauernden Weiden. Genenger blinzelte, setzte die Flasche ab, stellte sie wieder zwischen die Taue und entriß dem toten Vogel das zweite Bein.

Mittagslast lag auf allem. Seit dem Verschwinden des Regenwurms bewegten sich in weitem Umkreis nur noch Genengers Kinn und Kaumuskeln. Der Himmel war blau und gnadenlos. Unter einem Dornbusch weiter weg am Fuß der Mauer hockte eine eingestaubte Krähe. Sie hielt den Kopf schief und starrte auf die Kränze, reglos und gleichmütig. Auf einem vorspringenden Mauerstein döste eine Eidechse. Die Luft schien geschichtet oder gestapelt, wie die Kränze; eine Gruppe von Espen am Nordende des Friedhofs stand gefroren. Unbeschattete Randsteine von Gräbern gaben die gespeicherte Hitze wabernd ab. Zehn Meter von Genenger entfernt schlummerte, auf einer grauen Platte, eine Kreuzotter.

Genenger ächzte abermals. Schweiß troff ihm von der kahlen Stirn in die Augen. Er legte den Rumpf des Huhns zurück ins Weidenkörbchen, aus dem Weintrauben und das Ende einer Baguette lugten.

Matzbach räusperte sich, warf die Schuhe über Mauer und Grab gegen die Gondel und stemmte sich auf die Steine. Die Kreuzotter bewegte sich unruhig, zögerte und glitt von ihrem warmen Stein. Sie verschwand unter dem Stechginster zwischen zwei Gräberreihen. Die Eidechse huschte unter Efeu, und die Krähe zog sich langsam auf die andere Seite des Dornbuschs zurück, seitwärts trippelnd. Genenger wandte den wuchtigen Schädel.

Baltasar balancierte barfuß das Grab entlang zu Charons Gondel und zog die Socken aus der Tasche. »Na, du Mastbaum der Pietät. Schmeckt's wenigstens?« Er säuberte die Füße, zog die Socken an und stieg in die Schuhe.

»Mhmhmhm.«

Matzbach wippte auf den Zehenspitzen. Unter dem Druck seiner wuchernden Pfunde sanken die weichen braunen Lederslipper in die weiche braune Erde. »Nett hast du's hier.« Er überflog das Arrangement von Grube, Bestatter und Zubehör und nickte. »Doch ja, fürwahr.«

Genenger schlug die Zähne ins Hühnerbein, kaute und wedelte mit der freien Hand. »Setz dich wenigstens. Du stehst mir in der Sonne.«

»Pah. Du bist farbenblind, die Sonne steht senkrecht, und das hier ist keine Tonne. Außerdem – wer war denn Alexander? Aber bitte.« Er ließ sich auf dem Verschalungsbrett am Fußende der Grube nieder und deutete mit dem Schuh auf den Sarg. »Da hat wohl eine Einwanderung stattgefunden, wodurch sich die Entvölkerung ausgezeichnet vermehrt, wie?«

Genenger nickte stumm und kaute.

Matzbach studierte die Kränze zu seiner Rechten, zupfte an den bunten Schriftschleifen, rupfte eine Rose aus einem Gebinde und steckte sie sich hinters Ohr. Dabei kicherte er. »Tolle Weiheschriften. MÖGE NIE EIN HAHN NACH DIR KRÄHEN, DENN DEINER WAR NIE DER ERSTE. Ziemlich wirr. Und die hier – ENDLICH IN HEITERER VERLASSENHEIT – DEINE

LUSTIGE WITWE. Wunderschön. BESSER EIN ALLEINER ALS GAR KEINER. Hat wohl einer seinen dadaistischen Tag gehabt, was? Oh, und dieses auserlesene Juwel: UNSEREM LIEBEN WIPPSTERZ ALS LETZTEN GRUSS – MAMA LAURA UND DIE GIRLS VOM CHEZ NOUS. Hah. Populärer Typ?«

»Riesig.«

»Wann trug sich dieses zu?«

»Heut früh. Verbuddelt zu Champagner, Fanfaren und Schmähreden.«

»Und? Hat sich gelohnt?«

»So-so. Zwanzig Riesen.«

Matzbach pfiff leise. »Woher?«

»Düsseldorfer Hautevolaute.«

»Was bleibt für dich, wenn dein Sargtischler und der Schriftschleifenartist etcetera entsoldet sind?«

»Die zwanzig *sind* für mich. Der Rest ist extra.«

Matzbach schob die Unterlippe vor und nickte langsam. Das Dorf war weit genug entfernt, um an ausgefallenen Zeremonien hinter der gemauerten Sichtblende nicht glaubhaft Anstoß nehmen zu können. Ohnehin bestand die Pietät der Dorfbewohner, wie Genenger immer wieder berichtet hatte, in erster Linie aus den Erwägungen des zuständigen Magistrats, der noch weiter weg war; Tischler, Souvenirverkäufer, Krämer, Metzger, Bäcker und Kneipiers begrüßten die häufigen Feste durchaus. Der alte Pfarrer – eine Art Refrain in Genengers Erzählungen – zog es vor, nur dann etwas zu sehen, wenn man ihn dazu zwang; außerdem hatte er schon in der Messe seine Pfeife geraucht – genauer: beim Pfeiferauchen die Messe zelebriert – und hielt das Himmelsdach für ausreichend weit, um fast alles darunter geschehen zu lassen, selbst die Rückwärts-Salti eines polnischen Pontifex.

Matzbach wandte seine Aufmerksamkeit der Korbflasche

zu, die an Genengers Lippen hing. Dann warf er einen Blick auf den Freßkorb und rieb sich die Magengegend. »Ich falle vom Fleische.«

Genenger hob die Brauen. »Herbe Sache, aber zweifelhaft.«

»Doch, doch. Ich magere ab. Seit gestern kein Mittagessen, und morgen ist schon der dritte Tag.«

»Du hast dich doch bloß angepirscht, damit ich nicht alles verstecke, wenn ich dich kommen höre.«

»Bin ich in meinem Motiven derart durchsichtig?«

»Aber auch nur da.« Heinrich riß dem Huhn einen Flügel ab und warf ihn Baltasar zu.

»Fast«, sagte Matzbach, als er das Nahrungsmittel beim zweiten Zupacken vor dem Sturz ins Grab bewahrte, »wäre es ein Grufthuhn geworden. Ahhh.« Sehnend streckte er die Hand aus; Genenger reichte ihm auch die Flasche.

Sie aßen einige Zeit schweigend. Die Eidechse traute sich wieder hervor. Plötzlich schmatzte Matzbach; es klang wie ein Kanonenschuß in der Stille des Mittags. »Du hast mich aber nicht herbestellt, um mich zu mästen, wie? Wobei mir das Gegenteil einfällt – vielen Dank für das feine grüne Kakkomobil.«

Genenger kratzte letzte weiße Fasern vom Flugbein. »O bitte sehr, war mir ein Vergnügen. – Es geht um Leichen.«

Baltasar machte runde erstaunte Kinderaugen und blickte von Grab zu Grab. »Leichen? Was ist das?«

»Eine tiefe Frage, Herr. Das Endprodukt aller Erkenntnis? Dein wünschbarer Zustand? Ach, man weiß so vieles nicht.«

»Wohl wahr; ja.«

Genenger wischte sich endgültig die Hände an seinem T-Shirt ab. »Ah. So. Wieviel Zeit hast du mitgebracht?«

»Kommt drauf an.«

»Wodrauf?«

»Vieles, vieles. Die Frage, wie lange ich das Haus ertrage; wann es wieder regnet, weil dann der Weg zu Wasser und Klosett beschwerlich wird; wie lange man braucht, um die Weine der Gegend zu testen; und was der Probleme mehr sein mögen. Jorinde nicht zu vergessen. Du weißt ja, Frauen sind in ihren Ansprüchen manchmal penibel, klomäßig undsoweiter.«

Genenger hakte einen langen oberen Eckzahn in die Unterlippe. »Soll sie sich doch was hexen, sanitär.«

»Ich geb das weiter.«

»Interessieren dich meine Leichen nun, ja oder nein?«

Matzbach ließ den abgenagten Knochen auf den Sarg fallen. »O bitte gern, ja doch. Was für Leichen?«

Genenger deutete allgemein talaufwärts, Richtung Nordwesten. »Irgendwelche paar Kilometer Vogelflug...«

»Geierflug.« Matzbach grinste.

»... entfernt steht da ein seltsames Ding rum. Nennt sich Klinik – normal, psycho und Schönheit.«

»Alle drei Aspekte? Wei geschrien.«

»Ruhe. Die behandeln ... ah, anders rum: Die sind spezialisiert auf Krankheiten der Reichen.«

»Interessantes medizinisches Gebiet.«

»Ja, ne? Bloß komisch, daß bei denen derart viele Leichen anfallen, alles Leute in den Vierzigern mit Herzstillstand oder so. Und daß die, wie soll ich sagen, auf die umliegenden Friedhöfe strategisch verteilt werden.«

Matzbach rümpfte die Nase. »Momentchen, Momentchen. Das wüßt ich gern genauer.«

Genenger nickte. »Dacht ich mir's doch. Paß auf. Irgendwie komisch is mir das schon lange vorgekommen. Jetzt war zufällig gestern abend Kollegentreff – alle Bestatter der unteren, mittleren und oberen Ahr zunebst Umgebung, und da hab ich mich unauffällig umgehört.«

Matzbach strahlte. »Alles für mich?«

»Klar, alles für dich.« Genenger zuckte mit den Schultern. »*Mir* ist das doch im Prinzip schnurz, aber du jammerst ja immer über Mangel an interessanten Leichen, du Superdetektiv. Deshalb.«

Baltasar verneigte sich im Sitzen. »Bei Gelegenheit, und nach ausgiebiger Vor- sowie Hauptwäsche, werd ich dir die Füße küssen.«

Genenger schüttelte sich. »Iiii.«

»Zurück zu den werten Verstorbenen. Also wie war das?«

Der Privatbestatter schloß die Augen, reckte den linken Arm vor und zählte mit kräftigen stumpfen Fingern auf. »Erstens: Privatklinik mit massenweise Ärzten. Zweitens: Produziert massenweise Leichen. Drittens: Alle, soweit ich das übersehe, waren in deinem Alter ...«

»Danke.«

»... und hatten nichts Ernstes. Viertens: Herz, diese Pumpe, ist ein ziemlich diffuser Befund, was Todesursachen angeht. Fünftens: Die letzten acht Kadaver wurden in der näheren Umgebung verteilt – drei zu mir, die anderen liegen auf fünf verschiedenen Friedhöfen.« Er öffnete die Augen, betrachtete die abgespreizten Finger der Linken, schloß die Hand zur Faust, ließ sie sinken und musterte Matzbach.

»Drei bei dir, die andern einzelweise verteilt?«

»Just.«

»Kamen die denn aus der Gegend, in der sie verbuddelt worden sind?«

Genenger beugte sich vor. »Du porkelst den Kern aus dem toten Pudel, Junge. Nein. Alle von ganz woanders – Bonn, zum Bleistift. Düsseldorf. Wiesbaden. So was.«

»Normalerweise wird man doch nicht da vergraben, wo einen der Blitzstrahl der Götter trifft, sondern da, wo man wohnt, oder?«

»Normalerweise schon.«

»Hatten die denn alle keine Familien?«

Genenger bleckte die Zähne. »Teils teils. Die bei mir Deponierten waren Solisten; die anderen fünf haben trauernde Witwen und Kindlein hintergelassen.«

Matzbach zupfte an seinem rechten Ohrläppchen. »Inserent. Sehr inserent. Also Leichen ohne Anhang zu dir, die anderen auf normale Friedhöfe?«

»Just.«

»Und die Knete?«

»Reichlich – ohne Gegenfrage und ...« Genenger wackelte mit dem Kopf. »Vielleicht ist das eine Überinterpretation, aber irgendwie war das schon so, als ob man mir signalisiert, du kriegst mehr Geld, als die Sache wert ist, also stell weniger Fragen, als dir in den Sinn kommen. So etwa.«

»Was heißt: Mehr als die Sache wert ist?«

»Zwanzig Kilo nehm ich für was normal Ausgefallenes. Wenn's ausgefallen Ausgefallenes sein soll, nehm ich mehr, je nach Ansprüchen. Aber diese drei ...« Er hob die Hände. »Nix Besonderes. Einsargen und verbuddeln, ohne Pope und Publikum. War jedesmal nur ein Typ von der Klinik dabei; ich weiß nicht, ob Arzt oder Verwaltung oder Gärtner oder was.«

»Und was nimmst du für derlei schlichte Kisten?«

»Hatte ich noch nie.« Genenger fuhr sich mit der Zunge über die Lippen. »Ich weiß, was das bei den Kollegen kostet – normal und schlicht. Schlimmstenfalls fünf Kilo. Das ist dann aber schon ein guter Sarg. Und Trinkgeld für die Totengräber. Aber so was Normales hab ich noch nie gehabt. Die

Leute aus dem Dorf da unten legen sich auf ihren Dorffriedhof.«

»Was hast du denn genommen?«

Genenger kniff ein Auge zu. »Zwanzig Kilo. Ich hab denen gesagt, das wäre mein Normaltarif – stimmt ja auch fast. Die haben ohne mit irgendwas zu zucken bezahlt. Jedesmal.«

Matzbach steckte die Hand unter sein Frotteehemd und kratzte sich lautstark den Bauch. »Sollte man sich mal drum kümmern. Ja. Aber dazu müßtest du mir noch ein bißchen mehr über diese Klinik erzählen. Und ich brauchte die Namen und letzten Adressen der werten Damen und Herren Leichen.«

Heinrich Genenger zog die Beine aus der Grube und stand auf. »Sollst du alles kriegen«, sagte er mit einem schiefen Lächeln.

»Aber?« Matzbach erhob sich ebenfalls.

Genenger deutete auf die Charonsgondel. »Da drin ist noch eine Schaufel.«

Matzbach verzog das Gesicht und ächzte.

3

Oberhalb des Friedhofs (»das Wasser ist hier, eh, schmackhafter als am Fuß der Gräber«) hatte Genenger sich nach und nach ein Holzhaus auf Steinfundament in den Hang gebaut. Matzbach inspizierte die Einrichtung – hauptsächlich Eichenmöbel und überflüssige Literatur – und starrte dann aus dem Fenster, während Genenger Tee kochte. Das Dach der Garage, vor der ein ausladender Leichenwagen mit geknicktem Stern stand, konnte auch als Terrasse oder Balkon dienen, lag aber in der prallen Sonne. Der Feldweg führte von der Garage zur Friedhofsmauer und weiter zur Straße am Bach, der hier unmittelbar am Fuß des jenseitigen Hangs verlief. Rechts neben der Garage stiegen süßliche Dünste aus einem Haufen von Gartenabfällen, Unkraut, alten Kränzen und sonstigem Duftmaterial. Die Tür des Werkzeugschuppens stand offen.

Sie setzten sich auf Eichenstühle an den alten Eichentisch und tranken zunächst schweigsam einen Schluck. Matzbach befand, der Assam sei wuchtig, und zündete sich eine seiner schwarzen Zigarren an.

»Ah. Pfft. So. Also, was war jetzt mit deinen Leichen?«

Genenger verschränkte die Arme und ginste. »Nur halb so viel.«

»Bitte?«

»War vor allem ein guter Köder, um dich zum Schaufeln zu kriegen.«

»Schwarzes Schwein. Rattenarsch.«

»O danke. Aber ich wollte dich doch einmal, eh ich den Löffel abgebe, körperlich arbeiten sehen.«

Matzbach zog die Mundwinkel nach unten. »Ist dir gelungen. Machst du sonst alles alleine? Keine Sklaven? Nubier, Asylanten, Ossis, irgendwas?«

»Nubier sind hier selten. Nee, manchmal, wenn's wirklich hektisch wird, hol ich mir n paar Jungs aus dem Dorf, oder jedenfalls aus der Gegend.«

»Verführung Minderjähriger zu Schwarzarbeit?«

Genenger lachte. »So ungefähr.«

»Also, nix is mit Leichen?«

Genenger zögerte, entschränkte die Arme und fuhr sich mit der Handfläche über den kahlen Schädel. »Na ja ... Ich weiß nicht so genau. Was ich dir vorhin erzählt hab, mit der Klinik, das stimmt schon. Irgendwas ist da komisch. Soll ich mich wirklich mal drum kümmern?«

Matzbach winkte ab. »Laß es sein. Du weißt, ich langweile mich manchmal, dann freu ich mich darüber, Detektiv spielen zu können. Im Moment langweil ich mich aber nicht.«

»Ein Jammer.«

»Wieso?«

»Ich hätt was anderes für dich – wenn die Langeweile schlimm genug wär, um dich zu *action* zu bewegen.«

»Noch mehr Gräber buddeln? Leichenwürmer dressieren?«

»Dichter analysieren.«

Matzbach spreizte die Finger der erhobenen Hände. »Da seien die Götter des Olymp vor! Widerlich.«

»Willst du's dir nicht wenigstens mal anhören?«

»Ich hör doch schon.«

»Osiris K.«

Matzbach schnaufte Wolken ätzenden Qualms aus. »Der Ahrtal-Poet? Wei geschrien. Was gibt's bei dem zu analysieren?«

»Tja, das ist alles sehr nebulös.«

»Ich liebe Nebel.«

»Häh?«

Matzbach faltete die Hände und blickte einen Moment betrüblich fromm drein. »Nebel, Henri, ist eine Übergangsform zwischen Wolke und Regen, und wie du weißt, sind mir perverse Mischungen lieber als die Extreme, aus denen sie bestehen. Wenn er richtig dicht ist, bewahrt einen der Nebel davor, sinnlos in die Ferne zu schweifen, sondern öffnet einem statt dessen die Augen für das Unmittelbare, das uns alleweil bedroht: die nächsten zwei Schritte und die Tücken der Heimat.«

Genenger schüttelte langsam den Kopf. »Und Jorinde hält das wirklich mit dir aus?«

»Eine gute Frage. Wir werden das herausfinden.«

»Ihr seid doch jetzt schon fast, wie lange? Zehn Jahre verbündelt. Was heißt da, wir werden das herausfinden?«

»Wochenenden, theurer Phreund, mal hier, mal da, mal dort; diverse Mésalliancen beiderseits zwischendurch, und alles, was dazu gehört. Das hier ist das erste Mal, daß wir so eine furchterregend lange Zeit miteinander verbringen, am Stück. Mal sehen, was dabei herauskommt.«

Genenger runzelte die Stirn, dann nickte er. »Richtig, stimmt ja. Ihr wart beide oft genug hier, aber nie zusammen.«

»Wir fahren zusammen, wenn wir einander sehen; wozu sollten wir dann noch zusammen woanders hinfahren?«

»Au. Wie alt bist du jetzt, ehrwürdiger Greis?«

»Demnächst dreiundfünfzig, Jüngelchen. Ich halte mich nicht mehr unbegrenzt, und Jorinde ist auch schon zweiundvierzig. Da kommt man so ins Grübeln.«

»Habt ihr irgendwas vor?«

Matzbach wischte über den Tisch. »Reden wir nicht von Dingen, die dich nichts angehen und mich sowieso nicht. Was ist mit deinem Poeten?«

Genenger rümpfte die Nase. »Na schön. Also, Osiris ... Er behauptet, er wär auf der Spur von irgendwas. Schlägt sich auch schon in seinen Versen nieder. Irgendwas wie eine große Verschwörung toter Hunde gegen den Staat. Oder eine Verschwörung des Staats gegen die Bürger. Oder so ähnlich.«

»Klassischer Fall von Paranoia. Wie sehen die einzelnen Symptome aus?«

»Das ist es ja gerade. Es hat auch was mit der einen oder anderen hier anfallenden Leiche zu tun, mit der Klinik, mit mysteriösen Röhren ...«

»Röhren? Ach du grüne Grütze. Ich gedeihe lieber freudlos als mit Nietzsche.«

»Jedenfalls hab ich gedacht, du könntest dich mal mit ihm zusammensetzen. Entweder ihm den Scheiß ausreden, oder rauskriegen, ob vielleicht doch was dran ist.«

»Trinkt er?«

»Hm, nja, kräftig. Wein, vor allem; hat nen guten Keller. Und Whisky. Am liebsten alten Malt. Warum?«

Matzbach lächelte sanft. »Ach, das macht die Sache schon interessanter.«

»Wieso? Was hat...«

»Wenn Nüchterne anfangen zu delirieren, kommt dabei meistens eine Religion oder etwas ähnlich Ekelhaftes raus – Inquisitionen, Hinrichtungen, Gehirnwäsche, so was. Wenn Osiris trinkt, besteht die Chance, daß er tatsächlich was gefunden hat, oder daß seine Zwangsvorstellungen zumindest amüsant sind. Egal ob Hunde oder weiße Mäuse.«

Genenger schüttelte den Kopf, grinste und schwieg.

»Bevor du in wildes Verstummen ausbrichst«, sagte Matzbach, »erzähl mir doch noch was über dieses Haus, in dem du uns so liebreich untergebrungen hast.«

»Ja. Und?«

»Also ehemalige Kapelle und Stall und was weiß ich und zuletzt Krippe für einen antiken Staatssekretär. Von wann beziehungsweise wem ist der Anbau, und was ist da drin?«

»Kann ich nur zum Teil beantworten.« Genenger legte die schweren Hände um den schweren Teebecher. »Also, der Staatsdings hat die olle Kapolle lebenslänglich gepachtet, für nen Appel und n halbes Ei. Unter der Bedingung, daß er was anbauen darf. Der Landeskonservenvater hatte offenbar nix dagegen oder hat nix davon erfahren oder war damals noch nicht so scharf. Dann haben Seine Exzellenz im Neubau gewohnt und im alten Teil gedacht und so. Übrigens hat er das Ding gleich nach Wiederbeginn der Staatlichkeit gepachtet, als er noch in Wiesbaden saß.«

Matzbach kaute auf der Zigarre. »Weiß man was über den Typ? Leichen im Keller, oder längliche Akteneinträge aus brauner Vorzeit?«

»Null. Soweit ich weiß. Er kommt auch nicht hier aus der Ecke. Ich weiß nicht, ob jemand weiß, warum er damals unbedingt hierher wollte.«

»Na schön. Was ist in dem Neubau, und warum kann man nicht rein?«

Genenger seufzte. »Hab ich dir doch alles schon gesagt. Der alte Knabe hatte keinerlei Anhang, kein Testament, nix. Nach seinem Tod hat man alles, was ihm gehörte, weggeschmissen und den Neubau abgeschlossen. Der Rest gehört der Gemeinde, mangels Erben. Stand aber wohl alles im Pachtvertrag.«

»Was? Keine Erben – Verzicht auf Erbenzeugung oder was?«

»Nee. Daß alle immobilen Errichtungen nach dem Tod des Herrn Sekretärs an die Gemeinde zurückfallen, unbeschadet etwelcher sonstigen Erbgänge.«

»Etwelcher. Na bestens. Und – was ist drin?«

»Nix, soweit ich weiß. Warum?«

Matzbach sog Luft durch die Zähne. »Ich überleg bloß. Von wegen Aufenthalt hier und so. Klo und fließend Wasser aus der Wand wär schon nicht schlecht. Oder ne Steckdose.«

Genenger grinste. »Apropos – ah, lassen wir das. Nee, aber da wird nix draus, fürchte ich. Ich nehm an, wenn du das olle und das neue Haus kaufst, von der Gemeinde, dann kriegst du nen Schlüssel.«

»Blöder Vorschlag.« Matzbach goß sich Tee nach; als er

die silbrige Thermoskanne wieder verschloß, zischte sie leise. »Erinnert mich an Kästner, weißt du – Gustav mit der Hupe.«

»Kenn ich nich.«

»Gustav hat mal ne Hupe gefunden, und jetzt baut er sich ein Motorrad drum rum, oder spart auf eins, oder so. Und ich soll anderthalb Häuser kaufen, bloß um mal seßhaft aufs Klo gehen zu können?«

Genenger kicherte. »Ich weiß nicht mal, ob im Neubau eins drin ist.«

4

Nachmittags gondelten Matzbach und Jorinde ein wenig durchs Ahrtal. Es war nicht ganz einfach, für den Volvo einen Parkplatz in Ahrweiler zu finden, weil sich dort neben motorisierten Touristen auch ein paar dreiste Einwohner aufhielten. An einem Kiosk erstanden sie vielerlei Lektüre; dann nahmen sie an einem Tisch vor einem Fachwerkrestaurant etwas zu sich, das Jorinde als spätes Mittagessen, Matzbach als verzögertes Zweitfrühstück bezeichnete. Jorinde blätterte in einer Computerzeitschrift.

»Ersetzt das jetzt bei Hexen den Besen?« sagte Matzbach.

»Ach, halt dich doch mal zurück.«

»Die reine Neugier, pur und lauter, edle Kebse.«

Sie ließ das Magazin sinken. »Du bist unmöglich. Und schmatz nicht so.«

»Das bin ich nicht, das ist der Fisch.« Matzbach deutete mit der Gabel auf den toten Zander.

»Gute Ausrede. – Ich hab neulich einen alten Bekannten

besucht, der computergesteuerte Sicherheit verkauft. Rundum-Überwachung mit Kameras und Sirenen und Drohgebärden ferngelenkter Wachhundattrappen und derlei...«

»Bellen die auch?«

»Die machen alles, bloß pinkeln können sie noch nicht. Jedenfalls hab ich stundenlang damit gespielt. Schon toll, was man damit alles machen kann.«

»Alter Bekannter läßt dich stundenlang mit seinen Geräten spielen... so so.«

»Eben. Inzwischen hab ich rausgekriegt, daß ein paar Hersteller den Esoterik-Markt entdeckt haben.«

»Oho. Aber liegt eigentlich nahe.«

»Wieso?«

Matzbach kaute, schluckte und grinste schäbig. »Da bis heute keiner weiß, wie Elektrizität eigentlich funktioniert, geschweige denn, warum ein Elektron sich verhält wie es sich verhält, ist es doch naheliegend, eine Sorte Okkultismus auf die andere anzuwenden.«

»Wie halt ich das bloß aus mit dir?«

»Ganz einfach. Laß dich gehen, Liebste. Außerdem – Pack verträgt sich.«

Sie schlug mit dem Magazin nach ihm. Dann lachte sie. »Und, um das zu beenden, seitdem bastele ich an ein paar neuen Effekten. Computergesteuerte Projektoren, zum Beispiel, die bei Séancen das Abbild des teuren Verstorbenen in die Luft überm Tisch malen.«

»Gibt's das?«

»Nee. Und jetzt laß mich lesen.«

Matzbach nickte. »Stattgegeben. Wenn du weiter so auf mich einredest, komm ich ja nie dazu, diese köstlichen Gazetten zu genießen.«

Jorinde reagierte nicht. Matzbach blätterte in der Lokalzeitung, nahm dann eine alternative Monatsschrift zur Hand, in der er neben Esoterik-Annoncen, einem Fahrrädertest, bekenntniswütigen Artikeln über deutschen Triefsinn und Rezensionen neuer realitätsresistenter Schriften zur Weltverbesserung auch ein interessantes Interview mit einem Namenlosen fand. Der Anonymus war ehemaliger Mitarbeiter des Gesamtdeutschen Instituts und äußerte sich gründlich und längst nicht bissig genug über Probleme der deutschen Vereinigung. 1982, kurz nach Amtsantritt, sei von der Regierung Kohl die Anweisung ergangen, keinerlei Pläne mehr für eine eventuelle Wiedervereinigung zu machen, zu erarbeiten, zu ergänzen. »Bei uns«, sagte er, »und im Ministerium für Innerdeutsche Beziehungen ist alles runtergefahren worden, was irgendwie damit zu tun haben könnte.« Nahezu sämtliche Probleme, die in den letzten Jahren aufgetaucht seien, habe man damals bereits gekannt, zum Teil auch Lösungsmöglichkeiten erarbeitet – im Hinblick auf eine mögliche Vereinigung. »Dann richten die zum Beispiel in Berlin einen Fonds ein mit Geld für die Gemeinden der ex-DDR. Zuteilung erfolgt nach BRD-Recht, und für Gemeindefinanzen sind bei uns Stadtkämmerer oder Gemeindedirektoren oder derlei zuständig – wie auch immer sie in den einzelnen Bundesländern heißen mögen. In der DDR fiel das in die Zuständigkeit der Bürgermeister. Und da hockt jetzt so ein armer Mann, der für seine Gemeinde dringend Knete braucht, und wartet und wartet, und nichts kommt. Dann packt er einen Koffer und fährt nach Berlin, zu diesem Fonds, weil er meint, wenn er sich als Bürgermeister der Gemeinde Soundso ausweist, kriegt er das Geld wenigstens teilweise bar. Und was sagt man ihm? ›Nee, Junge, als Bürgermeister bist du gar nicht für Geld zuständig.‹ Nach West-Recht.«

Entweder, sagte der Namenlose, seien unsere Politiker mit

ihrer Behauptung, »daß es so schlimm ist, haben wir nicht gewußt«, gnadenlos dumm, denn das stehe alles seit Jahren in den Unterlagen der in Bonn damit befaßten, inzwischen aufgelösten Institutionen; oder aber sie seien gnadenlos verlogen.

»Seltsam«, sagte Matzbach; er legte das Heft beiseite.

»Was ist seltsam? Beziehungsweise, was wäre denn nicht seltsam?« Jorinde hatte ihre Computerlektüre beendet und betrachtete ein paar Tauben, die einander wegen antiker Krümel beharkten.

»Das hier.« Matzbach zeigte ihr das Interview und die Schlußformulierung des Anonymus.

»Wenn's stimmt, hat er doch recht, oder?«

Er zupfte an seinem rechten Ohrläppchen. »Das ist nicht das, was ich seltsam finde.«

»Erhelle mich, du Leuchte.«

»O wie gern. Seltsam finde ich, daß ein Mann, der jahrelang im politischen Bonn gearbeitet hat, da so ein entweder-oder konstruiert. Die sind alle gnadenlos dumm *und* gnadenlos verlogen.«

Jorinde widersprach nicht allzu heftig; sie sagte, sie finde viele nette Formen von Esoterik in den Verlautbarungen aus Bonn, und das sei zumindest teilweise durchaus nicht gnadenlos, sondern absolut begnadet.

»Außerdem«, setzte sie hinzu, als Matzbach in der Nähe des Steigenberger in Bad Neuenahr den nächsten Parkplatz fand, »gibt es doch in diesem unseren Lande trotz allem noch ein paar Dinge, die funktionieren, und ein paar idyllische Ecken.«

»Aber nur, weil es ein paar Dinge gibt, aus denen Politiker und Bauplaner bisher die Finger rausgehalten haben.«

»Apropos. Diesmal hast du mir ja die längere Bonnvisite erspart. Gibt's da was Neues?«

Matzbach schloß den Wagen ab, schob Jorinde über die

Straße, Richtung Kurpark, und ächzte übertrieben dramatisch. »Du weißt ja nicht, was dir entgangen ist. Einen Teil siehst du aber auch vom Zug aus.«

Jorinde boxte ihn in den Bauch. »Du weißt doch, wenn ich zu dir komme, überwältigt mich die Vorfreude so, daß ich nichts mehr sehe.«

»Danke, Euer Lieben. Abermals danke. Tja, was gibt's da Neues? Im Moment haben Bonn und Weimar noch die gleiche Postleitzahl...«

»Ja? Tatsächlich?«

»Fürwahr, sie haben. Und wie man sich an das, was der Weimarer Republik folgte, nur ungern erinnert, wird man sich alsbald nach der Bonner Republik zurücksehnen. Bescheidene Profizeihung. Jedenfalls, seit diesem albernen Berlin-Beschluß...«

»Wieso albern? Irgendeine Entscheidung war doch nötig, oder?«

»Nee. Berlin als Hauptstadt steht in der Verfassung; was gibt's da zu diskutieren? Was man hätte machen sollen, wäre ein Beschluß etwa so, daß man sagt, Berlin ist Hauptstadt, und Bonn bleibt Verwaltungssitz, bis alle anderen anstehenden Probleme gelöst sind und wir genug Geld für Größeres haben. Also vielleicht nie. Oder später. Jedenfalls brauchen wir die Milliarden, die das Spiel kostet, anderswo sehr viel dringender. Zum Beischlaf in den NeBuLä. Oder für geförderten Wohnungsbau. Oder so. Oder« – er giggelte – »für die Bonner Stadtplaner. Die bauen nämlich einfach weiter, schmeißen mit der Knete herum, die keiner hat, untertunneln ganz Godesberg, und wenn sie mit allem fertig sind, ist plötzlich keiner mehr da. Abgesehen davon, daß die auch gleich nach Berlin gehen könnten, aber alles, was da rumsteht, ist denen natürlich nicht groß, nicht fein, nicht repräsentativ genug. Mir wär's übrigens sehr recht, wenn die ganz schnell verschwänden.«

»Wer, die?«

»Die Affenärsche. Der Kanzlerdarsteller und seine Schranzen. Das ganze Pack. Noch gibt's in Bonn ein paar Stellen, die nicht durch Planung und Sanierung verwüstet sind. Je schneller die abhauen, desto höher nachfolgend die Lebensqualität. Bloß die Berliner tun mir leid; ob die schon wissen, was sie sich eingehandelt haben?«

Jorinde schob die linke Hand in seinen Gürtel, zog sie wieder heraus, schob sie in die Hose und krätzelte sein Gesäß. »Laß uns von was anderem reden; das macht mich ganz melancholisch. – So ein feiner Baum!«

Sie blickte den Stamm einer Blutbuche hinauf; als sie weitergingen, drehte sie sich mehrmals um, damit sie die ausladende Krone würdigen konnte.

»Hier ist jedenfalls noch ein bißchen heile Welt. Keine Bonner Politiker, keine Tschetniks, keine Roten Khmer«, sagte sie.

»Meinst du? Interessant. Komm mal mit.«

Matzbach schob sie sanft vom Parkweg nach rechts, in die Büsche.

»He, was soll das? Willst du ... doch nicht *hier*!«

»Keine Sorge, Madame. Ich wollte dir nur ein bißchen heile Welt zeigen.«

»Kennst du dich damit aus?«

»Weder mit heiler Welt noch mit diesem speziellen Park; aber einige Dinge sind überall gleich. Bitte sehr. Hierhin kommen die Jungs von der Parkreinigung erst morgen wieder.«

Jorinde schob die Unterlippe vor und starrte auf die kleine Lichtung zwischen Lorbeerbüschen und anderem Gestrüpp.

Dort lagen Coladosen, Bierbüchsen, Kondome, ein paar Spritzen, Tampons, Einwegfeuerzeuge, ein abgebrochenes Messer, eine sinnvoll verwendete BILD, Kippen, ein Hundehalsband, eine zerfranste Socke.

Jorinde drehte sich um; wortlos ging sie zum Weg zurück.

Als sie den Park verlassen hatten und einen kleinen Platz überquerten, kamen ihnen ein paar Türkinnen entgegen, ältere Frauen mit dunklen Gewändern und Kopftüchern. Sie liefen fast; die Gesichter zeigten Angst oder jedenfalls Besorgnis.

In einer tortenstückähnlichen Nische zwischen zwei Häusern stand ein großer Mann Mitte Zwanzig vor einem kleineren, jüngeren, der ihm gerade Scheine hinstreckte und sagte:

»Mehr war nicht – leider.«

»Scheißumsatz.« Der Große trug schwarzes Leder; als er sich bewegte, sah Matzbach das grelle orange V auf der Motorradjacke. Das Vehikel stand ein paar Meter hinter ihm, mitten auf der Straße; daneben zwei weitere, die im Leerlauf tuckerten. Einer der beiden seßhaften Fahrer sah bei der Transaktion zu, der andere versuchte, Matzbach und Jorinde wegzustarren. Auf dem Sitz der leeren Maschine lag ein oranger Helm.

Der Große bewegte die Finger der Rechten, als ob sie lange steif oder eingeschlafen gewesen wären. Am kleinen Finger glitzerte der Stein eines Rings.

Der Mann faßte an seine linke Hüfte; dann schlug er zu, mit dem Handrücken. Der Stein schrammte über die Wange des Jüngeren, der einen dumpfen Laut ausstieß und die Hände hochriß.

»Merk's dir. Streng dich ein bißchen mehr an.«

Der Jüngere wimmerte irgendwas; ein dünner Blutfaden sickerte durch seine Finger.

Jorinde schaute fort, dann mit brennenden Augen in Matzbachs Gesicht. »Weg hier«, sagte sie erstickt.

»Vau«, sagte Matzbach laut, wie tief in Gedanken. »Vau – für Verteiler, Verwüstling, Vandale?«

»Für Victory.« Der Große grinste, während er zu seinem Vehikel ging; er kniff die Augen zusammen und musterte Matzbach aufmerksam. »Und für Verpißt euch.«

Matzbach schob Jorinde von seiner rechten auf die linke Seite. »Klar doch«, sagte er fröhlich. »Was kümmern uns eure schmierigen Deals?«

»Schnauze, Opa.« Der seßhafte Motorisierte, der sie angestarrt hatte, schob das Visier hoch, um sich verständlich zu machen; dann ließ er den Motor röhren. Er hatte eine Art Dominomuster auf der Kluft und einen schwarzen Helm.

»Da gab's doch mal ne Theorie«, sagte Matzbach. Dann sang er: »Domino, Domino, warum hast du so traurige Augen?« Er machte zwei schnelle Schritte, rammte dem Domino die rechte Schulter gegen den Oberarm, nickte, als der erste Fahrer gegen den zweiten kippte und beide gegen das unbesetzte dritte Motorrad. »Das war für den Opa.«

Der Große hatte einen Ausfallschritt gemacht, bückte sich nun und hob seinen Helm aus der Gosse. Er blickte immer noch ganz gelassen, mit schmalen Augen. »Wir sprechen uns.«

Matzbach hob die Hand. »Ich freu mich schon drauf.«

Jorinde zerrte ihn am Arm fort. »Bist du eigentlich wahnsinnig?« Hinter ihnen schepperten und röhrten die Räder, die wieder aufgestellt wurden.

»Manchmal übermannen mich einfach meine Gefühle. Solltest du doch wissen.«

An der Ecke zog sie ihn in eine Bäckerei. »Ich brauch nen Berliner.« Ihr Gesicht war blaß.

»Dumme Ausrede. Haben Sie auch Bonner?« Draußen knatterten die drei Räder vorbei; der Motorenlärm wurde leiser, schwand schließlich völlig.

Der Bäcker langte in seine Auslage. »Wir tun die jetzt als Ex-Bonner verkaufen, die Berliner.«

5

Sie kamen ein bißchen zu früh in Genengers liebste Dorfkneipe; Jorinde hatte jeden Appetit auf die Großstadt Neuenahr verloren. Sie setzten sich, bestellten für die Wartezeit und zum Vorwärmen Kaffee, was der Wirt mit einem Schnaufer zur Kenntnis nahm, und lauschten – Matzbach vergnügt, Jorinde verstört – dem Gespräch am Nebentisch, wo drei ältere Männer darüber rätselten, ob die Beförderung eines SPD-Mannes (»keine Ahnung von Verkehr«) zum Leiter der Verkehrsbetriebe etwas damit zu tun haben könnte, daß die SPD einem umstrittenen Straßenbauvorhaben zugestimmt hatte, durch ein eigentlich geschütztes Wäldchen, was wiederum einem anderen Ratsmitglied – CDU, Besitzer einer der größten Kfz-Vertretungen – den Bau einer neuen Ausstellungshalle samt Waschanlage auf dem nun nicht mehr bewaldeten Grenzstück erlaubte, und ob bei dem Handel nicht die FDP »mit dem einen Aufsichtsratsposten da bei dieser Bank« ein bißchen zu gut weggekommen sei.

Als die Herren aufstanden und gingen, kollidierten sie in der Tür beinahe mit einer jungen Frau, die zum Tresen hastete, eine unetikettierte Weinflasche hinstellte, zum Wirt »da, probier mal« sagte und sich sofort wieder absetzte. In diesem Moment kam Genenger durch die Tür.

»Ah, Leichmann«, sagte die Weinbeschafferin.

»Ah, Dany. Bis die Tage.«

»Bis neulich.«

Genenger kam zum Tisch, sah den Kaffee, schüttelte sich und orderte mehrere Flaschen – »zum Probieren, damit ihr wißt, was hier angesagt ist.«

Sie tranken eine Weile von diesem und jenem; Genenger erzählte Dorf- und Friedhofsklatsch; Matzbach machte makabre Bemerkungen und forderte die immer noch niedergeschlagene Jorinde auf, von ihrem Hexencomputer zu berichten.

Flavius Dittmer – Sohn eines Althistorikers – setzte sich ein paar Minuten zu ihnen. Es war noch relativ früh; am Tresen standen zwei ältere Männer, die nicht mehr im Weinberg arbeiten mochten oder konnten. Aus dem vorderen Teil des Lokals drang schubweise Lärm: Stimmen, das Scheppern von Geschirr, eine Art Geräusch namens »Humba Täterä«, Gejohle und knirschendes Mobiliar, wenn das Schunkeln überhand nahm. *Die Reblaus*, ein postmodernes Fachwerk-Rechteck, lag mit der vorderen Schmalseite im Tourismus des Ahr-Ufers und mit der Rückseite an einem verrümpelten Hof, den ein angeketteter Hund mit Stimmbruch verwaltete. Die Kopfsteingasse, die in Hundenähe endete, begann an der Kirche und drängelte sich zwischen Hinterhäusern, Schuppen und Stangenbohnengärten hin zur *Reblaus*. Einheimische tranken durchgegorene Weine im verqualmten hinteren Teil des Lokals, an einem alten Holztresen; man konnte sich auch an einen der prämodernen Tische setzen und Schnitzel oder Würste von Schweinen essen, die frei herumgelaufen waren. Jenseits der Küche begann die teilverchromte Vorhölle der Touristen, mit naßgezuckertem Wein, der Musicbox und panierten Schnitzeln aus der Fabrik.

Matzbach schielte in seinen Riesling, hob das Glas und betrachtete Flavius Dittmer durch Behälter und Inhalt. »Und was sind sie? Verordneter, Beigeordneter, Abgeordneter, Übergeordneter?«

Dittmer stützte die Ellenbogen auf die Tischplatte. »Untergeordneter Deportierter«, sagte er mit leichtem Lächeln. »Irgendwie haben wir es geschafft, vergessen zu werden. Wir liegen hier so günstig, daß bisher keiner auf den Gedanken gekommen ist, etwas sanieren oder sonstwie kaputtmachen zu müssen. Offiziell sind wir mehrfach eingemeindet. Tatsächlich haben wir eine Art Autonomie.«

»Was meine Frage nicht beantwortet.«

»Nee. Aber es erklärt, wieso ich sie nicht so genau beantworten kann. Ich bin sowas wie ein Gemeinde-Vizedirektor. Wenn's das gäbe.«

Jorinde hob die Hand. »Moment mal. Schauen Sie mal eben auf meinen Finger.«

Dittmer blinzelte. »Was?«

»Nicht blinzeln. – Ah, gut. Reden Sie weiter.«

Dittmer warf Genenger einen Blick zu; der Bestatter hustete. »Sie ist eine Hexe, Flavio. Er ist bescheuert, sie ist okkult, ich verbuddele Kadaver, und du bist Gemeinde-Vizedirektor. Alles klar soweit?«

Dittmer schüttelte den Kopf. »Hexe? Also, bescheuert versteh ich; mit Bescheuerten hab ich dauernd zu tun. Aber Hexe?«

Jorinde faltete die Hände; Baltasar spitzte den Mund und betrachtete zuerst ihre kräftigen, schlanken Finger mit den feinen Verätzungen – Spuren mißlungener Alchimie –, dann das Gesicht, schließlich wieder Dittmer.

»Lassen wir diese Verfumfeiungen als wie bescheuert mal beiseite. Zu Ihrer Information: Sie wurden soeben von der

Hexe angepeilt, eingeordnet und für tauglich befunden. Ich bestehe darauf, daß Sie das zu freuen hat.«

»Freut mich, freut mich.« Dittmer runzelte die Stirn. »Ich weiß aber nicht, ob ich das lange aushalte mit Ihnen.«

»Fragen Sie uns doch mal, wie lange wir das noch aushalten.« Jorinde kaute auf der Unterlippe.

Genenger patschte mit der Rechten auf den Tisch. »Nu hört doch mit dem Gefasel auf. Wir haben wichtigere Dinge zu tun. Trinken, zum Beispiel.« Er klatschte in die Hände.

Der Wirt – Basketballermaß, Schuhgröße um die 49, Gewicht höchstens 60 Kilo – streckte die Nase aus der Küche. »Eh?« Die Durchreiche wirkte einen Moment lang konkav.

Henrich deutete auf die Gläser.

»Ah.« Die Nase wurde zurückgezogen; das gesamte Skelett erschien in der Tür.

»Ich glaube, ich werde Sie Freund Hein nennen, solange ich bei Ihnen versacke«, sagte Matzbach, als der Wirt mit zwei Literflaschen erschien. Sie hatten keine Aufkleber.

»Wie originell.« Dittmer seufzte und schloß die Augen.

Der Wirt stellte die Flaschen auf den Tisch, raffte die dunkelblaue Schürze, schneuzte sich hinein, blickte Matzbach aus rotgeränderten Augen an und sagte: »Pah.« Dann deutete er auf Genenger (Heinrich nickte) und die Flaschen und zog sich wieder zurück. Die greisen Winzer am Tresen wechselten die Standbeine und schnaubten in ihre Gläser.

Genenger goß nach. »Was der Dicke meint...«

Matzbach hob das Kinn von den Fäusten und ließ die Arme vom Tisch gleiten. »Ich kann mich selbst bezichtigen oder wehren. Auch bedarf ich keineswegs eines Dolmetschers, o Herr der Särge.«

Dittmers Augen kehrten erneut zu Jorinde zurück. »Ich mag Sie viel lieber ankucken als den beiden da zuhören.«

»Trotzdem wüßten Sie gern, was ich eben von Ihnen wollte, ja?«

Dittmer nickte. »Können Sie bestimmt verstehen, oder?«

Jorinde lächelte. »Sie sind Skorpion«, sagte sie halblaut; absichtlich oder zufällig wurde ihre Stimme heiser und kehlig. »Im Lauf der nächsten Wochen werden Sie ein paar Gesetze brechen, ohne dafür belangt zu werden, und ein paar weitere Gesetze elegant umgehen. Sie werden lieben und geliebt werden, an zwei Beerdigungen teilnehmen und interessante Entdeckungen machen. Jemand wird Sie für einen Bauchredner halten. Moment.« Sie beugte sich vor, berührte das Revers von Dittmers heller Leinenjacke, kniff die Augen zusammen und grinste. »Machen Sie den Mund zu. Einen Zahnarzttermin sollten Sie auch mal wieder einlegen. Die Dame, von der die Haare an Ihrer Jacke stammen, ist nicht die, von der Sie geliebt werden. Das Haar ist blond; die künftige Dame Ihres Lagers ist dunkelbraun. Ah, noch was. Ein bißchen Geld und Aussichten auf eine neue Position im Kreislauf der Dinge.«

Dittmer starrte sie an, erinnerte sich an ihre Empfehlung und schloß den Mund. »Was...«

Genenger kicherte. »Ich habe dir doch gesagt, sie ist Hexe. Kannste alles glauben, was sie sagt, Junge. Entweder es trifft ein, dann isses gut; oder es trifft nicht ein, dann isses egal.«

Dittmer nickte langsam. Dann griff er in die Tasche, zog das Portemonnaie heraus, legte einen Fünfer auf den Tisch, stand auf und ließ das frischgefüllte Glas zurück. Über die Schulter sagte er: »Es gibt Unfug, den muß nicht mal ich mitmachen.«

Matzbach zog den Inhalt seiner Nase hoch und blickte hinter Dittmer her, bis er das Lokal verlassen hatte. »Gut vergrault, Euer Liebden.«

Jorinde hob die Schultern. »Der kommt wieder. Spätestens übermorgen.«

»Und was soll das alles?«

»Mir war grade danach.«

Genenger umfaßte den Hals der nächststehenden Flasche, als ob er sie erwürgen wollte. »Irgendwie hab ich mich schon länger gefragt, wie ihr zwei das miteinander aushalten könnt. Aber langsam versteh ich das. Gleich und gleich gesellt sich gern, sprach der Teufel zum Köhler.«

»Ha bah bah.« Matzbach wackelte mit dem Kopf. »Lauter dummes Geschwätz. Wen hast du eingeladen, Jorinde?«

Die Hexe schwieg einen Moment. »Du verblüffst mich tatsächlich, Dickerchen«, sagte sie dann.

Genenger ließ die Flasche los. »Läuft hier irgendwas ab, was ich nicht verstehe?«

Baltasar zündete die nächste Zigarre an. »Hm. Pfft pfft pfft. Kann sein. Jein. Vielleicht aber doch. Wenn schon, dann lieber nicht. Sowohl entweder als auch noch.«

»Er meint«, sagte Jorinde, »im Prinzip allerlei, hat aber zur Zeit mit Ausdruckmängeln zu kämpfen.«

»Gut, gut. Das kenne ich. Und?«

»Und zwar« – Matzbach legte die Zigarre in den Aschenbecher – »kann ich mir da vieles zusammendenken, hexenmäßig. Elementar, Watson; wie Sherlock Holmes übrigens an keiner Stelle der einschlägigen Werke je gesagt hat.« Er hob nacheinander Daumen, Zeige- und sonstige Finger. »Erstens: Das mit dem Sternzeichen ist kein Problem. Es soll Leute geben, die dran glauben, obwohl sich seit Einteilung des Himmels in Kreise die Sterne bewegt haben und das Zeichen Skorpion längst nicht mehr zu der Zeit am Himmel vorherrscht, zu der es den Horoskopierern gemäß herrschen sollte. Wer dran glaubt, kann sowas vielleicht auch treffend raten. Ich glaube nicht an sowas, aber sei's drum. Zweitens: Dein Gebuddel, die Leichen und meine Anwesenheit machen die Überlegung, daß irgendwer hier in den nächsten Wochen Gesetze bricht, schon fast zu einem Kalauer. Außerdem ist es sowieso einer. Oder kennst du eine offiziöse Person in diesem unserem Lande, die nicht permanent irgendwelche Gesetze bricht und umgeht? Drittens: Interessante Entdeckungen finden immer statt, wenn Jorinde und ich irgendwo sind. Viertens: Zwei Beerdigungen in den nächsten Wochen ist noch unterhalb des Durchschnitts. Ein beliebiger Magistrat hierzulande müßte im Prinzip jeden Tag auf zwei Beerdigungen tanzen. Fünftens: Für einen Bauchredner wird notfalls Jorinde selbst ihn halten, damit es eintrifft.«

Jorinde verzog keine Miene; Genengers Gesichtszüge verrutschten allmählich zu einem Grinsen. »Und die brünette Dame?«

»Ich hab Elvira eingeladen«, sagte Jorinde. »Die hat sich grad mit ihrem Macker verkracht und steht auf diese Sorte Typ wie Dittmer. Und er ist ein unberingtes Täubchen, also vermutlich nicht fest liiert.«

Heinrich blickte auf Baltasars gesenkte und gefurchte Stirn. »Flavio hat ein läßliches Techtelmechtel mit einer Info-Dame vom Kreis. Sehr läßlich. Und Baltasar ist über die Aussicht, das eine große Gemach auch noch mit Elvira teilen zu müssen, ausgesprochen begeistert.«

»Blöde Kuh«, sagte Matzbach. »Du auch.« Er blickte Jorinde an. »Zwei in einem Gemach? Hoffentlich verkuppelst du sie sehr schnell mit diesem Sunnyboy da, sonst leih ich mir einen Kadavercontainer von Heinrich und leg mich da ab.«

»Armes monogames Kerlchen.« Jorinde tätschelte Matzbachs Hand. »Elvira hat ein Wohnmobil.«

»Mit Klo?«

»Mit.«

»Ah, das ändert die Sache.« Baltasar strahlte. »Wann kommt sie?«

»In drei oder vier Tagen.«

Genenger trank einen großen Schluck. »Könnte eine sich selbst erfüllende Prophezeiung werden, außerdem. Sobald Dittmer was Brünettes sieht, wird er an deine Vorhersage denken und sich entsprechend dusselig aufführen. – Was macht Elvira denn so? Hab ich ewig nich mehr gesehn.«

»Immer noch Psycho.« Jorinde lehnte sich auf ihrem Stuhl zurück und verschränkte die Hände hinter dem Kopf. »Baltasar mag sie nicht. Vor ein paar Jahren hab ich die beiden miteinander bekannt gemacht.«

»Mach mich doch lieber wieder mit ihr unbekannt«, knurrte Matzbach.

»Na ja.« Genenger spähte zur Durchreiche, hinter der sich das knochige Gesäß des Wirts abzeichnete. »Daß Baltasar sie nicht mag, das heißt nichts. Wen mag der schon?«

»Ich bin eben wählerisch. Es können nicht alle so einen weiträumigen Geschmack haben wie du, von wegen Leichen und deinen sonstigen Bekannten.«

»Als wie Matzbächen?«

»Als wie dieser und jene. Im übrigen hege ich Hunger und Bedauern.«

»Furchtbar, furchtbar. Weshalb beziehungsweise wogegen?«

»Erstens auf eine Portion Fleisch. Zweitens ob der jähen Abreise dieses Flaviers. Ich wollte noch so viel von ihm wissen.«

»Das hat er wahrscheinlich geahnt und deshalb die Hexerei als Ausrede zum Abhauen genommen.«

»Was wolltest du zum Beispiel wissen?« sagte Jorinde.

»Ha; vielerlei. Zum Beispiel, wie das nun mit dieser gemeinen Gemeinde hier tatsächlich ist, abgesehen von dem wirren Gerede. Und wie man Politiker wird.«

»Hast du das vor?«

»Wenn ich mich verschlechtern kann...« Baltasar fletschte die Zähne.

»Er ist aber kein Politiker«, sagte Genenger. »Politiker werden in der Regel gewählt, nicht wahr?«

»*Nicht* wahr«, sagte Matzbach. »Keineswegs. Wo denn? Hier etwa?«

»Na ja, wie das in ner Demokratie so ist.«

»Ja, aber so ist es ja eben nicht. Nimm Bonn, zum Bleistift. Der CDU-Kandidat kriegt die absolute Mehrheit, und der SPD-Typ kommt per Liste auch in den Bundestag. Wenn also eh beide reinkommen, wozu dann noch wählen gehen?«

»Schon recht.« Genenger gähnte. »Und wie hätten sie es gern?«

»Direkt. De Gaulles System ist nicht schlecht, finde ich. Im ersten Wahlgang kommen die durch, die in ihrem Kreis die absolute Mehrheit haben, und wo es keine absolute Mehrheit gibt, macht man eine Stichwahl zwischen den Bestplacierten.« Matzbach beugte sich vor; sein Bauch überlappte die Tischplatte. »Dann wüßten die Affenärsche wenigstens, von wem sie Geld und diese sogenannte Macht kriegen. Dann hätten wir Volksvertreter im Parlament, keine Parteienvertreter. Vielleicht wären die Typen dann ein bißchen weniger arrogant.«

»Daß ich das noch erleben durfte«, sagte Jorinde halblaut.

»Was?«

»Daß du, Matzbach der Große, irgendwem Arroganz vorwirfst. Toll.«

Baltasar grinste. »Ich bin ja auch nicht ungewählt zur

Macht gekommen. Ich finde es nicht gut, von irgendwem regiert zu werden. Ein intelligentes Volk braucht keine Regierung; dafür ist Italien ein wundersames Beispiel. Und die Aufgabe einer intelligenten Regierung wäre es, das Volk nicht pausenlos mit irgendwelchem Quatsch zu behelligen, sondern ruhig und unauffällig die Dinge zu tun, die getan werden müssen, statt die echten Probleme auszusitzen und dauernd Sachen zu erfinden, die bei genauer Betrachtung nur Alibis sind, um die eigene Existenz zu rechtfertigen. Bah. Aber wenn mich denn schon irgendwelche Leute regieren müssen, dann bitte sehr solche, die irgendwer mal gewählt hat, und nicht die FDP, die niemand je gewählt hat, die aber seit Ewigkeiten alles bestimmt.«

»Sind Sie fertig?« sagte Genenger. »Sie öden mich an. Ich finde, sogar meine Leichen sind amüsanter und abwechslungsreicher als die sogenannte Politik in diesem sogenannten Land. Und du warst auch schon amüsanter.«

»Na gut.«

Jorinde riß die Augen auf. »Bist du krank? So sanft und durch Widerspruch zu bremsen?«

Baltasar nahm die Wampe von der Tischkante und schmatzte. »Erstens hab ich Hunger. Zweitens sind meine Fragen gegen Flavius Dittmer noch immer unbeantwortet. Drittens nehme ich Widerspruch besonders dann gern zur Kenntnis, wenn ich mich selbst zu langweilen beginne. Punkt.«

Genenger brüllte einige unverständliche Kurzformeln Richtung Küche; der Hintern des Wirts verschwand aus der Durchreiche, wurde durch den Kopf ersetzt, der »Häh« sagte und dann genickt wurde, ehe er sich wieder verzog.

»Soviel hierzu. Ihr kriegt gleich was zu essen.«

»Egal was?«

»Egal was, liebe Jorinde. Ihr habt sowieso keinen Geschmack.« Genenger fuhr sich mit der Hand über die Glatze. »Was nun deine Frage angeht, Baltasar – Dittmer ist kein Politiker, sondern hohe Knallcharge in der Verwaltung. Die Sache wird dadurch ein wenig nebulös, daß hier eigentlich keine Verwaltung existiert, da dieses Kaff ja eingemeindet ist. Verwaltungsreform, wie man so sagt. Aber irgendwie hat man uns hier übersehen.«

Jorinde seufzte. »Können wir jetzt mal von was Wichtigem reden? Zum Beispiel, wie das nun mit diesem ollen Schuppen da ist?«

Genenger nickte.

»Also, wieso hast du uns da untergebracht?«

Er kniff ein Auge zu. »Weil ich nicht durch euch zwei Labersäcke in meiner Beschaulichkeit gestört werden will. Wie Matzbach sagen würde. Ich hab verdammt keine Lust, drei Wochen oder so mit euch unter einem Dach zu hausen. Außerdem ist mein Häuschen zu klein für alle. Und manchmal teile ich mein einziges Schlafzimmer mit netteren Menschen als euch, und dann will ich euch nicht dabeihaben.«

Matzbach prustete. »Wieviel nettere Menschen auf einmal, o du Leichmann?«

»Jeweils eine Frau. Mehr wäre weniger. Zufrieden?«

»Nein.« Jorinde klopfte auf den Tisch. »Wieso hast du uns in diesem Schuppen da untergebracht?«

»Gefällt er dir nicht?«

»Doch, doch; ganz bezaubernd, vor allem die Inneneinrichtung. Aber ich denk, das Ding gehört der Gemeinde.«

»Die es nicht gibt«, sagte Matzbach.

»Eben. Allmählich kommt ihr hinter die Feinheiten. Man muß ins Ahrgebirge reisen, um eine Gemeinde zu finden, die es nicht gibt, und die über Häuser verfügt, über die sie nicht verfügen kann. Die einen Privatfriedhof zuläßt und dem Leichmann ein unverfügbares Haus zur Verfügung stellt, damit er lästige Gäste abschieben kann. Ist doch alles bestens. Ich weiß wirklich nicht, was du gegen dieses unser Land hast.«

Der Vollmond hing über den Bergen, als sie gegen Mitternacht leicht schlingernd die *Reblaus* verließen und bachaufwärts wanderten. Lange Zeit sagten sie nichts. Der kaum spürbare Wind verteilte schwere süße Gerüche und herbere Düfte von Feldern und Gärten über dem Land. Irgendwo schrie ein Käuzchen. Aus dichten hohen Bäumen am Bach zuckten Fledermäuse durch den hellen Himmel. Kurz bevor sie den Feldweg zur alten Pferdekapelle erreichten, legte Genenger, der in der Mitte ging, die Arme um Jorinde und Baltasar und schob sie sanft zum Bach.

»Nicht weitersagen«, murmelte er. »Meine Lieblingsstelle.«

Er ließ sie los, bückte sich und kroch voran. Sie arbeiteten sich durch eine dichte Hecke, kletterten über eine halbzerfallene Mauer aus Feldsteinen und zwängten sich durch die sperrigen Vorhänge zweier Trauerweiden.

Vor ihnen glitzerte der weite Bogen des Bachs, wie ein silbriger Arm gelegt um einen Sandbusen. Die Fläche von vielleicht zwanzig mal zehn Schritten war weiß im Licht des Mondes, der eben noch über die Efeumassen der zerfallenden Hauswand lugte. Daneben ein Gemenge aus wildem Wein, verschiedenen Heckensträuchern, Geißblatt und Weißdorn, dann die Trauerweiden und jenseits des Bachs ein steiles Felsufer.

»Gut, gut«, sagte Matzbach leise. Er boxte Genenger in den Bauch. »Ich wußte nicht, daß dein Gemüt *so* beschaffen ist. Hm. Duft.« Er ließ sich im Sand nieder und zog Jorinde zu sich herab.

»Sehr schöne Stelle, Heinrich«, sagte sie, eine ganze Weile später.

Genenger nickte langsam und ließ Sand durch die Finger rieseln. »Bloß ein bißchen laut.«

Jorinde blickte zu Baltasar, der auf dem Rücken lag und hemmungslos schnarchte.

»Was mach ich mit dem? Wecken?«

Genenger grinste; seine Zähne blitzten im Mondlicht. »Roll ihn in den Bach. Dann bist du ihn los.«

»Ich will ihn noch ein bißchen behalten.«

»Jeder nach seinem Geschmack. Ist er wirklich so benutzerfreundlich?«

Jorinde kicherte. »Gelegentlich.«

6

Alkohologramm

Die Schnepfe zaust den Sockenhalter
Falter hocken im Tunnelblick
Schlickrunen geben keine Auskunft
ob man Laubfrösche harken muß
Musbarken und das vollgeschiffte
Vollschiff aus den Nägeln der Toten
gehen im Zwerchfell über Stag
Erleichterung heischend
hebt an Yggdrasils Mutterstrunk
der Kosmops das Gebein.

Jorinde legte die »Morganatischen Gesänge« beiseite. »Dieser Heimatdichter hier, Osiris K – ich glaub, das K steht für Knall. Jedenfalls hat er einen.«

»Verwündert es dich, Gefäß meiner Morgenwonne?« Baltasar wickelte das langwierige Frotteetuch fester um die Lenden und blies über den heißen Kaffee. »Stell dir vor, du lebtest in der Wüstenei allhier – nix wie Windeln, Winzer, Wimpelträger. Oder so. Muß einem doch morganatisch zumute werden, oder?«

Durch die angelehnte Tür strich ein Windausläufer; im Gesträuch und den nahen Bäumen am Flußufer randalierten Vögel. Es war kurz nach neun; die Sonne schillerte in den weiland Kapellenfenstern. Auf zwei Bodenfliesen verbreiterte ein roter Lichtstrahl sich zu einer Pfütze blutiger Tränen; Matzbach beobachtete die Schabe, die parallel zur Fuge kroch, im warmen Rot anhielt, plötzlich beschleunigte und unterm Bett verschwand. Er nickte.

Jorindes Mahagonihaupt erschien aus dem Ausschnitt eines T-Shirt. »Und was haben wir heute vor?«

»Relativ wenig.«

»Wie wenig?«

»Ah, also genauer: relativ nichts.«

»Sehr dehnbar. Ah, sag mal, du hast gestöhnt und gelacht.«

Matzbach riß die Augen auf. »Wieso soll ich sagen, du hast gestöhnt und gelacht? Hast du? Wenn ja, warum nicht; vor allem aber wobei. Beziehungsweise bei was?«

»Diese Nacht. Im Schlaf. Zuerst warst du besoffen. Dann hast du dich gewälzt. Dann hast du mehrfach gelacht und gegrinst wie ein satter Pavian. Und schließlich hast du gestöhnt und mit den Zähnen geknirscht.«

Baltasar zerrte an seinem rechten Oberläppchen. »Ha.

Hab ich all dies vollbracht? Und du – hast du denn gar nicht geschlafen, Gespielin des Nachtwinds?«

»Ich hab mit dem Nachtwind gespielt, du Trottel.« Sie lächelte, beugte sich vor, legte die Hand an seine Wange und ließ sich aufs Bett plumpsen. »Zwischendurch hab ich gelesen, weil du derart gelärmt hast. Manchmal hab ich auch geschlafen.«

Baltasar dachte sichtlich nach. »Mhmhm. Ich muß was geträumt haben. Aber was? Du weißt ja, wie es mit der Realität ist. Kaum war sie da, schon ist sie weg. Träume halten nur wenig länger.«

Jorinde stützte das Kinn auf die Fäuste; ihre grünen Augen blinkten. »›Erst schlägt es siebene, a Stund drauf schlägt es achte; von einer Stund zur andern weiß man gar nix mehr.‹ Meinst du das?«

»Nein, nein; die Zeit ist eine Erfindung von Leuten, die nichts mit ihr anfangen können und sie deshalb dauernd teilen, um sie in den Griff zu bekommen. Ich sprach von wichtigen Dingen wie Politik, Stuhlgang, Wäldern und Steinen sowie Träumen. Ah, jetzt weiß ich's wieder.«

»Und?«

Er schloß die Augen und schmatzte. »Ein herrlicher Traum. Du weißt doch, daß ich seit Jahren ein vernünftiges Auto suche. Diese Nacht hatte ich eins – und dann war's wieder futsch.«

»Was war's denn?«

Er lächelte selig, immer noch mit geschlossenen Augen. »Na was? Ein Pallas. Ich hab einen Pallas aufgetrieben, DS 21, bestens erhalten, Chassis und Innenraum jedenfalls. Nun sind die Franzosen ja nie in der Lage gewesen, ihre Autos so zu bauen, daß man irgendwo eine Schraube wechseln kann, ohne gleich den Motor rausnehmen zu müssen. Also bin ich mit meinem guterhaltenen Pallas zu einem Autotüftler gefahren, in Godesberg. Alles im Traum. Und der gute Mann hat das Vehikel auseinandergenommen und neu wieder zusammengesetzt. Ein Auto, ah, sowas von einem Auto!« Er öffnete die Augen, einen Moment wirkten sie trübe.

»Was war denn so toll an deinem Auto?«

»Also erstens von außen, das war ein richtiger alter Haifisch. Ein Wagen, der um mich paßt und den man nicht auf jedem Parkplatz mit jedem anderen Auto verwechselt. Die sehen doch alle gleich aus. Und innen das ganze Schickimicki, Rundum-Armaturen, Helikopterverkabelung, was weiß ich. Nein, das war ein richtig liebes altes Auto. Nur die wichtigen Dinge, die man braucht, und keine elektronischen Fürze, die wirklich überflüssig sind. Mein Fenster kann ich schon noch allein hochkurbeln; zum Bleistift.« Er seufzte, schloß die Augen wieder. »Herrlicher Traum. Herrliches Auto. Innen Omas Plüsch, Vorderbank zum Durchrutschen, Lenkradschaltung. Mhmhm. Außen richtiger oller Hai. Aber dann: neue Hydraulik, neue Elektrik, neues Getriebe, ich glaub von Ford, ein Siebeneinhalb-Zylinder-Motor von Nissan, alles bestens. Mir geht's ja nicht um echt antik, sondern um außen schön und innen funktionieren.«

»Deine Grammatik.«

»Dafür bin ich zuständig; halt dich da raus. In meinem Traum ward also mein Traumauto gebastelt. War teuer, aber ich kann's mir ja leisten. Und dann...« Matzbach riß die Augen auf. »Dann kam der böse Mensch vom TÜV und sagte April, April, geht nicht, nur Originalteile, undsoweiter. Und da muß ich wohl gestöhnt haben.«

»Armes Kerlchen. Mußt du bis an dein Lebensende mit fiesen Autos rumfahren, die dich anekeln?«

»Just. Muß ich wohl. Bäh.«

Jorinde streckte sich auf dem Bett aus, die Hände unterm Kopf. »Okay. Und was machen wir heute?«

Baltasar wickelte sich aus dem Tuch, fahndete in unausgepackten Koffern, Kisten und Taschen nach einer frischen Unterhose, fand sie endlich, stieg hinein und suchte seine Obergewänder. Die beige Leinenhose lag unter dem Bett, der grüne Nikki vor dem Kamin. »Ja, was? Nichts, wie gesagt. Ich will ein bißchen lesen, dösen und weinbergekucken; außerdem will ich mir nen Zettel machen, mit Fragen.«

»Was für Fragen?«

»An Heinrich und den Rest der Welt.« Er blieb stehen, bückte sich, starrte unters Bett. »Ah, die gute alte Rennschabe. – Ja, Fragen. Irgendwie war das gestern alles ein bißchen sprunghaft. Ich hab keine eine Antwort gekriegt.«

»Was willst du denn schon wieder alles wissen?«

»Ah, nur unwichtige Sachen. Zum Beispiel, wieso Genenger uns hier in dieser Stallkapelle unterbringen kann, wenn doch alles der nichtexistenten Gemeinde gehört. Zum Beispiel, ob man nicht doch den Schlüssel für den neuen Trakt kriegen könnte. Zum Beispiel, wer eigentlich Osiris K ist.« Er gürtete die Lenden. »Vorletztes Loch; ich magere ab. – Zum Beispiel, welcherlei zünftige Beerdigungen Heinrich in den nächsten Wochen abzuhalten gedenkt; ich möchte doch zu gern mal irgendwas Abstruses sehen, bei ihm. Und dann wüßte ich noch gern, ob Gewährsleute in Bonn, etwa dieser murksige Lokalreporter Morungen, mir Informationen über ein paar Leichen beschaffen können, von denen Heinrich geredet hat. Und wie beliebt er hier bei Sargtischler, Steinmetz, Pfarrer undsoweiter ist, unser Privatbestatter.«

»Allerhand für einen Tag.«

Matzbach nickte mehrmals nachdrücklich; irgendwas knackte in seinem Genick. »Eben. Lauter feine Fragen, die zu schade für die schäbigen Antworten sind, die ich auf sie kriegen werde. Man sollte sie vielleicht gar nicht stellen.«

7

An diesem Abend machte sich Matzbach gründlich beliebt. Am Tresen einer Winzerkneipe in Rech nahm er einen Schluck Rotwein zu sich, bestellte Mineralwasser, faßte den Schoppen nicht mehr an und erklärte den übrigen Trinkern, was er von der Landwirtschaftspolitik der EG hielt.

»Reine Planwirtschaft zur Herstellung von Agrarfabriken. Wenn alle Familienbetriebe abgeschafft sind und alle, auch ihr hier, und wir in der Stadt sowieso, nur noch KZ-Hühner und KZ-Schweine zu essen kriegen, dann werden die Bonzen glücklich sein. Wißt ihr überhaupt noch, wie ein Huhn schmeckt, das frei rumgelaufen ist und Würmer gefressen hat? Ja? Wißt ihr? Dann merkt es euch gut, damit ihr es nicht vergeßt; bald gibt's das nämlich nicht mehr. Alles Humbug. In Spanien gibt's ne Gegend mit wunderbaren alten Korkeichen, unter denen die Schweine rumlaufen, aus denen man später den Serrano-Schinken macht, der so gut zu dem Wein schmeckt, der vorher mit den Korken verstöpselt war. Die EG hält das für unwirtschaftlich; die sollen die Eichen fällen, die Schweine in KZs pferchen und Weizen anbauen. Den braucht zwar keiner, aber wenn man ihn hinterher vernichtet, gibt's Zuschüsse aus Brüssel dafür. Außerdem ist die EG schon allein deswegen Kokolores, weil sie es euch erlaubt, derart mieses gepanschtes Zeug als Wein zu verscherbeln.«

In Dernau, wo Jorinde unbedingt das Ahrufer suchen mußte und schließlich auch fand, entdeckten sie einen erhängten Hund mit aufgeschlitztem Bauch. Das Tier – Schäferhund – baumelte vom Ast eines ufernahen Baumes; die Knoten an Hals und Ast waren kunstvoll und kompliziert. In der Kneipe, die sie anschließend betraten, herrschte Einigkeit darüber, daß es zu viele Ausländer in Deutschland gebe, speziell Asylanten.

»Bloß weil bei euch ein deutscher Schäferhund aufgehängt worden ist?« Matzbach beschrieb die Position der Leiche. »Ich sag euch, solche Knoten macht nur ein guter deutscher Seemann.« Anschließend trank er weiter Wasser und berichtete vom Fall eines skandinavischen Schriftstellers, der entweder heiraten oder um politisches Asyl nachsuchen mußte, um in Hamburg bleiben zu können, wo er Steuern bezahlte und den Staat subventionierte. Man brauche ein Einwanderungsgesetz, doppelte Staatsbürgerschaft, Wahlrecht für hiesige Fremde: »Schon allein, damit ich nicht immer nur mit euch zusammensein muß. Ich bin für kontrollierte Einwanderung; Deutsche gibt's hier eh zuviel.«

In einem Lokal am Straßenrand, kurz vor Walporzheim, fanden sie einen Teil der Gäste über einen erhängten, aufgeschlitzten Dackel gebeugt, den jemand auf einen Tisch gelegt hatte. Matzbach bestellte Kaffee und lobte die Qualität der Knoten; als jemand bejammerte, daß derlei in Deutschland möglich sei, empfahl er ihm, sich mit dem Hundehenker zusammenzutun und vor jedem brennenden Ausländerheim einen Pinscher zu kastrieren. Überdies halte er Deutschland für einen schlechten Witz, von Bismarck in Umlauf gebracht. »Vor 1870 gab es nie ein Deutschland, sondern immer sehr viele; ich bin für die Vielfalt. Da geht's mir wie De Gaulle, der gesagt haben soll, er liebe Deutschland so sehr, daß er mit zweien noch nicht genug habe.«

Als Jorinde ihm Vorhaltungen machte, auf dem Weg zum

nächsten Ankerplatz, wehrte er diese gestikulierend ab, wobei er um ein Haar einen breitbeinig auf dem Moped dahinschleichenden Verkehrsteilnehmer angefahren hätte. Am östlichen Ende von Walporzheim herrschte Mangel an gehenkten Hunden; dafür klagte ein Wandersmann in der hundelosen Kneipe über Bisse und Kläfferei sowie rücksichtslose Autofahrer.

»Was wollen Sie?« sagte Matzbach. »Solange keiner den Autoherstellern sagt, daß ein normaler Pkw nicht mehr als hundert PS haben darf, wird die Raserei nicht aufhören. Und die Unfälle auch nicht, die aber nur ein Notbehelf sind, was gebremste Vermehrung der Deutschen angeht.«

Im nächsten Lokal beglückwünschte er bei Wasser einen CDU-Funktionär zu seiner Partei, die den guten Geschmack bewiesen habe, nach Barschels Ende den Mann, »Trutz Graf Dingsbums«, der die Sache anständig aufklären wollte, mit Verweigerung eines Listenplatzes zu belohnen. Auf die Entgegnung, es gebe aber auch honorige Leute, zum Beispiel Stoltenberg, sagte er:

»Diese dumme Sau? Legt seinen Amtseid darauf ab, daß er Schaden vom Volk wenden will, und begründet seinen Rücktritt damit, Schaden von Regierung und Koalition wenden zu wollen – und *das* nennen Sie honorig? Dann lieber Mafia; die ist wenigstens nicht auch noch verlogen.«

In einer Weinstube, fest in SPD-Händen, erkundigte er sich höhnisch nach dem Zeitpunkt, zu dem eine SPD-geführte Regierung UNO und EG zu verlassen gedenke. »Ihr macht doch wieder einen auf ›Am deutschen Wesen soll die Welt genesen‹, oder etwa nicht? Wer nicht bereit ist, irgendwas gegen Saddam oder Miloševic zu unternehmen, hat weder das Recht, seinen Vater zu fragen, warum der damals nichts gegen Hitler getan hat, noch hat er was in Vereinen zu suchen, denen gutes Zureden gegenüber Hitlers und Mussolinis nicht ausreicht.«

Auf der Weiterfahrt sahen sie ein paar Motorradfahrer, fünf oder sechs. Sie kamen ihnen sehr schnell entgegen, donnerten vorüber, allesamt über die Maschinen gebeugt. Jorinde war nicht sicher, meinte aber, orange Leuchtstreifen gesehen zu haben.

»Was hast du eigentlich heute noch vor?« sagte sie. »Willst du unbedingt eine Schlägerei, oder was?«

Matzbach grinste. »Ach was, mich haut doch keiner. Dazu bin ich ein paar Zentimeter zu lang. Nur ein bißchen, wie soll ich sagen, Luft ablassen? Ne Art Aderlaß, damit ich anschließend die Ferien an deiner Seite so richtig genießen kann. Manchmal muß ein bißchen Amok sein.«

»Was wählst du eigentlich, wenn gewählt wird? Ich meine, bei deinen Reden.«

»Eine gute Frage, die mich in tiefe Nachdenklichkeit stürtzt, Liebste.«

»Kannst du sie auch beantworten?«

»Nicht grundsätzlich. Ich kann dir unter dem Siegel der Indiskretion sagen, daß ich bei der letzten Wahl nicht gewählt habe.«

»Schlechter Staatsbürger. Warum?«

»Ach, ich wußte nicht, was es da zu wählen gab.« Er summte leise, dann schmatzte er; es klang wie ein Entschluß, Auskünfte zu erteilen. »Ich versuch mal einen Moment lang, ernst zu sein, okay?«

»Ich glaub es kaum und fürchte mich.«

»Daran tust du recht. Sagen wir mal so: Ich glaube, daß für ein funktionierendes Europa zuerst mal die Nationalstaaten verschwinden müssen. Mit Aragon, Burgund, Yorkshire, Bayern und Lombardei geht das besser als mit Frankreich,

England, Deutschland. Deshalb, und weil ich es sowieso für eine Fiktion halte, hege ich keine besondere Zuneigung zu Großdeutschland. Klar, ich hab mich gefreut, als die Mauer fiel – weil da Menschen, die jahrelang eingekerkert waren, sich endlich frei bewegen durften. Menschen, nicht Deutsche.«

»Keine patriotische Rührung, Dicker?« sagte Jorinde.

»Gerührt war ich, als Dubček in Prag neben Havel auf dem Balkon stand, aber nicht wegen irgendwas bei uns. Und der Zusammenschluß mußte nicht sein, für mich; ich muß auch nicht alle anderen deutschsprachigen Länder zusammenfassen. Aber vielleicht war es ja nötig, und ich bin ein Dummkopf. Bloß – dann hätte man es gründlich machen sollen. Im Frühjahr 90 gab es eine positive Aufbruchstimmung. Alle wußten, es wird schwierig, es kostet was, aber wenn wir es richtig machen, kann was Brauchbares dabei rauskommen. Statt die Stimmung auszunutzen, hat der Pfälzer sie abgewürgt. Obwohl alle es besser wußten, sagt er, es würde nix kosten – und alle wissen, nach der Wahl, im Dezember, kommt die Rechnung. Dreist belogen und beschissen, so dumm wie nie zuvor. Und gleichzeitig durch diese idiotische Rückgabe statt Entschädigung auch drüben alles abgewürgt. Wer renoviert ein Haus, das ihm vielleicht morgen weggenommen wird; wer investiert, wenn der Boden, auf dem er was bauen will, morgen vielleicht nicht mehr da ist? Und der liberale Schwanz, der seit dreißig Jahren mit dem Hund wedelt, verlaust von Genscherismus und Möllemännlein und adligen Steuerhinterziehern, macht alles mit. Nee, will ich nicht.«

»Da gäb's doch ne Alternative...«

»Was denn? Grüne Fundi-Mullahs? Oder die Gesinnungsethiker, Studienräte mit Zweitwohnsitz Toskana, Neutralitätsnationalisten, überzeugt davon, die Welt würde schon friedlich, wenn man es nur laut genug herbetet. Probieren jedes

Jahr neue Varianten von Harakiri aus. Halten nichts von Macht, wollen sie aber haben. Hatten einen fähigen Kanzler und haben ihm den Boden weggezogen. Uns dadurch Master Kappes beschert. Und die stellen diesen Saarländer auf, der sagt, er hält nichts von der Vereinigung, will aber erster Vereinigungskanzler werden. Ich will die Macht nicht, aber bitte bitte gebt sie mir. Nee, fand ich alles nicht witzig.«

Jorinde lachte; sie legte die linke Hand auf seinen Oberschenkel. »Komm, laß uns in die Kapelle fahren«, sagte sie halblaut. »Im Bett bist du besser aufgehoben als in noch mehr Kneipen. Warum hast du denn nicht Gysi oder Schönhuber gewählt?«

Matzbach prustete. »Ich kann mir auch nen Pudding aufs Knie nageln, oder n Kotelett an den Schlips binden. Heim, sagst du? Heimfahrt? Hah.« Er bremste jäh.

»Was ist los?«

Er deutete durch die Windschutzscheibe schräg rechts voraus. An einer ältlichen, romantisch verästelten Straßenlaterne baumelte ein aufgeschlitzter, gehängter Rottweiler.

»Allmählich kriegt es Methode.«

Jorinde hob die Brauen. »Inwiefern Methode? Welche, zum Beispiel?«

Matzbach stieg aus, ging zur Laterne, nickte und kam zurück. »Die gleiche Sorte Knoten.« Er ließ den Motor wieder an, fuhr aber noch nicht los. »Wenn sich etwas wiederholt, Liebste, spricht man von Methode. Das heißt nicht, daß sie irgendeinen Sinn ergäbe. Es heißt nicht einmal, daß der, der so etwas betreibt, einen besonderen Sinn darin sähe. Ha. Schach, zum Beispiel. Verlockende Überlegung. Mal sehen, was Osiris dazu sagt.«

Jorinde blinzelte, schüttelte den Kopf und machte unnennbare Geräusche irgendwo in der Kehle. »Du redest irre. Was soll das nun wieder?«

»Ich dachte gerade...« Matzbach schnalzte mehrmals; dann legte er den ersten Gang ein und fuhr wieder an. »Es ist alles derart sinn- und besinnungslos. Die Schachfiguren bewegen sich und wissen nicht, daß jemand sie lenkt. Der Spieler bewegt sie und weiß nicht, daß jemand ihn lenkt – nennen wir diesen Jemand Gott oder Fortuna. Gott weiß nicht, daß jemand ihn lenkt. Welcher Gott im Rücken Gottes hat die Partie begonnen?«

Sie passierten wieder den breitbeinig auf seinem Moped dahinschaukelnden Mann, diesmal ohne ihn zu gefährden.

Jorinde stöhnte. »Erklär mir doch bitte die Zusammenhänge, Herr, zwischen Deutschland und toten Hunden und Osiris und dem Beginn der Schachpartie, ja?«

»Realität ist jene Illusion, die durch Mangel an Alkohol entsteht. Ich hab einfach nicht genug getrunken.«

»O Mann.«

»Ehe mich der Hund vom Pfad der Untugend fortlockte, wollte ich noch etwas bemerken. Hängt alles zusammen, edle Kebse, dauert nur ein bißchen, bis ich dahin komme. Ah. Von den Großveranstaltungen der letzten Jahre hat mir der Golfkrieg erheblich besser gefallen als die Wiedervereinigung. War besser organisiert, bis auf das Ende, wo sie flüchtende Iraker in den Rücken geschossen haben, statt sie neu zu bewaffnen und auf Saddam anzusetzen. Wir machen ja bei so was nicht mit. Wir stimmen in der UNO dafür und gehen auf Tauchstation. Die Friedensbewegung demonstriert nie gegen Kriegsverbrecher, nur gegen den Versuch, Kriegsverbrecher zu bändigen. Sie hätten zweifellos auch dagegen demonstriert, daß Churchill die Offerten unseres friedliebenden Führers ausschlug.«

»Ahaua.«

»Anständige Gesinnung ist, wenn man friedlichen Nachbarn, die von Räubern überfallen werden, nicht hilft, weil man selbst mal Räuber war. Der Hund wiederum brachte mich darauf, daß es ja sein könnte, daß hinter alledem doch eine ganz simple Logik steckt. Daß nicht nur wir Figuren in der Hand des Spielers Kappes sind, sondern daß auch Kappes & Co in der Hand anderer sind, die in der Hand anderer sind.«

»O Mann. Kohl und Friedensbewegung. Tote Hunde und Schach. Gah.«

»Ganz recht, gah. Hängt alles zusammen. Ebenso, wie ich außerstande bin, den Sinn, die Methode dieses Köterhenkens zu erfassen, begreife ich, was in diesem unserem Lannnde vorgeht. Bisher habe ich angenommen, es wäre einfach eben alles so, und es wäre eben alles so einfach. Nämlich blendender, überwältigender, malmender Blödsinn. Die Reihe toter Hunde und die Annahme, daß jemand sie aus okkulten, aber bei mehr Information durchaus nachvollziehbaren Gründen gehenkt und geschlitzt hat, bringt mich zu der – eh, Intuition, daß hinter den Spielern, die uns verrückt verrücken, weitere Spieler stehen könnten, die alles auf einer höheren Ebene manipulieren. Und wenn man deren Motive wüßte, verstünde man vielleicht, wieso alles Unsinn ist.«

Jorinde öffnete den Mund, schloß ihn wieder, sagte dann abermals schwächlich: »Gah.«

»Nun hat Genenger mir erzählt, dieser Poet, Osiris K, sei dabei, eine gewaltige, allumfassende Verschwörungstheorie zu entwickeln. Kann Blödsinn sein, Nebel, wie fast alles hierzulannde, pubertäre Paranoia, kindischer Verfolgungswahn.«

»Doppelmoppel du.«

»Beinahe; nicht ganz. Vielleicht hat aber Osiris zufällig etwas, was für uns wirres Durcheinander ist, zu einem anständigen Puzzle zusammengesetzt.«

Jorinde lachte. »Der Ahrtaldichter als einziger Besitzer des großen Durchblicks? Gah.«

»Was willst du? Hat's schon gegeben. Denk an Heinlein, der irgendwann um 1947 herum eine Story geschrieben hat, in der amerikanische Soldaten Ende der 60er in Vietnam verheizt werden. Denk an Dante, der so trefflich dargestellt hat, daß es in der Hölle von Päpsten wimmelt.«

»Gah.«

»Und vergiß nicht, die Geschütze, wenn es welche gibt, werden abgefeuert in Bonn – noch. Wie wir seit dem Ersten Weltkrieg wissen, hört man ab einem bestimmten Kaliber den Geschützlärm erst in einer größeren Entfernung, nicht unmittelbar neben der Kanone. Vielleicht steht das Haus von Osiris genau in der richtigen Entfernung von der Zentrale, so daß er hört, was anderen entgeht.«

Sie hatten den Platz vor ihrem Behelfsdomizil erreicht. Am Schwengel der Pumpe hing ein aufgeschlitzter Foxterrier. Jorinde stieg aus, knallte die Tür zu und betrachtete das gehenkte Tier.

»Wenigstens hat der Köterkiller alles außerhalb des Trogs gelassen. Das Wasser ist sauber«, sagte sie.

»Vielleicht ist aber auch alles Unfug, der Hundeschlitzer hat keinerlei Motiv, und hinter unseren Bonzen steht niemand. Dann bewegt Osiris seinen Griffel umsonst. Jedenfalls will ich mit ihm reden. Morgen, vielleicht. Mal sehen.«

»Apropos Griffel, apropos bewegen. Komm ins Haus.«

8

Faustschläge ließen die Tür dröhnen, gefolgt von Genengers Stimme, die etwas wie »he holla he« sagte. Matzbach rollte sich seufzend aus Jorindes Armen und watschelte nach vorn.

»Gut abgepaßt«, knurrte er. »Wir wollten eben schlafen.«

Genenger hatte die Arme vor der Brust verschränkt. Hinter ihm wurde der Himmel hell; die ersten Vögel machten sich über den Tag her.

»Ich hab gewartet, bis ihr mit dem Stöhnen fertig wart. Los, anziehen, mitkommen.«

»Was ist passiert? Ist eine deiner Leichen aufgestanden und muß neu geknebelt werden?«

Genenger gähnte. »Das könnte warten. Nee, ne neue Leiche. Eine, die dich interessieren sollte.«

»Gah«, sagte Jorinde; sie zog die Decke über den Kopf.

»Hörst du? Die Worte der Hexe finden meinen Beifall. Abermals gah. Was hab ich so früh am Morgen mit deinen Leichen zu schaffen?«

Genenger bleckte die Zähne. »Zieh dich an. Bei diesem obszönen Anblick kann ich keine Erklärungen abgeben.«

Baltasar blickte an sich hinab. »Obszön? Bäh. Wenn du so zart besaitet bist, wie überlebst du dann als Privatbestatter?«

»Gut. Willst du nicht wissen, wen es zerbröselt hat?«

Matzbach rieb sich die Augen. »Na schön. Wer hat den Löffel abgegeben und nimmt jetzt Raumtemperatur an?«

»Gah«, sagte Jorinde unter der Decke.

»Unser subversiver Heimatlyriker Osiris K.«

»Gerechter Lohn für schlechte Verse. Und?«

Genenger ächzte. »Nun zieh dich doch endlich an. Irgendwas ist da faul; unterwegs erzähl ich's dir.«

Matzbach knurrte leise, ging zum Bett zurück und griff nach seinen am Fußende liegenden Klamotten.

»Und ich?« sagte Jorinde.

Genenger runzelte die Stirn. »Du kommst mit. Ohne dich ist er doch vollkommen unerträglich. Außerdem könnten wir eine Hexe brauchen. Dämonenbeschwörung beim Leichenwaschen, oder so.«

»Gah.« Jorinde streifte die Decke ab und stand auf. Genenger schmatzte.

Ein paar Minuten später brachen sie auf. Der schwarze Leichenbenz nadelte sich durchs Morgengrauen; Heinrich lenkte mit einer Hand, kratzte sich mit der anderen ausgiebig – Kopf, Brust, Lenden, Brust, Kopf – und berichtete.

»Also. Gegen Mitternacht hat jemand den Nachbarn aus dem Bett geklingelt; den von Osiris. Sagt, er müßte dringend den Poeten sprechen, aber der hebt nicht ab. Ob da was passiert ist. Der Nachbar schimpft, zieht sich an und geht los – längerer Weg, wie das auf dem Land mal so ist.«

»Hat der Nachbar kein Auto?«

»Der Nachbar, o Baltasar, ist Chinese.«

»Das erklärt vieles, aber – na ja, in den Nebeltälern der Ahr ist eben alles anders.«

»Gah«, sagte Jorinde. »Und?«

»Der Nachbar geht rüber, rumpelt ein bißchen an den Türen und Fenstern, keine Reaktion. Die Küchentür ist auf, also geht er rein und findet Osiris tot auf dem Bett. Oder jedenfalls sieht er tot aus und atmet nicht.«

»Und dann? Notarzt?«

»Gibt's hier nicht. Das ist es ja. Er hat den diensttuenden Arzt angerufen, und das ist, wie jede Nacht von Mittwoch auf Donnerstag, einer von dieser Privatklinik. Der war aber schon woanders unterwegs, deshalb dauert es. Yü ...«

»Wer? Ach so, der Chinese.«

»Genau. Vorn heißt er übrigens Felix.«

»Felix Yü? Apart. Und weiter?«

»Yü bleibt brav bei seinem Nachbarn; wahrscheinlich hat er sich ein bißchen gegruselt. Dann kommt er auf den Gedanken, auf dem Schreibtisch nachzukucken, ob da was für derlei Fälle rumliegt.«

»Für den Fall, daß er fällt und rumliegt?«

»Gah«, sagte Jorinde. »Halt doch mal drei Takte die Fresse, Matzbach.«

»Jedenfalls findet er so was wie nen Taschenkalender, mit Anschrift und Impfpaß und Blutspenderausweis und so, und da steht außerdem drin, ›im Falle eines Unglücks zu benachrichtigen Heinrich Genenger, Privatbestatter‹, Telefon und Adresse.«

Genenger schwieg einen Moment, stellte das Kratzen ein und kurbelte mächtig; knapp oberhalb des Dorfs lenkte er den Wagen über eine Holzbrücke, dann auf einen Feldweg, der im Weinberg zu versickern drohte, überlebte, immer weiter anstieg und schließlich in ein kleines Seitental stürzte. Links, nahe der Ahruferstraße, stand ein einsamer Neubau. »Da wohnt Yü.« Weiter rechts, talauf, waren zwischen Eichen und Buchen ein halber Schornstein und Teile eines Dachs zu sehen. »Osiris.« Genenger deutete mit seinem wuchtigen Kinn.

»Und was soll bei alledem faul sein?« sagte Jorinde.

Genenger gähnte herzzereißend. »Tschuldigung. Ihr habt ja wenigstens überhaupt nicht gepennt, das ist leichter zu ertragen als eine Stunde oder zwei und dann wieder raus.«

»Interessant. Ziemlich neblige Theorie.«

Genenger blickte in den Rückspiegel; Matzbach fläzte sich neben dem Zinksarg auf der Ladefläche. »Ach halt doch das

Maul. – Na ja, faul ist vielleicht übertrieben. Aber ich hab gestern versucht, deine Liste zusammenzukriegen, Dicker; du weißt schon, die Namen undsoweiter von all denen, die via Klinik ins Jenseits abgedriftet sind. Dabei hab ich zufällig noch ein bißchen weiter geporkelt, bei den bestattenden Kollegen in der Gegend. Und als ich hinterher die besudelten Zettel verglichen hab, ist mir was aufgefallen. Und zwar, daß in den vergangenen zehn Jahren fast alle Leute mit zweifelhaftem Lebenswandel und staatstragenden Ansichten uns in der Nacht von Mittwoch auf Donnerstag verlassen haben. Das heißt, alle, die die Zehen nach oben gedreht haben natürlich. Immer dann, wenn einer der Jungs von der Klinik Dienst hatte.«

»Hast du einen Ewigen Kalender?«

»Klar doch; braucht man, wenn man Charon spielt und Kadaver ins Jenseits expediert.«

»Gah«, sagte Jorinde. »Ist das dein Chinese?«

»Mhm.« Genenger stellte den Motor ab und öffnete die Tür.

Das zweigeschossige Haus stand auf einer nahezu kreisrunden Lichtung im kleinen Laubwald. Es war aus Backstein gebaut, geschwärzt von Jahren und Wetter; an zwei Ecken überragten Rundtürmchen das schiefergedeckte Giebeldach. Die Grundfläche von etwa fünfzehn mal fünfzehn Metern wurde noch durch eine umlaufende, überdachte Veranda vergrößert, zu der auf jeder Seite in asymmetrischen Geländerlücken jeweils drei Holzstufen führten. Es förderte jedoch die Symmetrie erheblich, daß am Pfosten neben einer der Seitentreppen ein massakrierter Pinscher hing, und daß sich von der Minitreppe an der Vorderseite ein etwa 30jähriger schlanker Chinese erhob. Es schien ihm Mühe zu bereiten, den linken Arm vom Geländerpfosten zu lösen.

»Felix Yü«, sagte Genenger. Er deutete mit dem Daumen hinter sich. »Jorinde Seyß. Baltasar Matzbach.«

Jorinde schüttelte ihm die Hand. »Morgen.«

Matzbach verneigte sich. »Mein langes Sehnen nach Eurem Anblick ist endlich gestillt.«

Yü stutzte, dann grinste er und erwiderte die Verbeugung. »Der Frühergeborene beschämt mich; er verschwendet sein Herz über Gebühr.«

Jorinde und Heinrich sahen einander an; sie sagte halblaut: »Gah«, und Genenger gleichzeitig: »O nein.«

Yü blinzelte den Bestatter an, nicht nur aus Müdigkeit. »Keine besonderen Vorkommnisse. Kann ich...?«

Genenger hob die Schultern. »Totenschein ausgestellt? Und sonst?«

Yü schüttelte den Kopf. »Herzversagen. Sonst nix, außer...« Er hielt sich mit übertriebener Geste die Nase zu.

Der Bestatter seufzte. »Ach ja, nun denn. Okay, ich glaub, du kannst dich in die Falle hauen. Und – vielen Dank.«

Yü lächelte. »Aber gern. Wie Konfuzius sagte: Wenn Tote sich offenbaren, sollte der Weise sich verschließen. Oder so. Sagst du dem Alten Bescheid?«

Genenger nickte; Yü rammte die Hände in die Taschen seiner Windjacke und marschierte los. Jorinde hob eine Braue und sah hinter ihm her; Matzbach feixte stumm.

»An die Arbeit!« Genenger ging zur Tür. Jorinde folgte zögernd, blieb auf der mittleren Stufe stehen und hüstelte.

»Eh, was sollen wir denn dabei?«

Der Bestatter wandte sich im Türrahmen um. »Helfen, was sonst? Baltasar hilft mir beim Waschen und Verputzen und macht vielleicht Frühstück; du solltest dich im Haus umsehen, ob so etwas wie ein Testament rumliegt. Oder eine Liste mit Leuten, die im Todesfall zu benachrichtigen sind.«

Matzbach schob Jorinde vor sich her. »Hurtig, mein Täubchen. Nicht alle Tage reiten solch' Husaren trum trum trum trum und im Kriege durch die Lombardei. Wen meint der Chinamann mit dem Alten, dem du Bescheid sagen sollst?«

»Ach, er hilft dem Schreiner und will sich wohl heute erst mal ausschlafen.«

»Ausschlafen? Gah«, murmelte Jorinde.

Genenger war bereits im Schlafzimmer verschwunden, als Jorinde und Baltasar den Wohnraum betraten. Er war fast schwarz getäfelt; überall standen antike Schränkchen, Kommoden und Vitrinen. Auf einem langen Refektoriumstisch türmten sich Bücher und Papiere. Ein unangenehmer Geruch erfüllte den Raum. Neben dem riesigen offenen Kamin hing ein Elchkopf. Matzbach stierte in die glasigen Augen des Tiers, dann bedachte er den Billardtisch mit einem Lächeln; Jorinde schob die Hand in seinen Gürtel und bohrte einen scharfen Nagel in seine Lende.

»Komm, los, träumen können wir später.«

Sie hörten, wie im Schlafzimmer Fenster aufgerissen wurden. Dann röhrte Genenger: »He, wo bleibt ihr?«

Matzbach streifte die überquellenden Bücherregale mit einem bedauernden Blick, legte die Hände um Jorindes Hüften und schob die Hexe vor sich her.

Der Schlaf- und Arbeitsraum war fast fünfzig Quadratmeter groß, mit Fenstern nach Süden und Westen und einer Flügeltür zu einer Zwischendiele, an der Küche und Bad lagen. Der Bestatter hatte alle erreichbaren Fenster und Durchgänge geöffnet, aber es war windstill draußen, an diesem frühen Sommermorgen; der Luft- und Duftaustausch würde sich unendlich langsam vollziehen.

Auch hier gab es Regale bis zur Decke, einen PC, einen langen Arbeitstisch, einen englischen Eibensekretär mit grüner Lederplatte, aber Schwerpunkt und Blickfang lagen im Bett.

Der Mann, der unter dem Namen »Osiris K« seltsame Verse und Gesänge ausgetragen hatte, war klein, dürr, ein Greis. Matzbach trat neben Genenger, der am Fußende des Betts stand.

»Komisch. Irgendwie denkt man bei schlechten Versen automatisch an Jünglinge...«

Genenger schnaubte leise. »Jüngling sein ist keine Frage des Alters, wie du wissen solltest, Kindskopp.«

»Hat er sich was Besonderes gewünscht – in Sachen Zurichtung und Bestattlichkeit?«

Genenger schüttelte den Kopf. »Rasieren soll ich ihn, wenn's ihn erwischt, hat er gesagt. Und Nägel schneiden.«

Jorinde breitete die Arme aus. »Gräßlich heult Garm vor der Gnipahöhle. Die Fessel reißt, Fenris rennt.« Ihre Stimme, anfangs brüchig, wurde fester; es war, als ob sie sich von der Beklemmung losspräche. »Im Riesenzorn rast die Schlange; sie schlägt die Wellen, der Adler faucht; Leichen zerreißt er. Los kommt Naglfari.« Ihre grünen Augen sprühten.

Genenger schnitt eine Grimasse; Matzbach applaudierte. »Ah, die nordische Dämonistik. Ragnarök soll ein bißchen hinausgeschoben werden, wie? Aber ob die Trolle, die aus den Nägeln der Toten das Geisterschiff bauen, damit einverstanden sind? Jedenfalls – rücksichtsvoll vom toten Poeten. Danke, Frau Hexe.«

Jorinde ließ die Arme sinken; das grüne Feuer erlosch. »Worte, Worte«, sagte sie leise. »Ein Schutzwall gegen das Entsetzen. Ich hab nicht so oft mit ... so was zu tun wie ihr.«

Genenger starrte auf den Toten. »Zwanzig, dreißig im Jahr, manchmal mehr. Aber es ist nicht *so* lustig. Vor allem, wenn's nen Freund erwischt, wie hier.«

Matzbach schob die Unterlippe vor. »Mich überkömmt ein Frösteln.« Er rammte Genenger einen Ellenbogen in die Seite. »Hol schon deine Utensilien, Junge. Oder willst du ihn ewig so liegenlassen?«

Heinrich knurrte, drehte sich um und ging hinaus. Jorinde setzte ein schräges Lächeln auf, das gleich wieder abrutschte. »Macht dir das überhaupt nix aus?«

Matzbach blickte zum Fenster. »Es wäre leichter, wenn der Wind hülfe. Puh.« Er wedelte mit der Hand. »Was heißt ausmachen? Ein toter Fremder, ein fremder Toter... Wenn ich ihn gekannt hätte, wär's was anderes. Aber so? Es ist« – er schloß die Augen, legte die Stirn in Falten, ächzte, öffnete die Augen wieder – »Leiche Nummer Achtzehn oder Neunzehn, was, eh, ›Fälle‹ angeht. Vielleicht auch Nummer Zwanzig. Man gewöhnt sich. An allem, sogar am Dativ.«

Jorinde gluckste leise. »So ist es recht. Dein Geschwätz vertreibt die Schatten. Kannst du nicht einfach ein bißchen reden, während wir an dem da rummachen? Aber, sag mal, achtzehn, neunzehn, vielleicht zwanzig? Bei der Sache im Westerwald, damals, da war ich ja dabei, und seitdem hast du hin und wieder mal von was erzählt, und, hm, zwei, glaub ich, hab ich mitgekriegt. Waren das wirklich so viele?«

Matzbach grinste. »Die Weltgeschichte ist voller Leichen, Liebste. Du telefonierst doch dauernd mit denen, oder?«

»Mit den Seelen.« Sie betrachtete Osiris K. »Aber die sind nicht so... tot. Und riechen nicht.«

Genenger erschien mit einer umfangreichen Tasche. »Wer riecht?«

»Beim Ausfahren der Seele aus dem Leib«, sagte Matzbach, »stülpen sich die Eingeweide nach außen. Das ist nun mal so. Nette Hebammentasche hast du. Und jetzt?«

»Anpacken.« Genenger schob den schweren Sessel von der

rechten Bettkante fort und gab Anweisungen. Jorinde entfernte den Lehnstuhl, der links vom Bett stand. Genenger zog die Decke weg. Osiris K. war vollständig angekleidet. Matzbach faßte ihn bei den Füßen, hob ihn an und hielt ihn, bis Genenger das verfärbte Laken unter dem Leichnam herausgerupft und ein großes dunkles Wachstuch zwischen Matratze und besudelte Beinkleider geschoben hatte.

»Sag doch was.« Jorinde, die sich zum Sekretär zurückgezogen hatte, blickte Matzbach flehend an; dann machte sie sich zwischen den Papieren des Toten zu schaffen.

»Ausziehen, waschen, schneiden, umlegen«, sagte Matzbach. »So etwa? Heinrich, ihr graut vor dem. Sag Bescheid, wenn du mich nicht mehr brauchst; ich geh dann in die Küche, um uns ein Frühstück zu bereiten. Soll ich mir etwa die Hände waschen?«

Genenger grinste stumm; Jorinde sagte: »Gah.«

»Ich nehme das als Zustimmung. *Mon dieu*, nicht mal sechs Uhr früh. Zuerst vor dem Schlafen aufstehen, dann vor dem Frühstück Leichen waschen. Man gönnt sich ja sonst nichts. Ich will euch eine Geschichte erzählen, ihr Lieben. Sie handelt von einem alten Feinschmecker.«

»Gah«, sagte Jorinde; sie raschelte mit Papier. »Lauter Poesie.«

»Sag ich doch.« Matzbach nahm die Waschschüssel entgegen, die Genenger aus der abgründigen Tasche zog, und ging ins Bad. Während das warme Wasser floß, schwieg er; als er mit der gefüllten Schüssel zurückkam, räusperte er sich.

»Also, dieser alte Feinschmecker kommt durch eine entlegene Straße von Paris, in einer Gegend, die er zum letzten Mal vor zwanzig Jahren auf der Suche nach Eßbarem durchstriffen. Es gibt dort, zu seiner freudigen Überraschung, inzwischen ein neues Restaurant. Das Etablissement hat aber keine

Speisekarte ausgehängt. Er geht trotzdem hinein und setzt sich erwartungsfroh an einen Tisch. Die Tischdecke ist rotweiß kariert.«

»Ist das wichtig?« Genenger blickte von seinem Hantieren mit Seife, Waschlappen und Körperteilen auf. Jorinde machte ein Würgegeräusch und wühlte weiter in den Schubladen.

»Nur atmosphärisch, aber das gehört dazu. Ein Kellner in blütenweißer Livree tritt zu ihm und sagt: ›Monsieur?‹ Monsieur hüstelt und sagt: ›Ich hätte gern etwas gegessen. Bringen Sie mir doch bitte die Karte.‹ Der Kellner lächelt. ›Wir haben keine Karte, Monsieur.‹ Monsieur *le gourmet* blinzelt verblüfft, oder verbloffen, wie man's nimmt.«

Jorinde seufzte.

»›Keine Karte? Wie sollen Ihre Gäste denn bestellen?‹ Der Kellner, sehr freundlich: ›Ganz einfach, Monsieur – Sie bestellen, was Sie gern äßen, und wir bereiten es zu.‹ Monsieur, immer noch erstaunt, sagt: ›Egal was?‹ Der Kellner nickt. Aha, denkt sich Monsieur, euch leg ich aber rein.«

»Umdrehen«, sagte Genenger. »Und dann brauch ich dich erst mal nicht mehr.«

»Gut, gut; dann kann ich mich ja ums Frühstück kümmern.« Matzbach wanderte zur Küche; er ließ die Türen auf und redete weiter, so laut, daß es im ganzen Haus zu hören war.

»Also – hm, kein Kaffee? Doch, aber nur Instant. Bah. Was sagt der Kühlschrank? Knurr mich nicht so an.« Er öffnete die Kühlschranktür. »Hm. Milch ist da. Und sonst? Marmelade. Käse. Margarine. Eier. Ah, *à propos*, zurück zur Geschichte. Monsieur grübelt also einen kleinen Moment, dann bestellt er wie folgt.«

»Wasch dir die Hände«, rief Jorinde.

»Wie Sie wünschen. ›Bringen Sie mir doch bitte zum ersten Durstlöschen ein Fläschchen chinesisches Bier, und zwar aus der weiland deutschen Brauerei der Stadt Tsingtao.‹ Der Kellner nickt und notiert.«

»Wie hat dein Monsieur ›weiland‹ auf Französisch gesagt?« Genengers Stimme klang ein wenig unterdrückt, als höbe er einen schweren Gegenstand.«

»*Ex*«, sagte Matzbach. Er zerschlug Eier am Pfannenrand und prüfte die Milchtemperatur mit dem rechten kleinen Finger. »Zucker zum Kaffee? Vielleicht auch *antérieurement* oder sogar *feu*; es geht dich aber einen feuchten Kehricht an, Genenger; du kannst doch gar kein Französisch.«

»Becher oder Tasse?« sagte Jorinde.

»Becher. Und die gewünschte Stärke des Kaffees, Madame, Monsieur? Gewöhnlich, hektisch, *extra stout*?«

»Letzteres, und drei Löffel Zucker«, sagte Genenger.

»Ich auch. Gah.«

»Sehr wohl. ›Als Vorspeise hätte ich gern einen kleinen Cocktail aus Kolibri-Eidotter, sagen wir, zehn Dotter, gequirlt in dreiundachtziger Carta de Oro.‹ Der Kellner notiert. ›Danach eine kräftige Kudu-Bouillon, aber Bouillon, bitte, ohne verderbliches Gemüse oder derlei.‹ Der Kellner lächelt und notiert.« Matzbach betrachtete die Spiegeleier, die leise zischten, stellte die Kochplatte kleiner und arrangierte drei Emaillebecher nebeneinander. In jeden schüttete er zwei gehäufte Eßlöffel Maxwell, Zucker nach Bestellung, darauf eine Prise Zimt.

»›Nach der Bouillon, als dritten Gang sozusagen, eine mittelgroße Portion Forellenbäckchen und Pfauenzungen, *à point* gesotten und mit dem jüngsten vorhandenen Bâtard Montrachet abgelöscht.‹ Der Kellner lächelt und notiert.«

»Mir reichen zwei Scheiben Brot«, sagte Jorinde. »Das hier

sieht aus wie ein wichtiger Umschlag. Falls ich überhaupt was runterkriege.«

»Ich bitte drei.« Genenger hustete. »Was für ein Umschlag? Steht was drauf?«

»Nee.«

»Dann ist er unwichtig. Er hat ein Testament gemacht, das weiß ich, und in einen Umschlag gesteckt, auf dem ›Testament‹ steht.«

»›Dazu eine achtundachtziger Scharzhofberger Auslese aus dem Hause von Hövel‹, sagt Monsieur. Blödsinn, auf ein Testament Testament zu schreiben. Wenn's wenigstens Letzter Wille wäre!« Matzbach säbelte dicke Scheiben von einem Graubrotlaib und prüfte abermals die Milchtemperatur mit dem Finger. »Autsch. ›Rapunzelsalat, angemacht mit *crème fraîche*, Schalotten und Apfelstückchen, wobei Schalotte und Apfel gemeinsam durch eine Zwiebelpresse gezwängt werden sollten, und garniert mit ein paar Streifen Kudufleisch sowie scharf gebratenen Tukanlebern.‹ Der Kellner lächelt und notiert. ›Dazu ein Gläschen Moriles, bitte sehr.‹«

»Der Kellner lächelt und notiert«, sagte Genenger. »Und gleich brauch ich einen, der abwechselnd die Beine hochhält, zum Nägelschneiden.«

»Gah«, sagte Jorinde.

»Die Milch kocht über; ich kann jetzt nicht.« Matzbach goß die brodelnde Milch in die Emaillebecher und rührte. »›Ferner, als fünften Gang, ein wenig Bärentatze, Känguruhlende und *faux filet* vom Löwen, bereitet nach dem Prinzip des *boeuf bourguignon*; als Gemüse bitte sehr Stielmus, dazu einen sechsundsiebziger Echézaux von Gerbet.‹ Der Kellner lächelt und notiert. Außerdem macht es sich immer besser, wenn eine Frau Beine hochhält.«

»Wieso Stielmus?« sagte Genenger. »Warum nicht Kappes

Schlaat? Und wieso verzichtest du darauf, die Jungs das Fleisch *an* irgendwas servieren zu lassen? Überhaupt – Bärentatze? Soll es darin schon wibbeln?«

»Matzbach ist ein Chauvi. Was ist Stielmus? Von dem anderen, Kappes wie bitte, nicht zu reden.«

Matzbach stellte die Kochplatte aus; die Spiegeleier waren an den Rändern angenehm braun. Er strich Butter auf insgesamt acht Scheiben Brot; dann bedeckte er die Butter mit Sauerkirschmarmelade und öffnete vier Dosen mit weißem Thunfisch *(Bonito blanco en aceite)*.

»Stielmus«, sagte er, »gewinnt man im Frühjahr, wenn die Rüben reifen. Rübstielchen auf Streichholzlänge geschnitten, in Salzwasser gekocht, dann in die gleiche Menge Kartoffeln gestampft und mit einer Büchse Schmalzfleisch versetzt. Eine der üppigeren Köstlichkeiten des Landes. Wodurch dem kundigen Zuhörer erhellend mitgeteilt ist, daß sich Monsieur im Frühjahr auf einer Atzungsreise befindet. Kappes Schlaat dagegen macht man besser im Herbst oder Winter – Weißkohl, wenn's beliebt; ebenfalls in Salzwasser gekocht nach vollzogenem Kleinschneiden oder Ribbeln, in die gleiche Menge Kartoffeln gestampft, begossen mit zerlassenem Speck und den restlichen, möglichst krossen Speckstückchen, dann liebevoll abgeschmeckt mit Essig und zerdrückten Zwiebeln. Reichlich Essig. Hat aber einen starken Eigengeschmack, sollte nicht zu Känguruh *à la bourguignonne* gereicht werden. Die Bärentatzen müssen noch nicht wibbeln, nein. Was macht, *à propos*, die Leiche? Übrigens boykottieren anständige Menschen Lokale, die etwas ›an‹ etwas servieren.«

»Der *haut goût* läßt nach; noch kein Wibbeln, und das Zappeln hält sich in Grenzen.«

»Gah«, sagte Jorinde. »Ich hab's gefunden! Das Testament. Gut versteckt zwischen – ah, Kochrezepten in Versen. Widerlich.«

»Zum Dessert bestellt Monsieur Tsampa – süßen tibetischen Hirsebrei – und dazu ein Schälchen Kumyß; das ist vergorene Stutenmilch.«

»Kommst du jetzt endlich her, Jorinde? Die Nagelschere ist da in der Tasche.«

»Gah.«

»Der Kellner lächelt und notiert. ›Käseplatte‹, sagt Monsieur, ›unter anderem burgundischen Munster aus Ladoix und ein wenig mongolischen Schafskäse. Dazu einen guten Kalifornier, am liebsten den sechsundachtziger Cabernet von Eisele aus dem Chiles Valley bei St. Helena.‹ Der Kellner lächelt, notiert und geht.«

»Stielmus«, murmelte Jorinde. In der Küche hörte Matzbach das trockene Knirschen, wie es eine scharfe Schere in alten Zehennägeln erzeugt. Er verteilte den Inhalt der vier Thunfischdosen auf die acht mit Butter und Marmelade bedeckten Graubrotscheiben und drapierte jede mit einem wohlgeratenen Spiegelei.

»Nach und nach bringt der Kellner die Leckereien. Alles sieht aus wie das, was Monsieur bestellt hat, wo ist denn hier das Besteck? Und alles schmeckt gar wunderköstlich. Zum Kaffee, gereicht mit Quittenpaste in Bonbonform, präsentiert man Monsieur eine horrende Rechnung, die aber angesichts der Qualität und Exklusivität des Mahls preiswert wirkt.«

»Nun schneid doch nicht in den Zeh«, sagte Jorinde. »Das ist ziemlich rücksichtslos.«

»Er kann sich nicht mehr wehren«, knurrte Genenger.

»Dafür hat man gesorgt«, sagte Matzbach. Er belud ein gargantuanisches Tablett mit den drei großen Tellern, drei Bechern und dem nötigen Besteck.

»Wieso hat man dafür gesorgt?« Genenger klang ungewöhnlich interessiert.

»Es erscheint mir ungemütlich, um nichts Herberes zu sagen, wenn das Opfer eines Herzversagens voll angekleidet, mit Schuhen und allem, unter der Bettdecke liegt und rechts und links vom Bett Sitzmöbel stehen, die ihn am Besteigen oder Verlassen des Lagers hindern müßten. Wir sollten Yü fragen, ob das so war, als er ihn gefunden hat. Und den Hausarzt, ob Osiris ein schwaches Herz hatte.«

»Was denn noch?« sagte Genenger. »Keine Einstiche – niemand hat ihm Luft injiziert, wenn du das meinst.«

Matzbach hob das Tablett auf und scheiterte beim Versuch, aus der Küche in die Diele zu gelangen; das Tablett war zu breit für die Tür. Er nahm einen zweiten Anlauf, seitwärts tänzelnd.

»Ah, so geht's. Ich serviere im Salon, wenn's beliebt. Der Billardtisch ist frei. Sieh doch mal nach, ob du vielleicht ein Kissen mit Beißspuren entdeckst. Ach, die hätten sich längst verflüchtigt; wir werden also mit einer Hypothese ohne Beweis arbeiten müssen. Egal. Jedenfalls, Hände waschen. Und beim Bezahlen sagt Monsieur: ›Hören Sie, ich bin beeindruckt und zutiefst dankbar. Aber ist es noch nie jemandem gelungen, Sie mit einer umwegigen Bestellung zu foppen?‹ Der Kellner lächelt. ›Doch, Monsieur; einmal, kurz nachdem ich hier angefangen hatte.‹ Wo bleibt ihr?«

Jorinde erschien, ein wenig bleich, aber gefaßt. Sie nippte an ihrem Instant-Milchkaffee mit Zimt, nickte und riß dann die Augen auf. »Was ist das? Marmelade, Thunfisch, Spiegelei?«

Genengers Stimme, aus dem Bad, übertönte das Geräusch fließenden Wassers. »Wahrscheinlich hat er das Salz vergessen.«

Matzbach schnippte mit den Fingern. »Erwischt. ›Und zwar‹, sagt der Kellner, ›hat da spät abends ein Herr frisch amputierte Bayerneier auf Toast bestellt. Aber an dem Abend war uns das Brot ausgegangen‹.«

»Gah«, sagte Jorinde. Sie stand auf. »Da werf ich lieber noch nen Blick in den PC, als hier noch länger...«

Matzbach frühstückte gelassen zu Ende, räumte anschließend ab und ging auf leisen Sohlen ins Hauptgemach, wo Genenger an der Leiche zupfte und Jorinde, verzweifelt konzentriert, auf den grünlich flimmernden Bildschirm starrte.

»Na? Was rauszukriegen?«

»Bisher null. Ich kann bloß drei Disketten finden. Auf einer hat er eine ziemlich wirre Sammlung von Zahlen und Stichwörtern für seine nächste Steuererklärung, alles völlig unsortiert. Die beiden anderen sind leer. Oder ich komm nicht ran. Die Festplatte genauso. Ich krieg immer nur keine Information oder falsches Suchwort oder so.« Sie hämmerte auf den Tasten herum, knurrte, stöhnte dann wieder und versuchte einen neuen Weg.

Matzbach ging zum Musikturm.

»Keinen ablenkenden Lärm, bitte«, fauchte Jorinde.

»Uh-uh-uh. Ich such nur was.«

»Ha.«

Genenger kicherte trocken, murmelte etwas Unverständliches und zerrte an den Ärmeln des feinen weißen Leichenhemds.

Matzbach wühlte in den LPs herum, nahm einige aus der Hülle, steckte sie wieder zurück, ächzte, zählte die CDs, zählte die MusiKassetten, ächzte abermals. Die Kassetten waren überaus ordentlich beschriftet; er nahm sie stapelweise heraus, überflog die Beschriftungen, machte mehrmals klakkende Zungengeräusche.

»Wenn er da was versteckt hat, müßte man alle einzeln durchhören«, sagte er. »Will ich nicht. Ich geh jetzt Haus kucken. Baggert schön.«

9

Bei der Inspektion des Hauses stieß Matzbach mehrfach Pfiffe aus. Irgendwann begegnete er Jorinde, die leise summend mit halbgeschlossenen Augen umherwanderte und ihn vorsichtshalber nicht sah. In der ersten Etage gab es sechs relativ große Zimmer, ein weitläufiges Bad und eine Behelfsküche. In vier Zimmern standen breite Betten, Typ *grand lit*, in allen gab es dunkle Regale, gut gefüllt bis zur Decke, und dicke Teppiche, allesamt zweifellos echt. Die beiden Ecktürmchen waren mit Wendeltreppen und Regalen versehen, dazwischen je drei Absätze oder Plattformen mit jeweils einem Sessel, Tischchen und Lampe; in halber Höhe konnte man von den Türmchen ins ausgebaute Dachgeschoß gelangen, in dem noch mehr Bücher, Tische, Sessel, Couches, Schnapsschränkchen und zahllose Spielgeräte standen: Tischfußball, alte Flipper, Münzautomaten, einarmige Banditen, ein Roulettetisch...

Als er durch den zweiten Eckturm hinabstieg, bemerkte er, daß die dortige Wendelbibliothek ausschließlich Philosophie enthielt; er erinnerte sich, im anderen Turm, durch den er emporgekommen war, nichts als Kunst gesehen zu haben. Darauf inspizierte er abermals die Zimmer der ersten Etage und nahm die feinen Unterschiede wahr, die er beim ersten Rundgang übersehen hatte. Eines der Zimmer enthielt nur deutsche Literatur, eines englische und amerikanische, eines französische, italienische, spanische und portugiesische bzw. südamerikanische; wahrscheinlich paßten auch die Möbel, Bilder und sonstigen Dekorationsstücke dazu. Jedenfalls prangten im Antike-Raum an den wenigen Freiflächen der Wände, auf Schemeln, Tischchen und Sockeln ausschließlich antikische Dinge: ein alter Stahlstich mit Labyrinth und Minotauros, eine Aphrodite von Melos (mit fein angefügten Gipsarmen), eine Schale mit römischen Münzen, eine andere mit bronzenen Pfeilspitzen und sonstigen Utensilien zu Heilung oder Vernichtung, Scherben, Aquarelle, Büsten. Das fünfte Zimmer war offenbar dem Orient im weitesten Sinn gewidmet. An den Wänden hingen Bilder des Mihrab der Moschee von Córdoba, des Taj Mahal, einer verwickelten Pagode, eines obszönen indischen Tempels, dazu Hokusai-Drucke und ein chinesisches Rollbild; unter den herumliegenden und -stehenden Objekten identifizierte Matzbach eine tibetische Gebetsmühle, Ritualdolche, Tanzmasken; in den Regalen stand alles mögliche von Arrians *Indike* über etliche Ausgaben von *1001 Nacht* (einschließlich vollständiger Ausgaben von Galland und Burton) bis hin zur *Geheimen Geschichte der Mongolen* und neuesten Sachbüchern.

Der sechste Raum schließlich – einer jener mit Bett – enthielt Genre-Literatur. Der ordentliche Osiris hatte die einzelnen Regalbretter wie überall mit Klebern versehen; Matzbach grinste vergnügt, als er neben den üblichen Einteilungen wie Krimi, SF und Abenteuer weniger gängige fand, die ihn aber ebenso überzeugten: »Sonette« (Petrarca bis Pastior), »Verwechslungskomödien«, »Bildungsromane«, »Künstlerromane«, »Kunstgewerbliche Nabelschau« (hier befremdete ihn die Anwesenheit von Augustinus neben Rilke und Handke), »Nonsens« (mit Lewis Carroll, Edward Lear und Martin Heidegger gut bestückt, dazu eine beeindrukkende Sammlung von Verfechtern des *nouveau roman*), und anderes mehr.

Ein jäher Gedanke, der andere auslöste, überfiel ihn und schleuderte ihn beinahe in einen Plüschsessel. Nach längerem Grübeln kicherte Matzbach, stand auf und ging wieder ins Erdgeschoß hinunter.

Er fand Genenger und Jorinde über diverse Papierstapel gebeugt, die sie offenbar aus mehreren Räumen zusammengetragen hatten. Heinrich blickte auf, blinzelte und rieb sich die Augen.

»Ein paar wirre Dinge... Ich schätze, wir sind gleich fertig. Hast du dir das Haus angesehen?«

Jorinde seufzte lustvoll. »Ich auch. Also, wißt ihr, ich könnte ja mein Hexengewerbe auch von hier aus betreiben; muß ja nicht Düsseldorf sein. Wer mich hier wohnen ließe, der würde Gefahr laufen, auf der Stelle geheiratet zu werden.«

Matzbach grinste. »Hör doch mit deinen Drohungen auf. Und ich hatte mir schon überlegt, weil's mir gefällt, dem oder den Erben ein Kaufangebot zu machen. Bah. Gibt's hier noch nen Keller?«

»Mit reichlich Wein, Dicker.« Genenger ließ sich auf einen Stuhl fallen und langte nach dem nächsten Papierhaufen, während Jorinde einen Schmollmund zog und aus dem Fenster starrte. »Sieh dich um. Aber nicht zu lange; wir sollten noch ein bißchen Kriegsrat halten.«

Matzbach nickte und machte kehrt. Die Steine der Kellertreppe waren ein wenig glitschig, aber nicht völlig feucht. Unten fand er das übliche Sammelsurium verschieden genutzter Räume: Heizkeller mit Brenner und, durch eine Zwischenmauer getrennt, Öltank; einen Bastel- oder Werkzeugraum; ein paar leere Räume, in denen antike Spinnweben

Beschaulichkeit darstellten; an einem Ende des Kellers eine Wand, die nachträglich zugemauert schien, hinter der nichts mehr vom Haus aus Zugängliches lag; am anderen eine Holztür, durch die man über eine Außentreppe ins Freie gelangen konnte. Und ziemlich in der Mitte zwei gewölbte Kellerräume mit mehreren tausend Flaschen, teils in Weinregalen aus Metall, teils in gemauerten Fächern. Matzbach grunzte, verteilte ringsum Kußhände, schaltete die Lichter aus und ging wieder nach oben.

Jorinde hantierte in der Küche; den Klängen nach schien sie zu spülen und gleichzeitig Wasser zu kochen, vermutlich für den nächsten Kaffee. Genenger stand am Eibensekretär, die Fäuste auf die Platte gestemmt, und starrte auf das oberste von zahlreichen Blättern.

»Well?« Matzbach grapschte nach einem Stuhl, drehte ihn um, setzte sich rittlings darauf und ließ die Arme über die Rücklehne baumeln.

»Nix well.« Genenger richtete sich auf und nahm einen gründlichen Schluck aus seiner Nase. »Alles großes Durcheinander. Also, die wichtigsten Sachen haben wir gefunden. Versicherung, Rente, Banken, Testament – ach so, das wußtest du ja schon. Aber dann gibt's da noch jede Menge beschriebenes Papier.« Er klopfte auf den Stapel.

Matzbach schwieg, bis Jorinde mit drei Bechern Kaffee zu ihnen gestoßen war.

»Danke, o mein Herzbeutel.«

»Pah.« Sie setzte sich auf eine Art Klavierhocker und blies über ihren Becher. »Ihr seht so nach Kriegsrat aus.«

Genenger sackte in den Schreibtischstuhl und trank einen Mundvoll. »Heiß. – Kriegsrat, na ja; ich weiß bloß nicht, was von all dem Zeug wichtig ist.«

Matzbach starrte in seinen Kaffee. »Hört mal zu. Ich hab

eben da oben furchtbar nachgedacht, mit betäubender Wucht gewissermaßen. Ich will euch einen Teil des Gedankengewebes aufriffeln; der andere Teil ist noch nicht fertig. Aber auch der fertige mißfällt mir.«

Jorinde lächelte sanft. »Heb an, o Mann.«

»Alsdann. Hmh. Also, Osiris fühlt sich verfolgt, richtig? Er behauptet, das hinge mit irgendwas zusammen, was er gefunden oder herausgefunden oder entdeckt hat. So weit?«

Genenger klackte die Zähne aneinander. »Er hat gesagt, er säße über Dynamit. Nicht *auf*, sondern *über*. Mehr hat er aber nicht sagen wollen.«

»Gut. Ein seltsamer Anruf in der Nacht jagt den Chinesen los, Mister Yü; wer hat da angerufen?«

»Einer der zahlreichen Besitzer von Telefonanschlüssen in Mitteleuropa«, sagte Jorinde.

»Schon recht, schon recht; seltsam ist doch bloß, daß einer, der um Mitternacht dringend einen anderen beteflonieren will und dazu einen dritten aus dem Bett jagt, weder Namen noch Nummer zum Rückrufen hinterläßt, oder?«

Genenger runzelte die Stirn. »Klingt komisch, aber wissen wir das? Yü hat nix davon gesagt. Müßte man noch mal fragen.«

»Machen wir. Weiter. Ich gestehe, daß mich diese Klinik nicht interessiert, Heinrich, und auch deine angeblich schrägen Leichen der letzten Jahre nicht, die immer dann anfallen, wenn einer der Klinikärzte Notdienst hat. Das ist mir alles zu weit an zu langen Haaren herbeigeholt. Ich glaube, du willst mich foppen – Beschäftigungstherapie, um Matzbach hinterher auslachen zu können, ja?«

Heinrich grinste nur.

»Wohlan denn. Außerdem – wer sich in so ein Schönheits- und Psycho-Kombinat begibt, ist selber schuld, wenn er geschlachtet wird. Wenn da was nicht stimmt, von mir aus; soll sich die Polizei drum kümmern. Mich juckt das nicht. Aber ...«

»Ich dachte, dich interessieren schräge Fälle.«

»Falsch, Genenger; oder jedenfalls nur teilweise richtig. Mich interessieren schräge Fälle, wenn sie wen betreffen, an dem mir liegt. Oder wen, der mir nicht liegt, der mir aber große Summen ans Herz legt.«

Jorinde nickte langsam. »Aha. Das erklärt vieles.«

»Eben. Zurück zum Aber. Also, aber. Und zwar folgendes Aber. Angenommen, es wäre etwas dran an der Verfolgungsangst oder Verschwörungsthese von Osiris. Angenommen, sein Ableben hätte etwas damit zu tun. Angenommen drittens, der Klinikarzt hätte seine Pfötchen drin ...«

Jorinde ächzte. »Stop mal. Du mit deinem angenommen. Was ist denn mit deinem Gerede von vorhin, von wegen angekleidet im Bett, mit Stühlen rechts und links, die ihn am Aussteigen hindern?«

Matzbach hob die Schultern. »Ja, was? Wiederum angenommen, Osiris hätte sein Herz rumoren hören und sich zum Durchatmen und Entspannen aufs Bett gelegt. Sagen wir, der Lehnstuhl stand sowieso da. Sagen wir, Osiris verdrückt sich ins Jenseits; der Arzt, von Yü herbeigerufen, zieht einen Stuhl an die Bettkante, setzt sich, untersucht, steht auf, schiebt zerstreut den Stuhl wieder an die Kante statt zurück in den Raum. Alles ganz harmlos; vielleicht kann Yü uns mehr über das transzendentale Möbelrücken hierorts berichten. Lassen wir das aber erst mal beiseite.«

Genenger hüstelte. »Wohin willst du denn mit deinen sämtlichen Annahmen?«

Matzbach leerte seinen Becher, starrte einen Moment hinein und stellte ihn auf den Sekretär. »Bis zur Neige; wohlgetan. Zurück zu den Annahmen, nicht nur dir zuliebe, o Bestattlicher. Wenn also etwas an alledem wäre, von wegen Paranoia und Klinik und Arzt und was sonst noch, dann wäre Yü heftig im Weg gewesen, nicht wahr? Angenommen, Osiris hätte irgendwas Böses entdeckt und wäre deswegen abgemurkst worden, dann hätte der – angenommen – an der Murkserei beteiligte Doktor wahrscheinlich auch nach Aufzeichnungen gesucht, das Böse betreffend. Hätte er, wenn Yü nicht hiergewesen wäre.«

»Hätte, könnte, wäre, dürfte...« Jorinde seufzte. »Hat nicht ein gewisser Matzbach mal behauptet, Konjunktive seien schön, aber nicht zur Schaffung von Wirklichkeit geeignet?«

»Was ist Wirklichkeit anders als eine Konstruktion von Konjunktiven, die wir nur deshalb für einen Indikativ halten, weil uns nichts Besseres einfällt?« Matzbach breitete die Arme aus und grinste. »Noch mal zu meinem Aber. Wenn all dies so wäre, und ich halte es für unwahrscheinlich, dann müßte irgendwann demnächst jemand hier auftauchen, um Spuren zu verwischen und Unterlagen zu sichten. Zu sichern. Märchenhaft, aber eben theoretisch denkbar. Und dann, o Freunde der Morgenfrische, sollten wir vorsorgen, indem wir all das in Sicherheit bringen, was ihr da aufgestapelt habt. Wir sollten es in Ruhe durchsehen, damit wir hinterher die Sache für ein Hirngespinst erklären können.«

Genenger kratzte sich den Schädel. »Na ja... Sollen wir jetzt Testament und Versicherungsunterlagen und derlei im Garten verbuddeln, oder was?«

»Jein.«

»Erkläre dich, o Herr.«

»Mit Wonne. Die amtlichen Zettel, Versicherungen und derlei, lassen wir sichtbar liegen, nachdem wir Policen und

Adressen undsoweiter notiert haben; die Notizen nehmen wir mit. Desgleichen das Testament; es könnte ja, wenn etwas an alledem ist, darin das furchtbare Geheimnis stehen, und furchtbare Geheimnisse sollte man erst lüften, wenn ein Jurist dabeisteht. Aber was habt ihr da sonst noch? Das alles da, dieser ungebändigte Haufen, das können doch nicht nur Pensionspapiere sein, oder?«

»Prosa und Verse«, sagte Jorinde. »Skizzen. Aufzeichnungen in unlesbarer Klaue. Alte Landkarten mit neueren Kommentaren. Irgendwelche geographischen oder geometrischen Skizzen, mit Entfernungsangaben und anderen Zahlen.«

Genenger wies mit dem Finger. »Wenn irgendwo was Böses steht, dann nur da. Alle sonstigen Papiere haben wir durchgesehen; da ist nichts. Es sei denn, Osiris wäre noch bekloppter gewesen, als ich ohnehin befürchte. Dann könnte er geheime Dossiers in Geheimtaschen seiner Schlafanzüge vernäht haben. Oder in irgendeinem Buch hier im Haus liegt ein mikroskopischer Zettel. Das ist mir aber zu albern.«

»Mir auch.« Matzbach stülpte die Lippen vor und summte mißtönend. Dann räusperte er sich. »Nun denn, ach ja. Lassen wir diese Zettel und Skizzen und das Testament verschwinden. Das andere bleibt liegen, damit etwelche Finsterlinge nicht mißtrauisch werden. Habt ihr die Versicherungen ätzetera schon extra notiert?«

»Haben wir.« Jorinde deutete auf Genenger; der klopfte an die knisternde Brusttasche seines Hemdes. »Aber wo willst du die anderen Sachen verschwinden lassen? Angenommen« – sie kicherte – »angenommen, es kommt ein Stoßtrupp der Polizei mit Haussuchungsbefehl oder so?«

Matzbach kaute scheinbar unschlüssig auf der Unterlippe und bog dabei den Kopf in den Nacken; der Hinterkopf deutete auf die Leiche.

»Da?« sagte Genenger; dann grinste er wieder.
»Da«, sagte Matzbach.
»Gah«, sagte Jorinde.

Sie holten den Zinksarg aus dem Wagen. Mit spitzigen Fingern schob Matzbach die ausgewählten Papiere unter das von Jorinde ausgewählte, von Genenger am Corpus befestigte Staatshemd des Toten. Dann seufzte er, band die Krawatte neu, die reichlich schräg und schäbig an Osiris' Hals geprangt hatte, und stopfte die Hemdschöße in die Totenhose. Jorinde sah mit verschränkten Armen weg, während er und Genenger den verblichenen Poeten vom Bett in den Zinksarg hoben. Nach mehrfachem Durchatmen schleppten sie das eherne Futteral zur Tür; Jorinde öffnete zuvorkommend.

Neben Genengers Leichenbenz bremste eine dunkle Limousine gleicher Herkunft; ein zweiter Wagen – Audi 80 – bog vom Weg auf die Fläche vor dem Haus und hielt hinter dem Leichenwagen.

Genenger und Matzbach bugsierten den Zinksarg über die Veranda, dann die Stufen hinunter und stellten ihn ab. Heinrich blickte auf seine Armbanduhr.

»Zwanzig nach acht«, knurrte er.

Matzbach lächelte sanftmütig. »Hurtig, hurtig.«

Jorinde lehnte sich an das Geländer der Veranda. »Was wird das, wenn es fertig ist?«

Aus den Wagen stiegen nacheinander drei stämmige Herren mit ausdruckslosen Gesichtern; sie trugen ihre unauffälligen Anzüge wie Tarnkappen. Dann ein älterer Mann in zerknautschtem Zivil; er blinzelte, offenbar zu früh geweckt, und kam zum Haus. Dabei zog er etwas aus der Jackentasche, aber er sah so eindeutig nach einem Polizeibeamten aus, daß er die Hundemarke hätte steckenlassen können. Ihm folgte eine bläßliche, nervöse Frau in blassem Kostüm; als sie den Sarg erreichte, blieb sie stehen und murmelte einen unverständlichen Namen sowie ein eher zu ahnendes Wort: »Staatsanwaltschaft«. Als letzter, unrasiert und ungewaschen, stieg Flavius Dittmer aus dem Audi, sagte etwas zum Fahrer und kam dann ebenfalls zur Verandatreppe; er rieb sich die Augen, fand Spuren des Sandmanns und betrachtete das Korn an seinem Zeigefinger, ehe er es wegschnipste.

»Hat dieses Massenaufgebot was zu sagen, Flavio?«

Dittmer schaffte es irgendwie, Genenger anzusehen und gleichzeitig an ihm vorbeizublicken, ins Ungefähre. »Weiß ich auch nicht so genau. Die haben mich aus dem Bett geholt. Gefahr im Verzug, oder so.«

Genenger verschränkte die Arme und trat gegen den Zinksarg; es ergab eher ein hohes Scheppern denn ein Dröhnen. Zwei der unauffälligen Herren standen inzwischen auf der Veranda und schirmten die Eingangstür ab; der Rest der Versammlung umringte den Sarg. Jorinde begann sich aus dem Zirkel zu lösen; während die Verhandlung fortschritt, ging sie langsam zum Leichenbenz und lehnte sich an den Kühler. Matzbach holte ein Zigarrenetui hervor, steckte sich etwas langes Dünnes in den Mund und zündete es an.

»Polizei«, sagte Genenger, »Staatsanwaltschaft, Gemeindedirektion; und die drei Herren sind Verfassungsschutz, was? Sucht ihr hier Honecker oder Castro?«

»Es gibt ernstzunehmende Hinweise darauf, daß sich in diesem Haus Unterlagen befinden, die geeignet sind, die verfassungsmäßige Ordnung der Bundesrepublik Deutschland zu beeinträchtigen.« Die Dame von der Staatsanwaltschaft redete schnell, tonlos und steif; beweglicher verwedelte sie dann eine Qualmwolke aus Matzbachs Zigarre.

»Mich haben sie nur aus Höflichkeit zugezogen, weil ich

mit Osiris ein bißchen befreundet war.« Dittmer klang müde, verlegen und als ob er lieber an einem behaglicheren Ort wäre.

Der Polizeibeamte blickte zwischen Genenger, Dittmer und der Staatsanwältin hin und her. »Könnten wir vielleicht anfangen?« Seine Stimme war rauh, der Unterton herb. »Oder schulden wir hier jemand Rechenschaft?«

Dittmer hob die Schultern, senkte den Blick und starrte auf den Zinksarg. Die Staatsanwältin wechselte ein paar unhörbare Worte mit dem dritten Verfassungsschützer. Genenger zupfte an seiner Nase.

»Wer hat Sie denn alarmiert? Und wann?« sagte er.

»Sie haben keine Fragen zu stellen.« Der Mann vom Verfassungsschutz hakte die Daumen in den Hosenbund und wippte auf den Zehenspitzen; Gesicht und Stimme blieben ausdruckslos. »Können Sie sich ausweisen? Was haben Sie hier zu suchen?«

Dittmer seufzte. »Moment; das muß nun vielleicht nicht sein oder? Herr Genenger ist Bestatter; da drüben steht sein Wagen.«

Der Polizeibeamte streckte eine Hand aus; Genenger runzelte die Stirn und langte in eine der Brusttaschen seines Hemds.

»Bitte sehr. Ausweis. Geschäftskarte. Ein Zettel, auf dem der Tote verlangt, daß ich mich seiner annehme. Und der Totenschein. Alles ordnungsgemäß.«

Der Beamte prüft die Papiere, zeigte sie der Staatsanwältin, dann dem Verfassungsschützer, und gab sie schließlich wieder zögernd zurück.

»Das da?« sagte der namenlose Unauffällige; er deutete auf den Sarg.

»Enthält, was an Osiris K sterblich war.«

Dittmer gluckste; der Zivilbeamte verzog das Gesicht; die Staatsanwältin schwieg. Der Mann vom Verfassungsschutz nickte langsam.

»Aufmachen.«

Genenger schnaubte. »Machen Sie's doch selber.«

Einer der beiden anderen kam von der Veranda und half dem Kollegen. Sie nahmen den Deckel vom Sarg, schauten hinein, bewunderten möglicherweise die gefalteten Hände und den tadellos gebundenen Windsorknoten der Krawatte; dann packten sie zu und hoben den Leichnam an. Der Zivilbeamte beugte sich vor und untersuchte den Boden des Sargs; endlich nickte er, und die beiden ließen Osiris eher plumpsen als sinken.

»Hat keinen doppelten Boden, die Kiste«, sagte Genenger mit leisem Knurren. »Was soll das denn, bitte sehr?«

»Nur zur Sicherheit. Damit keine wichtigen Papiere verlorengehen.« Die Staatsanwältin blickte zum Haus. »Haben Sie da drin etwas gefunden, versteckt, beseitigt?«

Genenger prustete. »Nee, auch nicht angezündet. Sollen wir uns jetzt hier ausziehen, damit Sie uns untersuchen können?«

Dittmer rümpfte die Nase. »Mach keine ekligen Angebote, Mann. Also nix gefunden – oder nix gesucht?«

»Wir haben die üblichen Dinge gesucht – Testament, Versicherungsdokumente, so was. Als Freund des Verstorbenen, und als Bestatter, habe ich das für meine Pflicht gehalten, tugendhaft wie ich nun mal bin. Liegt alles auf dem Sekretär. Ansonsten haben wir ihn gewaschen und zubereitet, wie du siehst; und wir haben uns erlaubt, aus seinen hinterlassenen Vorräten zu frühstücken. Spülen kannst *du* ja.«

Nach kurzem Palaver – mehr Blicke als Gesten, mehr Gesten als Worte – winkte der Zivilbeamte dem Fahrer des

Audi. Der Motor wurde angelassen, der Wagen setzte zurück und gab den Weg für Genengers Gefährt frei. Heinrich und Matzbach trugen den Sarg, Jorinde öffnete das Heck.

Als sie zurücksetzten, drehten und abfuhren, schaute Matzbach – wieder auf der Ladefläche – noch einmal zum Haus.

»Alle drin«, sagte er. »Und wünschen wir Ihnen viel Spaß. Außerdem danke.«

»Wofür?« sagte Jorinde.

»Für zahlreiche neblige Hinweise. Entweder ist Yü freier Mitarbeiter im Außendienst, oder der Arzt hat sie alarmiert. Jedenfalls haben wir hoffentlich alles, was sie suchen. Häh.«

Genenger starrte geradeaus; er bog nicht in den Weg ein, der über die Weinberge führte, sondern lenkte den Wagen zur Bundesstraße am Ahrufer.

»Seid ihr wahnsinnig, oder was?« sagte Jorinde.

»Wieso, Gespielin des Nachtwinds?«

»Mensch, das Aufgebot – wollt ihr euch mit dem Staat anlegen?«

Genenger schnaufte nur; Matzbach keckerte.

»Der Staat«, sagte er, »unterscheidet sich von der Mafia dadurch, daß er immer das Gemeinwohl vorschiebt. Und die Mafia ist effektiver organisiert.«

»Willst du zu Yü?« Genenger deutete mit dem Kopf auf den Neubau, dem sie sich näherten.

»Erraten, Gevatter Bestatter. Laß mich hier raus. Ihr solltet außer Reichweite sein, wenn die Damen und Herren finden, daß sie nichts finden. Versteckt die Papiere erst mal. Jorinde kann ja vielleicht einen Tarnzauber machen, alles einnebeln, wie?«

Sie schaute aus dem Seitenfenster; ihr Mund war ein Strich. »Ich glaube, ihr seid wahnsinnig.«

Matzbach streichelte ihren steifen Nacken. »Ts, ts, ts. Du überschätzt das. Kleine Jungs brauchen was zum Spielen. – Laß mich hier raus; ich komm irgendwann zu Fuß zurück.«

Jorinde ließ ihn aussteigen. Fast flehend starrte sie ihm in die Augen. »Warum machst du das, Baltasar? Warum?«

»Wegen seiner Bibliothek. Wer Rilke, Handke und Augustin unter ›Nabelschau‹ einsortiert, hat Anspruch auf meine Solidarität.«

10

»Mein Großvater«, sagte Yü, »wiewohl trefflichen Charakters, übte zu einmütigem Hohn das schändliche Gewerbe des Kriegers aus. Und zwar tat er dies lange Zeit in der öden Wüstenei von Sinkiang, jener verlausten Gegend, wo der Rand der Welt sich vor Abscheu wölbt und das Antlitz des Himmels unerreichbar fern scheint. Sein Rufname, in Eure zweifellos edle, wenngleich für meine minderwertige Geläufigkeit kaum gangbare Zunge übertragen, lautet etwa ›Glück‹ oder ›der Glückbehaftete‹; damit sein ehrendes Angedenken in schäbigem Gefäß bewahrt werde, nannte man mich Felix.« Er seufzte. »Müssen wir so weiter reden? Es ist arg früh. Oder spät; je nachdem.«

Matzbach betrachtete ihn mitleidig. »Die tiefe Meditation, aus der ich Sie geholt habe, war wohl eher, was wir armen Langnasen als Schlaf bezeichnen, wie?«

Yü rieb sich die Augen; dann hielt er sich an der Kaffeetasse fest. »Kann man so sehen. Also, Großvater hat einige Zeit den Wagenpark der Garnison in Urumtschi verwaltet. Um 1930 wurde er nach Shanghai versetzt; da hat er dann meine

Großmutter kennengelernt und sich ordnungsgemäß mit ihr vermählt. Bei einer Schießerei mit den Japanern sind beide Ende der Dreißiger umgekommen; mein Vater, ihr einziges Kind, geboren 1932, hat dann eine Weile als, na ja, Laufbursche und Hausdiener in einem Bordell gearbeitet.«

»Es schadet nicht, sich in früher Jugend mit der Welt vertraut zu machen.«

Yü kicherte. Während er weiterredete, sah sich Matzbach abermals im Wohnraum um, da er nicht sicher war, ob er nicht doch zuviel gesehen hatte.

Das Haus mochte zu einem anderen Zweck errichtet worden sein, barg aber im Erdgeschoß nun nur Gerümpel, Material und Werkzeug; es gehörte zum Tischler, Schreiner, Küfer, Sargmacher oder Zimmermann, dem Yü gelegentlich half. Für seine Hilfe erhielt er hin und wieder kleinere Summen; außerdem konnte er im ersten Stock wohnen. Matzbach hatte bei der Zubereitung des Kaffees die Küche gesehen; sie war leer bis auf Becken und Kochplatte. Das Bad, ebenso kahl, bestand aus Dusche (ohne Vorhang), Klo ohne Brille und Waschbecken; ein Handtuch und eine Rolle Klopapier machten es nahezu wohnlich. Der eine große Raum, in dem sie saßen, enthielt zwei Melkschemel, auf denen sie saßen, und eine zusammenrollbare Schlafmatte mit ein paar Wolldecken, dazu Bücher, ein langes Messer und Gurte.

Yü berichtete in geradezu üppiger Knappheit von seines Vaters Jugend im besten Bordell Shanghais, das einer mandschurischen Weißrussin namens Madame Katerina gehörte; von schrägen Gestalten und ihrem oft seltsamen Ende; von einem etwa gleichaltrigen Amerikaner, der eines Tages unter mysteriösen Umständen verschwand, als die Japaner längst das Land besetzt hatten; von Kriegsende, Wiederbeginn und Schluß, als Yüs Vater mit einem der letzten britischen Kanonenboote (er hatte inner- und außerhalb der diversen Bordelle ein paar Offizieren bisweilen gute Dienste als Informant und allgemein »Besorger« geleistet) vor kommunistischer Inquisition und Missionierung floh, in Gesellschaft unter anderem eines kanadischen Journalisten, der später Karriere in der Politik machte; von den weiteren Bewegungen des Vaters, der es von einer Garküche in Hongkongs Yellowthread Street zum Schiffskoch auf einem Frachter brachte und in London eine junge Frau kennenlernte, deren Eltern ein chinesisches Restaurant in Zürich betrieben, wo sie später bei der Geburt des Sohnes Felix starb, der ein paar Jahre danach mit dem Vater nach München ging, eine ordentliche Schulausbildung und einen deutschen Paß besaß, inzwischen 30 Jahre alt war und sich seit einem Jahrzehnt als Kellner, Koch und Kampfsportlehrer, als Leibwächter, Gigolo und Handlanger durchschlug.

»Mir fehlt, wie man leicht sieht, die Festigkeit der Mitte, deswegen franse ich an allen Rändern ein wenig aus.« Yü glitt vom Schemel in den Lotossitz auf dem Fußboden, betrachtete die harten, rissigen Fußsohlen auf seinen Knien und seufzte kaum hörbar. »Nun wissen Sie, alter Herr Matzbach, daß ich zu nichts tauge, wobei Tugend erforderlich wäre; und ich weiß, da Sie es mir erzählt haben, daß tugendhafte Erfordernisse bei Ihnen keinerlei Tauglichkeit auslösen.«

Matzbach grunzte leise; seine Augen glitten über die nackten weißen Wände und die vorhanglosen Fenster, ehe sie zu Yü zurückkehrten. »Zucht und Maße, o Glücklicher Yü, sind ebenso aus der Welt geschwunden wie die übrigen Illusionen des mittelalterlichen Rittertums. Es soll ja gelegentlich mal tugendhafte Fürsten gegeben haben, später immerhin tüchtige Politiker, und da, wie einer Ihrer erlauchten alten Vordenker sagte, das Untere immer ein Spiegel des Oberen ist, gab es zu jener fernen Zeit, es war einmal, womöglich auch tugendhafte Untertanen oder tüchtige Bürger. Heute ist das anders. Wer glaubt denn noch ans Christkind, an den Klapperstorch oder an redliche Politiker? Die Macht, die vom Volk ausging, hat sich irgendwo verirrt und den Rückweg nicht gefunden; der Staat ist im Besitz von Parteien und Gruppierungen, die uns Zwietracht vorgaukeln, um hinter dem blinden Spiegel einträchtig Posten und Pfründe zu verschachern; statt von den Tüchtigsten, die gewählt sein sollten, werden wir von den Glattesten, die per Absprache und Listenplatz aufgestiegen sind, an der Nase geführt; die Regierung, die sprechen und handeln sollte, ist verkommen zur Re-Agierung, die lügt und aussitzt – mit einem Wort: Wir sind keine Bananenrepublik geworden, sondern eine von Kraut und Rüben überwucherte und überwältigte Kohlonie: ein Kappesstaat.«

Yü blinzelte. »Lassen wir doch diese matten Chinoiserien. Was wollen Sie eigentlich von mir?«

»Antworten.« Matzbach deutete auf das schwarze Telefon, das neben dem Durchgang zur Küche auf dem Boden stand. »Der Anrufer, der Sie nach Mitternacht zu Osiris geschickt hat, wollte nicht zufällig zurückgerufen werden?«

»Er hat weder einen Namen noch eine Nummer genannt.«

»Merkwürdig, nicht wahr?«

»Wer weiß denn schon, wie Europäer denken?« Yü grinste. »Ich war im ersten Tiefschlaf; da ist mir der Unsinn des Anrufs erst aufgegangen, als ich schon fast bei Osiris war. Und dann gab's andere Dinge zu erwägen.«

»So, so. Sie haben das Haus durch die Küchentür betreten; ich nehme an, sie war normal auf, nicht beschädigt oder gesprengt? Aha, gut. Und dann? Wie hat's im Zimmer ausgesehen?«

Yü schloß die Augen und konzentrierte sich. »Abgesehen vom Suchen nach Anweisungen oder Testament, also Papierräumen, habe ich nichts angefaßt oder verändert. Osiris hat im Bett gelegen, angezogen, mit Schuhen, unter der Decke. Und er war tot.«

»Dann haben Sie den Arzt angerufen?«

»Die Notarzt-Nummer; irgendwer hat mich mit der Klinik verbunden, und da hat eine müde Frau meine Angaben notiert und gesagt, sie will versuchen, den zuständigen Doktor zu erreichen. Der wäre nämlich schon unterwegs, hat aber Telefon im Auto. Dann habe ich gewartet und gewühlt, wie gesagt; als er endlich gekommen ist, hatte ich grad mit Genenger telefoniert, weil ich diesen Wisch gefunden hatte.«

»Waren Sie die ganze Zeit dabei, als der Arzt Osiris getestet hat?«

»Ja. Der hat einen Stuhl ans Bett gezogen, sich gesetzt, die üblichen Dinge getan – Puls, Herzschlag, Atmung, Augen, was man da so macht – und den üblichen Zettel ausgefüllt. Ich hab ihm gesagt, der Bestatter wär schon alarmiert; da hat er etwas über unnütze Eile gemurmelt und ist gegangen.«

»Haben Sie dann sonst noch wen angerufen?«

»Wen denn, mitten in der Nacht?«

»Was weiß ich – Polizei, Verfassungsschutz, Ihre Freundin?«

Yü prustete. »Nur weil Osiris sich formlos verabschiedet hat? Hören Sie, daß ich einen deutschen Paß habe, bedeutet noch lange nicht, daß mich die Behörden irgendwie interessieren. Und meine Freundin muß tagsüber hart arbeiten; sie braucht ihren Schlaf.«

Matzbach dachte angestrengt nach; jedenfalls runzelte er mächtig die Stirn und schnaubte mehrfach. Dann legte er den Zeigefinger an seine Nase.

»Dieses knubbelige Ding, auf das ich mich meistens verlassen kann, sagt mir, daß Sie trotz aller Lügen tief innen ein wahrheitsliebender Mensch sind.«

»Eine verläßliche Nase?« murmelte Yü. »Was für Lügen?«

»Ihre erfundene Vorgeschichte. Das mit Trudeau ist ein netter Zug; den Rest der Erlebnisse Ihrer väterlichen Ahnen haben Sie doch aus Büchern, oder?«

»Wie Konfuzius sagt, ändert sich ein Buch mit jedem Leser, die Realität dagegen mit jeder Sekunde. Insofern sind meine Ahnen stabiler als Ihre. Was hat das mit Wahrheitsliebe zu tun?«

Matzbach kniff das linke Auge zu und fixierte ihn mit dem rechten. »Ich beschließe gerade, Ihnen zu vertrauen, weil ein Chinese, der die eigenen Ahnen derart elegant verleumdet und verändert, nicht unbedingt getreulichem Wohnen im Horst des Bundesadlers frönt, oder?«

»Mann, können Sie Sätze drechseln!« Yü lachte. »Wohnen im Horst des Bundesadlers... Sagen wir mal so: Die Korridore der Macht sind abgeschottet gegen den Wind des Wandels. Ich wohne in meinen eigenen Bedürfnissen und halte Prinzipien so hoch, daß ich notfalls bequem darunter durchschlüpfen kann. Wie einer Ihrer Dichter bemerkte: Wer schon ein Haus hat, baut sich keines mehr. Und, wie Tschuang-tsu redlich erwog, weiß ich bei Windstille nicht, wie ich mein Mäntelchen hängen soll. Machen Sie doch einfach ein bißchen Wind.«

Matzbach zündete sich eine Zigarre an und begann zu reden.

TEIL II

NABEL

11

Vorschriftswidrig ging Matzbach auf der rechten Seite der Bundesstraße, wo er schritthalten konnte mit dem Fließen der Ahr, ihre Wasser wägen und ihrem Rauschen lauschen. Im Gehen wob er ein wirres Netz ebenso unzufälliger wie unüberzeugender Gedanken und wunderte sich bisweilen zerstreut, daß von Altenahr nach Neuenahr oder weiter zum Rhein fahrende Wagen sich nicht in diesem Netz verhedderten. Der Gegenverkehr interessierte ihn nicht.

Während er so ging und dachte, in der Hoffnung, die grell verschiedenen Stränge des Denkens zu einmütigem Zopf zu flechten, dachte etwas in ihm über das Denken, daß es nur Dunk sei, und über die Stränge, daß jeder Strang ein Strunk sei, vor der Blüte gerissen aus fruchtloser Scholle, unbiegsam knotig und nicht zum Verflechten geeignet. Humpeldipumpeldipum tararah, die Flanken des Ahrtals zu Flächen verflacht.

Er lehnte sich an ein Straßenschild – die Kilometerangabe für Heimersheim war durch ein fettes schwarzes Hakenkreuz unlesbar – und zündete sich eine Zigarre an. Vor ihm lag das Dorf; er sah die Sonne auf dem Blechteller des Friseurladens und in den Schaukästen einiger Winzer, die vorgebeugten Fachwerkfassaden, die Kronen der Linden am Platz vor der Kirche, das mit versilberten Knäufen und einer besonders häßlichen Nepomuk-Statue beschwerte Geländer der Brücke über den Bach, der sich hier in die Ahr versprudelte, ohne sie merkbar zu schwängern. Dieses ungelenke Wörterzappeln fand sich in einem der Morganatischen Gesänge des toten

Osiris – oder hieß es bei ihm in vorwegnehmender Selbstschutzhäme »ungefüges Wortgezappel«? –, und zwar in einem besonders schlimmen topographischen Canto, der von der Mündung des Adelbachs ahraufwärts jodelnd bis Dernau alle Einzelheiten verheert hatte: die kiepensteilen Weingehänge mit theatralischer Terrassierung (Rang, Loge, Sperrsitz, Riesling, Parkett), das Zwangsjackenufer der gagagurgelnden Ahr, die Gasthausdiäten für ambulante Patienten, die Ritte der rutigen Ratten in rettenden Wohnmobilrotten, die in den (dem?) Hohlweg gestoßene Schwuchtel Nacht, abschößigen Schiefer über duckenden Kneipenkobolden, das Flache und das Steile, allenthalben Röhre und Analkanal und sonstwie assortierte Anatomie, »o du brüchiger Nippel der blutenden Burg«; und all dies erschauderliche Zeug durchfurcht von streunenden Touristen, ob welcher in ungemessenen Abständen das Phantom des Poeten, ans Geländer über dem Adelbach geheftet, der Statue des Heiligen und Brückenhüters zuwisperte: *nur Nepp, o Muck.*

Aber die Achillesverse des im Jenseits verschollenen Dichters, sein Leben und Streben, die Röhren und Kanäle, die Schmierzettel und mit undurchsichtigen geometrischen Zeichnungen besudelten Karten des »Nachlasses«, das noch ungeöffnete Testament, die steilen Flächen und verlausten Reben waren im Moment nur Dunkstrünke, sperrig und nicht zu flechten, ebenso die Klinik und der Arzt, die toten Hunde, das possierliche Aufgebot des Sheriffs, die verqueren Leichen auf Genengers Spottesacker, die Frage nach Yüs Verläßlichkeit, und schließlich auch die Frage aller Fragen: »Was soll das alles?«

Diese Frage murmelnd brach Matzbach ins Dorf ein, mit juckendem Nabel und den Kopf voll von Wirrwarr und Zitaten. In der Kneipe, wo Genenger ihn und Jorinde am vorletzten Abend mit Dittmer bekanntgemacht hatte, befestigte er sich wider den Tag mit einer Frikadelle, einem Trester und einem Riesling; dann wanderte er knurrend und ächzend das Nebental hinauf und der vorläufigen Heimstatt zu.

Jorinde saß am wackligen Allzwecktisch, über Papier gebeugt. Ihre Augen waren geschlossen, blieben dies auch, als Matzbach zu ihr trat. Den rechten Ellenbogen hatte sie auf die Tischplatte gestützt; in der rechten Hand kreiselte wie selbsttätig ein Pendel.

»Am besten geht's, wenn man's kann und nicht dran glaubt«, sagte sie halblaut.

Matzbach machte kollernde Geräusche in der Kehle. »Meinst du das politisch oder sexuell?« Er beugte sich vor und blies ihr in den Nacken. »Mhmm, feine Gänsehaut.«

»Ich mein das esoterisch.« Sie öffnete die Augen, legte das Pendel auf die Papiere und schüttelte den rechten Arm aus. »Was hast du getrieben, neben dem üblichen Schabernack?«

»Ich habe mich mit einem Chinesen unterhalten, der Ahr gelauscht, einen kleinen Mundvoll zu mir genommen.«

»Mit Schnaps nachgespült, wie's riecht.«

»Just. Die Frikadelle wäre sonst unverdaulich. Und du? Wen oder was hast du ausgependelt?«

Sie klopfte auf die Papiere. »Osiris und seinen Nachlaß. Die Handschrift, die Kartenskizzen.«

Matzbach zog mit dem Fuß einen Schemel heran und setzte sich neben die Hexe. Er fischte ein Blatt aus dem Stapel und betrachtete es kurz. Dann legte er es beiseite und nahm die letzte Zigarre aus dem Transport-Etui.

»Pfft pfft pfft.« Er blies das Streichholz aus. »Nun ja. Die Handschrift... Ausgeschrieben, mit einer gewissen altmodischen Eleganz, dieses geschnörkelte ʒ zum Beispiel. Alles sehr fein und gleichmäßig, aber diesseits der Eitelkeiten einer gewußt gepflegten beziehungsweise aufgesetzten Kalligraphie. Bah. Ein reifer, ruhiger Charakter. Offenbar der letzte nicht neurotische Deutsche. Schade um ihn. Jedenfalls sieht mir die Schrift nicht nach Verfolgungswahn oder derlei Zuständen aus.«

Jorinde stand auf und ging zum Herd, wo die Blechkanne mit Kaffee leise vor sich hin blubberte. Sie tat Milch und Zucker in zwei Becher, goß sie voll und kam zum Tisch zurück.

»Da, gegen deine Schnapsfahne. – Im Prinzip kommt beim Pendeln das gleiche raus.«

Matzbach grinste. »Was lernt uns das? Zweifaches unwissenschaftliches Gehampel führt zu einer interessanten Übereinstimmung, ohne die Kenntnisse im geringsten zu mehren.«

»Wie ich schon sagte – am besten geht's, wenn man's kann und nicht dran glaubt. Aber was bringt's am Ende? Null.«

Er schlürfte an seinem Kaffee. »Das gilt für viele Dinge, Frollein Hexe. Demokratie, bleistiftsweise.«

Jorinde ächzte. »Herr, erbarme dich unser. Wohin soll das wieder führen? Du hast zu wenig geschlafen; jetzt kommt die Müdigkeit als Wortgewöll raus, wie?«

»Ich fürchte, bis wir mit dieser Angelegenheit hier fertig sind, werden wir noch viele liebevolle Reden über unsere Institutionen halten müssen. Aber lassen wir das im Moment, wenn's beliebt. Wieso sitzt du eigentlich da mit den Unterlagen von Osiris?«

»Heinrich hat mich abgesetzt; er kümmert sich um die weiteren Vorbereitungen, bestattungsmäßig.« Sie schnitt eine Grimasse. »Er meint, wenn irgendwer anfängt, fehlende Unterlagen zu suchen, dann zuerst bei ihm, also hat er sie mir gegeben.«

Matzbach gluckste. »Du warst aber doch so furchtbar

dagegen, daß die kleinen Jungs Räuber und Gendarm spielen, mit Polizei und Verfassungsschutz.«

»Stimmt; aber irgendwie weckt ihr beide in mir mütterliche Gefühle.«

Er lachte laut. »Recht so, Jokaste. Und deshalb willst du uns unter die Arme greifen? Glibberige Gegend, nebenbei.«

»Du könntest ja in den Trog steigen und dich reinigen.«

»Gemach, gemächlich, gemächt, Gevatterin. Mütterliche Gefühle. Nestbau. Brutpflege. All das? Ja sso. Und? Irgendwas dabei rausgekommen?«

Sie schob die Unterlippe vor. »Ich glaube, du nimmst mich ernst; das ist ungehörig.«

»Ich will's nie wieder tun, Mami.«

»Na schön. Tja, also, diese komischen Karten ...« Sie legte ein paar beschriebene Blätter beiseite und klopfte mit dem Zeigefinger auf die zusammengehefteten, vergrößerten Kopien von Landkarten. »An den Rand hat er, oder jemand anderer, jeweils Herkunft und ungefähre Zeit geschmiert. Es fängt an mit der französischen Karte, Tranchot; dann kommt das Meßtischblatt des preußischen Generalstabs von circa 1850; ein kaiserliches von ungefähr 1900 mit dem Vermerk ›Heeresdruckerei Metz‹; die nächsten beiden, von 1916 beziehungsweise 1944, hat er per Bleistift ...«

»... bleistiftsweise ...«

»... für ›geheim‹ erklärt. Dann noch eine neue Karte in zwei Ausfertigungen; eine, die letzte, ist markiert ›ca. 1983, nur für internen Gebrauch‹.«

Matzbach blies die Wangen auf; dann griff er zu einem herumliegenden Messer, strich Butterreste an seiner Hose ab und löste die Verklammerung.

»Ich hab das Zeug ja nur kurz überflogen, drüben, in seinem Haus. Laß mal sehen.«

Langsam, gründlich musterte er die Karten, verglich, runzelte gewaltig die Stirn, kaute auf der Zigarre und versuchte gleichzeitig zu pfeifen.

»Was bewegt dich zu diesen Lautgebungen, o Matzbach?«

Er legte den Kartenstapel auf den Tisch, nahm die Zigarre aus dem Mund und kniff die Brauen zusammen. »Vielerlei, o Kebse. Vielerlei und manch Mannigfaltiges. Immer dieser mittlere Ahrabschnitt...« Er lehnte sich zurück; da der Schemel keine Lehne haben konnte, rettete ihn nur der hastige Griff nach der Tischkante vor einem Sturz. Jorinde keckerte leise.

»Ahrabschnitt, bah. Nun wäre es natürlich denkbar, daß er die Karten als Unterlage für seine scheußlichen landeskundlichen Gedichte gebraucht hat. Glaub ich aber nicht; die anatomischen Formen, von denen es in den Versen wimmelt, findet er nur in der Natur, nicht auf Karten. Was sagt dein Pendel?«

»Macht komische Schwingungen. Mütterlich, gewissermaßen.«

Matzbach bewegte die Zigarre wie den Taktstock zu einem atonalen Orchesterstück ohne Rhythmus. »Deine mütterlichen Besorgnisse befriedigen mich nicht.«

»Ach?«

»Das mußte mal gesagt werden.«

»Nun fahr nicht gleich aus dem Hemd. Erst später, aber gründlich. Wie du weißt, kümmere ich mich ja gelegentlich unmütterlich um deine Befriedigung.«

»Inzest, Inzest. Gut, daß der Verfassungsschutz nicht weiß, in welcher Verfassung wir dann sind. Also, was ist mit der Karte und dem Pendel?«

Jorinde zog eine der neueren Karten aus dem Stapel. »Hier. Auf den frühen hat er das nicht gemacht, aber auf den späteren immer. Da ist ein Kreis.«

Matzbach nahm die Karte in die Hand. »Ja, hab ich eben

gesehen. Auf der von anno 44 – Moment, auch auf der von anno 16 – gehen da von einem interessanten Punkt gestrichelte Linien weg, fast sternförmig. Runter zur Ahr, in die Berge, nach Norden, nach Osten. Was ist damit?«

»Ich habe die von 1916 und die von 1944 ausgependelt. Die älteren auch, aber da passierte eigentlich kaum was. Bei denen von 1916 und 1944 fing das Pendel an zu kreiseln, und zwar links herum. Bei der letzten, der neuesten, kreiselt es zuerst rechts herum, stoppt dann und macht in Gegenrichtung weiter. Was, bitte sehr, soll das?«

»Frag dein Pendel. Wer ist denn hier die Hexe?«

Jorinda streckte ihm die Zunge heraus. »Ich wende mich hilfesuchend an den ehemaligen Dozenten für Okkultismus, B Punkt Matzbach.«

»Hah. Dozent *gegen* Okkultismus, Verehrteste. Ich bin ein Anhänger der simplen abendländischen Vernunft, die mich bisweilen zur Beschäftigung mit erstaunlichen Fantasien wie Religion, Metaphysik, Politologie und Okkultismus treibt. – Hmmmm ... Wir haben da ein Definitionsproblem. Die Ausschlag- beziehungsweise hier Kreiselrichtung des Pendels kann gut-böse, gefährlich-harmlos, heilsam-schädlich oder derlei bedeuten; allerdings sind die Esoteriker uneins, welche Richtung welche Bedeutung hat.«

Jorinde seufzte. »So weit so gut. Ist ja auch egal. Jedenfalls kriegen wir für die neuesten Karten beides, für die älteren nur eines, für die ganz alten nichts. Kannst du damit etwas anfangen?«

»Überlagerungen«, sagte Matzbach dumpf. Dabei grinste er. »Sagen wir mal so: Ganz früher gab es da, wo der Kreis ist, nichts, jedenfalls nichts von Bedeutung. Dann, ab spätestens 1916, gibt es etwas, und neuerdings gibt es zweierlei.«

Jorinde verschränkte die Hände im Nacken und schüttelte

das lange Mahagonihaar ins Gesicht. Die Stimme hinter dem härenen Schleier klang nach empörter Verzweiflung. »So weit war ich auch schon. *Was* ist da? Ist da überhaupt was?« Sie löste die Hände wieder, warf das Haar zurück und starrte auf die Karte. »Marienberg – hat das was zu bedeuten?«

»Hat es.«

»Erhelle mich, o Herr.«

»Mit grausem Vergnügen, Madame.« Er sah sich um, stand auf, ging zur Tür, nahm einen Autoatlas vom Ablagebord und kam zum Tisch zurück.

»Hier. Seite... ah, da haben wir's. Bonn, nicht länger Hauptstadt, aber noch immer Sitz der Regierung. Re-Agierung.«

Jorinde stöhnte. »Was hat das mit Marienberg zu tun?«

»Langsam, langsam. Wir verlassen nunmehro Bonn gen Südwesten, grob gesagt, mit der Autobahn; was erreichen wir?«

»Das Autobahnkreuz Meckenheim«, sagte sie schwach.

»Ist dir da schon mal was aufgefallen?«

»Nee. Was denn auch?«

»Im Bereich des Autobahnkreuzes Meckenheim stehen einige große Hinweisschilder mit militärischen Fahrtips.«

Sie nickte zögernd.

»Die Autobahn ist da bemerkenswert gerade, bemerkenswert breit und in der Mitte nicht bepflanzt. Die Leitplanken in der Mitte und am Rand, wo es ohnehin kaum welche gibt, lassen sich sehr schnell entfernen. Im großen bösen Ernstfall haben wir da im Nu eine notdürftige Start- und Landebahn für Kampfflugzeuge.«

»Ah!«

»Du sagst es. Es gibt da überaus gepflegte, aber abgesperrte Parkplatzflächen. Darunter und daneben verbergen sich allerlei feine Dinge – Treibstoffdepots, zum Beispiel; wahrscheinlich auch ein bißchen Munition und derlei.«

»Ah!«

»Just. In dieser Gegend hat man einige nette kleine Nebenstraßen gebaut, alle ziemlich gerade. Und alle für den Verkehr gesperrt. Anlieger und landwirtschaftlicher Verkehr ausgenommen. Apropos Verkehr.«

»Hach. Nicht schon wieder. Weiter.«

»Wie's beliebt. Die meisten dieser geraden Wege sind, wie du bemerkst, auf unserer feinen Autokarte nicht verzeichnet. Fällt dir was auf?«

»*Was* ist mit *Marienberg,* Mann?«

Matzbach pochte auf die aufgeschlagene Seite des Atlas, dann auf die Karte aus dem Nachlaß von Osiris. »Da ist Marienberg, Liebste. Nicht weit vom Autobahnkreuz Mekkenheim, dem Behelfsflugplatz für den Ernstfall. Und nicht weit von Bonn, dem Sitz der Bonzen.«

»Was *ist* mit Marienberg?!«

»Da liegt, für Normalsterbliche unerreichbar, mit allen nötigen medizinischen, technischen, militärischen und sonstigen Gerätschaften ausgestattet, der große Regierungsbunker. Für den bösen Ernstfall.«

12

Die Sozietät von Anwälten und Notaren residierte in einer von intensiv trauernden Weiden umstandenen Villa mit Blick auf das Kurgelände von Bad Neuenahr. Kurz nach sechs Uhr abends wurden Heinrich, Jorinde und Matzbach von einem Juristen behandelt, der den originellen Namen Schmitz und zu einem originellen dunklen Maßanzug mit Weste eine dunkle Krawatte trug. Genenger hatte sich in Schale – einen bräunlichen Cordanzug mit Lederflicken an den Ellenbogen – geschmissen und den beiden anderen unterwegs die Vorzüge der Sozietät oder Kanzlei gepriesen, die bei allfälligem Zwist mit aufgrund abstruser Bestattungswünsche eines Verblichenen unwirschen Erben seine Interessen und die des jeweils nach heidnischen, blasphemischen oder surrealen Riten zu Vergrabenden vertrat. Jorinde trug ein mahagonifarbenes Seidengewand und flache Sandalen, dazu weder Schmuck noch Strümpfe; Matzbach hatte sich in eine saubere helle Leinenhose und ein rotzgrünes, knopfloses Schlupfhemd gehüllt und fläzte sich so in einem schräggestellten Plüschsessel, daß er, wenn ihn Schreibtisch und Antlitz des Juristen langweilten, eine unverbaubare Nahsicht auf Jorindes Beine genießen konnte.

Schmitz betrachtete beinahe versonnen die Kaffeetassen und Schnapsgläser, mit denen endlich alle versorgt waren; dann wandte er sich an Genenger.

»So, dann schießen Sie mal los.«

Heinrich nippte an seinem Chivas, schluckte und schüttelte den Kopf. »Wir sind noch nicht ganz vollzählig. Die fehlende Person hab ich mit Absicht auf halb sieben bestellt.«

Der Jurist warf einen Blick auf seine Armbanduhr. »Und was machen wir in der verbleibenden Viertelstunde? Warum eigentlich dieser späte Termin? Sie hätten doch früher kommen können; es war noch etwas frei.«

Jorinde – wie Matzbach von Genenger mit Namen und der Bezeichnung »Geleitschutz« vorgestellt – lächelte ein wenig spöttisch. »Wahrscheinlich, damit wir alle hinterher schön müde sind; sozusagen als Höhepunkt eines langen Tages nach schlafloser Nacht.«

Schmitz räusperte sich. »Darf ich denn wenigstens schon mal fragen, worum es geht?«

Genenger kratzte die Kerbe seines wuchtigen Kinns. »Ach, es geht um ein Testament.«

»Wollen Sie eines aufsetzen? Beziehungsweise ein neues. Wir haben doch erst...«

»Nein, nein; das eines Freundes, der letzte Nacht den Absprung ins Jenseits geschafft hat.«

»Kenne, öh, kannte ich ihn?«

»Er hat mir damals Ihren Verein sehr empfohlen. Osiris.«

Schmitz faltete die Hände auf der Schreibtischplatte und blickte überzeugend betroffen. »Ach! Ganz plötzlich?«

»Ziemlich jäh.«

»Testament, sagen Sie? Moment.« Er stand auf, ging nach nebenan und kam mit einem dünnen Ordner zurück. »Die Damen sind schon nach Hause gegangen«, sagte er, als müsse er sich dafür entschuldigen. Er parkte sich wieder in seinem Chefsessel und blätterte in den Unterlagen. »Hmmm... Wenn das hier vollständig ist, habe ich, daran erinnere ich mich auch dunkel, ihn vor zwei Jahren ganz allgemein beraten, was die Abfassung eines Testaments angeht. Woran man denken sollte, wie man bestimmte Dinge formuliert, derlei; ein Testament für ihn aufgesetzt haben wir aber nicht.«

Matzbach hüstelte dezent. »Auf wen warten wir eigentlich, Charon?«

Genenger grinste. »Laß dich überraschen.«

»Ich werde schrecklich überrascht sein und verkneife mir Mutmaßungen jedweder Art.«

Der Jurist lächelte mild. »Sind Sie immer so zurückhaltend?«

Matzbach seufzte. »Kleine Kerlchen wie ich sollten sich nie zu weit vorwagen. Ich habe eine unwesentliche Frage.«

»Fragen Sie.«

Matzbach warf Genenger und Jorinde mehrere bedeutsame Blicke zu; dann wandte er sich an Schmitz.

»Eher eine halbwegs rhetorische Frage, Monsieur. Wie Heinrich bereits gesagt hat, ist der eminente Heimatdichter Osiris, dessen richtigen Namen ich irgendwann zu erfahren hoffe, in der vergangenen Nacht unter Abgabe des Löffels ins große Nichts gegangen. Über die Art des Hinscheidens und die näheren Umstände gibt es noch Meinungsverschiedenheiten. Ich nehme aber an, daß wir Ihnen etwas Bestimmtes gar nicht erst erzählen sollten.«

Schmitz hob die Brauen. »Und zwar?«

»Ein Nachbar wurde angerufen, weil Osiris nicht ans Telefon ging. Der Nachbar ist losgegangen und hat ihn tot aufgefunden. Er hat, weil da ein entsprechender Zettel herumlag, Heinrich angerufen, außerdem einen Arzt alarmiert. Heinrich hat uns mitten in der Nacht als Geleitschutz zum Leichentransport requiriert.«

Schmitz betrachtete die eigenen Finger. »Doch, das können Sie mir ruhig erzählen.«

»Das hab ich mir gedacht; ich war aber noch nicht fertig. Das, was wir Ihnen verschweigen sollten, ist folgendes. Wir haben den Toten – der Totenschein lag schon vor – kosmetisch und hygienisch behandelt; dann haben wir seine wesentlichen Papiere zusammengesucht, Versicherungen, Testament, sonstige Aufzeichnungen. Die Versicherungen et cetera haben wir notiert, aber auf dem Schreibtisch des Poeten belassen. Die sonstigen Papiere haben wir an seinem Leibe verborgen, als wir ihn in den Zinksarg legten.«

»Warum?«

»Nennen wir es eine nebulöse Intuition. Als wir ihn aus dem Haus gebracht haben, erschienen – alarmiert von wem auch immer – Vertreter von Gemeinde, Polizei, Staatsanwaltschaft und Verfassungsschutz. Offenbar auf der Suche nach Papieren, möglicherweise denen, die wir gefunden und verborgen hatten. Das haben wir den Vertretern unserer löblichen Staatsorgane aber nicht verraten. Gehe ich recht in der Annahme, daß Sie das nicht wissen wollen?«

Der Jurist schloß die Augen. »Da haben Sie richtig angenommen, Herr Matzbach. Das ist eine Geschichte, die mich, sagen wir, irritieren und möglicherweise kompromittieren könnte; deshalb danke ich Ihnen herzlich dafür, daß Sie sie mir verschwiegen haben.«

Es klingelte. In Ermangelung anwesenden Personals wollte Schmitz aufstehen, aber Genenger hatte sich schon erhoben, winkte ab und ging hinaus. Sekunden später erschien er wieder, gefolgt von Flavius Dittmer.

»Ah, Dittmer«, sagte Schmitz. »*Sie* sind das. Wie geht's denn?«

Dittmer schüttelte ihm die Hand und murmelte etwas, dann betrachtete er sichtlich mißmutig Matzbach und versuchte ein halbes Lächeln in Richtung Jorinde.

»Sie schon wieder? Womit habe ich das verdient?«

»Flavio«, sagte Matzbach mit breitem Grinsen, »ich glaube, dies ist der Beginn einer wunderbaren Freundschaft.«

Dittmer runzelte die Stirn, nahm den letzten freien Sessel, neben Matzbach, trug und zerrte ihn ans andere Ende der Gruppe, ließ sich links von Genenger nieder und schnaubte.

»Trinken Sie was?«

Dittmer nickte hektisch; Schmitz zählte mehrere Getränkesorten auf; Dittmer entschied sich für einen Cognac.

»So«, sagte er nach einem vorsichtigen Schluck. »Also, was soll das alles?«

Schmitz deutete auf den Bestatter; Genenger lehnte sich weit zurück und faltete die Hände vor dem Bauch.

»Ich wollte dich dabei haben, Flavio. Inoffiziell, als technischen Berater gewissermaßen. Deshalb hab ich den Termin so spät ansetzen lassen – jetzt bist du außer Dienst.«

»Ich bin nie außer Dienst«, knurrte Dittmer.

»Und wer bezahlt deine Überstunden? So früh schon raus in die feindliche Natur, heut früh, und jetzt noch immer im Einsatz?«

»Wacker, wacker«, sagte Matzbach. »Vorzügliche Hochachtung allerseits. Können wir jetzt anfangen?«

Schmitz rieb sich das Gesicht. »Ich wäre, öh, nicht undankbar, wenn ich heute irgendwann noch Feierabend machen dürfte.«

Jorinde schlug die Beine übereinander; Matzbach leckte sich unübersehbar die Lippen.

»Hör auf mit deinen sexistischen Kundgebungen. Ich habe ein gewisses Verständnis für Sie, Herr Schmitz. Mir geht's ähnlich. Irgendwie möchte ich mal wieder ins Bett.«

»Wer macht hier sexistische Kundgebungen?«

»Schlafen, mein ich, Matzbach. Also, können wir?«

Genenger setzte sich ächzend auf. Aus der Innentasche seines Cordjacketts rupfte er einen großen eingerollten Umschlag und reichte ihn Schmitz.

»Was ist das?« Dittmer kniff die Augen zusammen.

Schmitz hielt den Umschlag hoch. »Testament«, sagte er. »So steht es außen drauf.«

»Aaaah!« Dittmers Äußerung begann als Grollen und endete als gedämpftes Kreischen. »Schwein, du! Wo war das?«

Genenger machte »oink, oink«, und ein undurchdringliches Gesicht. »Hat sich so eingefunden.«

Schmitz nahm einen Brieföffner in die Rechte: Elfenbein,

mit einer Elefantenkarawane auf der stumpfen Seite der Klinge.

»Halt!« Dittmer sprang auf und stützte sich auf den Schreibtisch. »Das geht nicht!«

»Was geht nicht?« Schmitz brachte das Kunststück fertig, gleichzeitig verblüfft und listig dreinzuschauen.

»Auf Anordnung der Staatsanwaltschaft ist der sämtliche Nachlaß des verstorbenen Osiris K vorläufig beschlagnahmt – Besitz, Haus, Papiere, alles.«

»Interessant. Mit welcher Begründung?«

»Verdacht auf Zugehörigkeit zu einer verfassungsfeindlichen Vereinigung. Verdacht auf Besitz von Papieren, die geeignet sind, die Rechtsstaatlichkeit der Bundesrepublik zu untergraben.«

»Ungewöhnliche Formulierungen für einen ungewöhnlichen Verdacht. Überhaupt ein ungewöhnlicher Vorgang.« Schmitz hielt noch immer den Brieföffner und Umschlag in den Händen. »Das haben Sie doch bestimmt irgendwo schriftlich, nicht wahr?«

Dittmer raufte sich die Haare. »Ja, verdammt, aber nicht bei mir!«

»Armes Kerlchen«, sagte Matzbach. »Flavio, setzen! Sechs! Außerdem – woher wollen Sie wissen, daß in dem Umschlag das Testament von Osiris K steckt?«

»Von wem denn sonst? Sie schulden mir immer noch eine Antwort – woher wissen Sie das? Ihr ... du ...« Er starrte von Matzbach zu Genenger, ruderte mit den Armen und ließ sich dann in den Sessel fallen.

»Ruhig Blut, Junge.« Jorinde beugte sich weit hinüber und tätschelte Dittmers Hand. »Wenn Sie so weitermachen, kriegen Sie Magengeschwüre.«

Dittmer zog ruckartig seine Hand weg.

»Jetzt schmollt er – ts, ts, ts.« Matzbach lächelte mitleidig. »Vielleicht ist es ja doch ein Testament von einem anderen. Das wissen wir aber erst, wenn wir es öffnen.«

»Sie ... ihr macht euch alle strafbar.« Dittmer klang nicht besonders überzeugt.

Schmitz schüttelte den Kopf. »Die Lektüre sowie Verlesung eines Testaments ist nicht strafbar. Die Vollstreckung kann natürlich erst erfolgen, wenn alle Bedenken ausgeräumt und alle nötigen rechtlichen Schritte unternommen sind. Ich glaube, ich sollte das jetzt öffnen.«

»Nein!«

»Doch, Dittmer. Ihre Integrität in allen Ehren, aber Sie könenn nicht erwarten, daß ich nur wegen Ihrer schönen blauen Augen meine Pflichten gegenüber einem zahlenden Klienten vernachlässige, oder?«

»Aber die drei hier wissen ganz genau, daß alles beschlagnahmt ist!«

»Beschlagnahmt?« sagte Matzbach. »Ei der Daus! Woher sollen wir das denn wissen?«

»Mensch, Matzbach, Sie waren doch dabei – Sie haben mit der Staatsanwältin gesprochen. Und mit den anderen.«

»Ich? Heute früh?« Matzbach machte ganz große Kinderaugen. »Wißt ihr was davon? Jorinde? Heinrich? Nein? Na also. Bruder Flavio, du redest irre.«

»Seit wann duzen wir uns?« knurrte Dittmer.

»Ach, unter Brüdern ... Walten Sie Ihres Amtes, Herr Schmitz.«

»Einverstanden? Na gut.« Schmitz schlitzte den großen Umschlag auf; er enthielt drei kleinere Kuverts. Der Jurist hielt sie nacheinander hoch und las die Aufschriften vor. »Testament. – An die Erben; diskret und nicht amtlich. – An Heinrich Genenger.«

Heinrich nahm den für ihn bestimmten Umschlag und steckte ihn in die Innentasche der Jacke. »Weiter bitte.«

Schmitz öffnete den Umschlag, auf dem »Testament« stand; Dittmer knirschte mit den Zähnen. Der Jurist überflog das Schriftstück – ein Blatt –, dann lächelte er.

»Dittmer – was wollten Sie beschlagnahmen?«

»Den Nachlaß von Osiris K, verdammt.«

»Tut mir leid, daß ich Ihnen da nicht helfen kann; das Testament ist unterzeichnet von Friedrich Schumann.«

Genenger begann leise zu lachen; Jorinde schloß die Augen und summte; Matzbach wiederholte den Namen.

Dittmer holte tief Luft und stieß sie als Ächzer wieder aus. »Aber das *ist* doch Osiris! Sein richtiger Name.«

»Sagen *Sie*.« Schmitz musterte ihn über den oberen Blattrand hinweg. »Eine weitere unbewiesene Behauptung. Ich glaube, Sie halten sich jetzt einfach mal zurück.«

Er begann zu lesen. Die Verfügungen des verblichenen Friedrich Schumann waren klar, einfach und eindeutig. Da er keine lebenden Verwandten habe, zumindest keine näheren, hinterlasse er alles vier guten Freunden: Grundstück und Haus samt Inhalt und Zubehör dem Bestatter Heinrich Genenger, das Vermögen in Geld, Anlagen, Papieren etc. zu gleichen Teilen Daniela Dingeldein, Felix Yü und Markus Pauly. Testamentsvollstrecker solle sein –

»Ich«, sagte Schmitz, offenbar ehrlich erstaunt. »Da schau her... Weiter. ›Sollte einer der Erben bei meinem Tod nicht mehr leben...‹«

Genenger, sichtlich fassungslos und bleich, sagte mit heiserer Stimme: »Die leben alle noch.«

»Aha. Tja, dann wär's das schon gewesen.«

Matzbach grinste Jorinde an. »Na prima. Wann wollt ihr heiraten?«

»Häh?«

»Du hast doch gesagt, den, der so ein Haus mit Bibliothek und allem hat, würdest du hemmungslos heiraten.«

Dittmer stöhnte und verbarg sein Gesicht in den Händen. Schmitz legte das Testament beiseite und hielt den Brief an die Erben hoch.

»Ihre persönlichen Pläne in allen Ehren, aber was machen wir damit?«

Genenger streckte seine schlappe Hand aus. »Wenn's keine legalistischen Bedenken gibt ...«

Schmitz wackelte mit dem Kopf. »Ach, ich wüßte nicht wieso. Steht ja drauf – diskret und nicht amtlich.«

13

Der Jurist verabschiedete sich mit der Versicherung, er werde sich um alles weitere kümmern, sehe aber keine Probleme hinsichtlich der Gültigkeit. Dittmer blieb, um noch ein paar unfreundliche Reden mit Schmitz zu wechseln. Die drei anderen fuhren mehr oder minder schweigend durch die Abenddämmerung; Bekundungen fanden einzig statt in Form unregelmäßiger Gähnstafetten und knackender Kiefergelenke sowie gelegentlicher Ächz-, Rülps- und Knurrlaute.

Im Dorf steuerte Genenger den Parkplatz hinter seiner Vorzugskneipe an. »Ein Häppchen mampfen, ein Schlückchen saufen, ein Ründchen pofen?«

»Für mich bitte alles ohne -chen«, sagte Matzbach. »Und das nächste Mal fahre ich wieder auf der Ladefläche. Nichts gegen innige Nähe, Jorinde, aber für uns zwei ist der Beifahrersitz ein bißchen eng.«

Jorinde war mit den Gedanken woanders. »Dittmer ist fein ausgebremst worden. Aber was steckt dahinter?«

»Wir können ja deinen Wagen nehmen, nächstes Mal«, sagte Genenger, als sie den hinteren Schankraum betraten. »Da ist mehr Platz. Und was Dittmer vorhat, weiß ich auch nicht.«

Matzbach überflog mit verhangenen Augen die Tische und steuerte einen in der rechten Ecke an, der über eine fläzige Bank verfügte. »Hunger, Durst, Müdigkeit, lauter vorübergehend heilbare Ewigkeiten. Das mit dem Ausbremsen hat mir gefallen, jedenfalls viel besser als weitere Überlegungen darüber, was Polizei und Staatsanwaltschaft und Verfassungsschutz in den nächsten Tagen anstellen könnten. Vor allem, warum sie was anstellen wollen dürfen könnten. Bloß – Wagen, sagst du? Das ist ein Fortbewegungsmittel; der letzte richtige Wagen, den ich hatte, wurde vor Jahren auf dem Eis bei Sankt-Peter-Ording vernichtet.«

»Drei Steaks mit Folienkartoffeln und drei Flaschen von deinem trockenen Hausburgunder«, sagte Genenger nach kurzer Konferenz; der Wirt zog die Nase hoch und watschelte von dannen.

»Drei Flaschen, gleichzeitig?« Jorinde hob eine Braue. »Na ja. Ob's da einen Zusammenhang mit den anderen seltsam hastig verscharrten Leichen der letzten Jahre gibt? Willst du dir nicht ein Spezialauto bauen lassen? Und habt ihr ernstlich vor, euch mit den Staatsorganen anzulegen?«

Matzbach zählte die Antworten an den Fingern ab. »Ja; vielleicht; nein; und ob. Letzteres weniger aus Vergnügen am Hauen und Stechen, sondern aus reiner Neugier. Und, wie gesagt, weil ein Mensch mit einer so feinen Bibliothek sorgfältige Nachbehandlung verdient, postum. Übrigens herzlichen Glühwurm zur Erbschaft, Henri.«

Genenger legte die Pranken auf den Tisch und betrachtete die abgespreizten Finger, einzelweise sowie samt und sonders. »Danke, Euer Liebden. Hat mich aber ziemlich erschlagen; ich hatte keine Ahnung.«

»Hat er nie was gesagt?«

»Nee. Wir waren ganz gut befreundet, wenn man das so nennen kann. Nicht viel geredete, wißt ihr, aber einfach so ... Hier, zum Beispiel, in diesem Lokal sitzen, trinken und Schach spielen.«

»Eine jener britischen Freundschaften, die mit der Vermeidung aller Vertraulichkeit beginnen und bald das Stadium erreichen, in dem das Zwiegespräch dauerhaft entfällt?«

Genenger lächelte schwach. »So ähnlich.«

»Was machst du denn mit deinem Erbe?«

Der Bestatter zuckte die Schultern. »Keine Ahnung. Willst du mir das Haus abkaufen?«

Matzbach hob die Hände zur Verteidigung. »Was soll ich mit einem Haus in einem Nebental der Ahr? Bibliothek, Spielgeräte, Weinkeller, alles ganz prima, aber das würde mich der Gefahr eines Heiratsantrags von Jorinde aussetzen.«

»Amüsant, Matzbach.« Jorinde zog die Mundwinkel herab und blinzelte dramatisch.

»Wäre das so furchtbar? Ihr kennt euch doch schon lange genug.«

»Schon recht, Henri, aber das ist es ja. Jorinde erträgt mich, weil wir uns nur in kraftvollen Abständen sehen und sie sich zwischendurch mit wechselnden Gespielen erholen kann. Dämonen nicht zu vergessen. Ich fürchte, die dauerhafte Zusammenführung der Tische und Betten würde ihre sofortige Trennung bewirken, also Lustverlust.«

Wie zur Errettung kam das Essen, über das sie schweigend

herfielen. Nach dem letzten Bissen füllte Matzbach die Gläser nach, wozu er die zweite Flasche angreifen mußte, lehnte sich zurück und zündete sich eine Zigarre an.

»Ah, gut. Weiteren Anfechtungen, Anträgen oder Anklagen sehe ich nunmehr gelassen entgegen.«

Jorinde wühlte in ihrer gebackenen Kartoffel, um die letzten Eßbarkeiten nicht zu vergeuden. Dann leckte sie die Gabel ab, langsam, beinahe versonnen.

»Vier Zinken«, sagte Matzbach.

Sie kicherte. »Du bist unmöglich. – Sag mal, wer sind eigentlich die anderen Erben? Yü, klar; und die beiden übrigen?«

Genenger schob den kahlgefressenen Teller von sich. »Daniela Dingeldein und Markus Pauly. Dany ist Yüs Freundin; junge Witwe; ihr Mann war Winzer und ist vor zwei Jahren bei einem Autounfall gestorben. Sie arbeitet halbtags als Sekretärin bei der Gemeinde, den Rest der Zeit winzert sie. Pauly ist der alte Sargmacher, Schreiner, Zimmermann oder wie immer er sich gerade nennt. Der, bei dem Yü hin und wieder arbeitet. Ansonsten arbeitet er bei Dany mit.«

»Tolle Bude hat der Junge.« Matzbach blies Rauchringe an die Decke. »Extrem asketisch.«

»Wieso?« sagte Jorinde.

Matzbach beschrieb Yüs kahle Behausung; Genenger kratzte sich den Nacken.

»Er hält nicht viel von irdischen oder sonstigen Gütern. Ein paar Bücher – die, die er gerade liest –, ein Reservesatz Klamotten und seine Bettrolle, das ist alles. Dany ist ein bißchen üppiger eingerichtet; er pennt ja meistens bei ihr, da kann er sich von der Optik seiner Bude erholen.«

»Was mich zu einer anderen Frage bringt.« Matzbach legte die Zigarre in den Aschenbecher und griff zum Weinglas.

»Dieser Anrufer, der Osiris Schumann nicht aus dem Bett klingeln konnte. Woher hat er Yüs Nummer? Wieso weiß er, daß Yü der nächste Nachbar ist? Und wenn Yü oft woanders übernachtet, was wäre gewesen, wenn der Anrufer Yü nicht zu Hause erreicht hätte? Prost, übrigens.«

»Hmpf.« Genenger zupfte an seinem Ohrläppchen. »Yüs Nummer steht, glaube ich, nicht im Telefonbuch, jedenfalls nicht unter Yüs Namen. Ist, glaube ich, ein Anschluß, der auf Pauly läuft. Wie gesagt, glaub ich alles unbesehen, weiß ich aber nicht. Vielleicht hatte der Mensch die Nummer von Osiris gekriegt – von wegen, wenn was ist, ruf *den* an, der kann mich notfalls finden, oder so.«

»Also aus dem Telefonbuch kann er's nicht haben?«

»Ijaaa, schon, aber dann muß er wissen, wonach er sucht. Selbst wenn die Nummer komplett eingetragen wär, mit Adresse und allem, hilft das nix, weil das Haus vorn noch zur Bundesstraße gehört, das Haus von Osiris nicht – also andere Adresse.«

»Und wenn Yü woanders, bei dieser Winzerin, übernachtet hätte?«

»Problem, scheidet aber aus.«

»Wieso?«

»Mittwochs gibt's so was wie nen Jungwinzerstammtisch; das geht manchmal bis in die Puppen. Deshalb ist Yü mittwochs nie bei Dany.«

»Wenn er ihr hilft, ist er dann nicht auch so was wie Jungwinzer?«

»Schon, aber er macht sich nichts aus Massenbesäufnissen.«

»Der Weise geht in sich, der Narr gerät außer sich, der Philosoph bleibt dazwischen?«

»So ungefähr.«

»Das hieße aber doch«, sagte Jorinde, »daß der Anrufer sich auskennen muß. Angenommen, er hat Yüs Nummer von Osiris; angenommen, er weiß, daß Yü in der Nacht von Mittwoch auf Donnerstag zu Hause ist; dann müßte man doch weiter annehmen, daß er Yü kennt. Vielleicht nicht gut, aber irgendwie.«

»Yü leugnet.« Matzbach sog an der erloschenen Zigarre und fummelte mit Streichhölzern. »Und zwar leugnet er entschieden. Er sagt, er hätte ein gutes Gedächtnis, und natürlich könnte es mal vorkommen, daß man eine Stimme am Telefon nicht gleich mit einem Gesicht oder Namen verbindet. Aber in diesem Fall ist er ganz sicher, daß er die Stimme nie vorher gehört hat; und daß der Anrufer sich nicht vorgestellt hat.«

»Einer aus dem Dorf?«

Matzbach blies das Streichholz aus. »Liebste Freundin, es wäre denkbar, ich bezweifle es aber. Das Dorf ist nicht so furchtbar weit weg. Wenn da einer nachts Besorgnisse hat, dann bricht er wahrscheinlich selber auf, um nach dem Rechten zu sehen. Ich glaube bei der ungeheuren Bevölkerungsdichte des Dorfes auch nicht, daß da viele Stimmen sind, die Yü nie gehört hat.«

»Alles sehr seltsam.« Jorinde spielte mit ihrem Glas; dann blickte sie auf. »Also entweder ein Freund von auswärts; dann versteh ich aber nicht, wieso er nicht Name und Nummer nennt, damit Yü ihn zurückrufen kann, sobald er was weiß. Oder ...«

Genenger übernahm. »Oder ein böser Mensch, der was weiß und will, daß man ganz schnell davon erfährt.«

»Aber wozu?«

»Nehmen wir mal die wüsteste Möglichkeit.« Jorinde zögerte, als ob sie die nächsten Sätze vorsortieren müßte. »Jemand bringt, warum und wie auch immer, Osiris um; sagen wir, er hat etwas Furchtbares mit der Republik vor, und irgendein James Bond macht ihn alle. Warum dann der Anruf?

»Damit die Behörden möglichst früh zuschlagen und das Haus aufräumen können.« Matzbach schüttelte langsam den Kopf. »Wenn niemand den Toten entdeckt, könnte es komisch wirken, wenn morgens früh ein von keinem alarmiertes Aufgebot erscheint. Daß es jetzt so komisch aussieht, liegt ja nur daran, daß Yü dich angerufen hat, Henri, und daß du uns mitgeschleift hast. Ich glaube, wenn Yü die Leiche entdeckt, den Arzt ruft und heimgeht, wundert sich am nächsten Morgen niemand über amtliche Interventionstruppen. Jedenfalls nicht sehr.«

Gegen halb elf setzte Genenger sie ab. »So, da ist eure olle Wohnkapolle. Fröhlichen Beischlaf allerseits. Übrigens – ich will versuchen, morgen abend die Erben zusammenzutrommeln. Bei mir, so ab acht. Kommt ihr?«

»Wir erben doch nicht.«

»Weiß man's? Kommt trotzdem. Bye bye.«

Es war noch immer warm. Jorinde blieb neben dem Trog stehen, streifte ihre Sandalen ab und schaute in den sternenklaren Himmel. »Ah, das tut gut.« Sie bohrte die Zehen ins Gras.

»Sind wir zu müde oder gar verdrossen?« Matzbach lehnte sich an den Trog und patschte ins Wasser. »Lauwarm. – Ich meine, Genengers Abschiedsworte waren was? Empfehl, Befehlung?«

»Meinst du das Beischlafen oder das Erben?« Jorindes Zähne blitzten im Zwielicht.

»Ah, erstens erstes, zweitens beides.«

»Du bist unmöglich. Dich würde ich gar nicht heiraten

wollen.« Sie leckte sich die Lippen. »Ansonsten – nein, kein Verdruß. Von mir aus kann das alles so bleiben.«

»Geht das? Ich fürchte, ab dem Moment, wo man will, daß die Dinge so bleiben, beginnen sie sich zu ändern.«

Jorinde seufzte. »Das ist das Hexeneinmaleins.« Ihre Hände krochen unter sein Schlupfhemd, das locker über dem Gürtel hing. »Wo denn, Junge? Hier oder drinnen?«

»Och, warum nicht – hier?« Er patschte wieder in den Trog. »Lauwarm; müßte ganz angenehm sein. Mein Nabel juckt.«

Sie öffnete seinen Gürtel, dann die Hose. Einen Moment hielt sie inne. »Was denn? Im Trog?«

»Warum nicht?«

Sie trat einen halben Schritt zurück. »Matzbach, du bist unmöglich.«

»Aber mit Vergnügen.« Er streifte Hosen, Schuhe und Socken ab und zog das Hemd über den Kopf. Kichernd schälte sie sich aus ihrem Seidengewand; darunter trug sie nur einen Slip. Beides warf sie schwungvoll auf die Motorhaube von Matzbachs Wagen. »Und jetzt?«

»Komm her, Weib.«

Er nahm sie in die Arme, hob sie ein wenig an und ließ sein Gesäß ins Wasser gleiten. Dann kippte er langsam zur Seite und hebelte Jorinde mit den Beinen hinein. Es platschte.

14

Nach ausgiebigem Schlaf und gründlichem Frühstück wollte Jorinde mehr über den Regierungsbunker wissen. Matzbach chauffierte durch die Berge zum Autobahnkreuz Meckenheim, wo sie den Mittelstreifen und die Parkplätze bewunderten; anschließend fuhren sie um Marienberg herum, so gut es ging, und stießen immer wieder auf relativ neu geteerte, gerade Straßen und Wege, die für den normalen Verkehr gesperrt waren. In Ahrweiler nahmen sie ein kleines Mittagsmahl zu sich; dann steuerte Matzbach einen Parkplatz in der Nähe des Wanderwegs über die Ahrhöhen an. Auch für Fußgänger ist natürlich der Bunker selbst unzugänglich; man kommt aber nahe genug heran, um die vielerlei betonierten Haupt-, Neben- und Hinterausgänge und ihre Einpassung in die romantische Umgebung bewundern zu können, sowie die gelegentliche Wachsamkeit der Domestiken und den mächtigen Antennendschungel.

»Meinst du, Dittmer käme näher ran?« sagte Jorinde, als sie zum Parkplatz zurückgingen.

»Das ist eine der interessanteren Fragen für die nächsten Tage. Ich wüßte gern, ob er, außer als Gemeindebonze, irgendwas mit den restlichen Staatsorganen zu tun hat. Und ob wir alle verhaftet werden.«

Wie sie wegen des Wagens, der kurz vor ihrem Aufbruch an der ollen Kapolle vorübergefahren war, schon erwarteten, waren sie die letzten, die – als einzige zu Fuß – Genengers Erbenkonzil erreichten. Die anderen saßen bei Wein, Nüssen und Käsegebäck um Genengers Tisch.

»Also«, sagte Genenger nach der rituellen Erwähnung von Namen; er wies auf etliche Zettel – »wir haben nicht auf euch gewartet, um die restliche Erbenpost zu öffnen. Nix drin; bloß jeweils ne Fotokopie vom handgeschriebenen Testament und dazu ein paar Zeilen. Die Mitteilung für die sämtlichen Erben enthält nur den Hinweis, sich wegen allem anderen mit mir oder meinen Rechtsnachfolgern ins Benehmen zu setzen, falls ich nicht mehr dabei bin; im Brief an mich steht, ich sollte an ein paar Kisten denken. Drei, genauer.«

»Was für Kisten? Wein, Schatz, Wäsche?«

»Wir haben beide Bankdepots, er und ich. Ich nehme an, das sind zwei von den Kisten. Ich weiß nicht, was er in seiner Depotkiste hat, aber irgendwann vor nem Jahr oder so hat er mich gefragt, ob er was in meine tun kann. Hab ich ihm erlaubt, klar, ich weiß aber nicht, was es ist. Er hat, wie er an die Erben schreibt, noch ein Konto bei ner anderen Bank; vielleicht gibt's da die dritte Kiste. Oder in seinem Keller, mal sehen.«

Yü kniff das linke Auge zu und betrachtete Matzbachs Zerrbild mit dem rechten durch sein Weinglas. »Hat der Sohn des westlichen Himmelsdrachen hierzu lichtvolle Ansichten, die er den minderwertigen Eingeborenen darzutun wünscht?«

»Ei, wie erdrisse ich mich denn, Euch mein nichtswürdiges Unwissen aufzudrängen, huldreiche Auffaltung der Gnaden!« sagte Matzbach, sehr schnell und mit völlig ernstem Gesicht.

Jorinde stöhnte. »O nein, nicht schon wieder.«

Genenger nickte ohne Nachdruck; Yü trank einen Schluck und verbiß sich ein Grinsen; neben ihm begann seine Freundin leise zu lachen. Daniela Dingeldein mochte etwa 30 Jahre als sein, hatte kurzes hellbraunes Kraushaar und graue Augen; sie war eher drahtig als schmächtig, und die kräftigen Hände mit kurzen, lacklosen Nägeln eigneten sich zweifellos ebenso für amtliche Schreibgeräte wie für den Weinberg.

Der alte Schreiner nahm ein Päckchen Reval aus der Brusttasche seines dunklen Flanellhemds, zündete eine an, blies Rauch in Richtung Matzbach und sagte mit knarzender Baßstimme: »Mann!« Dabei lächelte er kaum merklich. Sein

Gesicht, vom Rinnsal der Zeit und den Winden des Lebenswandels gestriemt und gerastert, schien in die wachen braunen Augen hineinzufließen, wobei die Haut nur deshalb nicht versickerte, weil die Nasenknolle sie hielt. Die rissigen Nägel seiner großen beweglichen Finger waren fast kreisrund, aufgewölbt und mit grellen Halbmonden ausgestattet.

»Ich fühle mich angesprochen«, sagte Matzbach mit einer kleinen Verneigung. »Was sind Sie eigentlich, Herr Pauly? Genenger meint, er wüßte es nicht so genau – Tischler, Schreiner, Zimmermann, Küfer, Böttcher, Wagner?«

»Holzbeschwörer.«

»Er redet nie sehr viel, Matzbach.« Genenger kratzte sich die Glatze. »Aber wenn man euch beide, beziehungsweise sein Schweigen und dein Geschwätz zusammenbringt, kommt fast ein normales Reden heraus.«

»Schweigsamer Holzbeschwörer... Klingt wie eine der poetischen Anrufungen des verblichenen Osiris. Feine Runde, gefällt mir gut. Ein Holzbeschwörer, ein Privatbestatter, eine Hexe, ein veritabler Chinamann, eine Halbzeitwinzerin und ich, possierliches Getüm – wirklich nett.«

Genenger räusperte sich. »Können wir jetzt die Versammlung der Witwen und Waisen eröffnen? Wir haben nämlich noch was zu bereden.«

»Wieviel erben wir denn eigentlich?« sagte die Winzerin.

»Ich habe immer schon empfunden, daß Frauen viel praktischer sind als Männer. Gute Frage, Frau Dingeldein.«

Sie verdrehte die Augen. »Muß das sein? Ich hasse den Namen... Daniela reicht. Heinrich nennt Sie Matzbach – gibt's auch Leute, die Baltasar zu Ihnen sagen?«

»Ungern.« Jorinde setzte ein schräges Grinsen auf. »Je besser man ihn kennt, um so unhandlicher sind alle vorgefertigten Namen.«

»Bally?« sagte Daniela; sie spitzte den Mund. »Mätzchenbach? Matzy? BaMa? Motze? Getüm?«

»Exzellenz reicht völlig.«

»Also Matzbach. Na schön. Darf man Sie denn Jorinde nennen, oder ist das auch so schwierig?«

Die Hexe lächelte und nickte; Genenger rülpste und hob einen Zettel hoch.

»Hört mit dem Scheiß auf. Also, die Erbmasse. Das ist nicht so einfach.«

»Hier ist heute überhaupt nichts einfach«, sagte Yü. »Andererseits – was ist schon einfach? Wie Konfuzius sagt, ist alles Einfache nur Kompliziertes, das man noch nicht erkannt hat.«

Pauly deutete mit dem Rest seiner Kippe auf den Chinesen. »Entlassen!«

Yü hob die Brauen. »Nee, Chef.«

»Nee? Na, dann nicht.«

»Zur Sache!« Genenger klang ein wenig verzweifelt.

»Wir waten durch Tran«, murmelte Matzbach. »Tranwater mit Kater.«

»Erbschaft. Wir sind alle nicht mit Osiris K alias Friedrich Schumann verwandt...«

»Lauter unverwandte Tranwater.«

»Jetzt halt doch mal die Schnauze, Matzbach. – Deshalb gehören wir alle zur Erbschaftssteuerklasse römisch vier. Das heißt, alles, was über dreitausend Mark liegt, muß versteuert werden, und zwar mit zwanzig Prozent bis fünzigtausend, und so weiter immer steigend. Mich wird's unangenehm treffen, fürchte ich; dieses Haus, das ich gar nicht haben wollte, muß komplett erfaßt werden, Wert der Einrichtung und der Bücher und so weiter, und dann wird alles versteuert.«

»Armes Kerlchen«, sagte Jorinde. »Laß mich drin wohnen, dann schieße ich dir als Mietanzahlung die fällige Erbschaftssteuer vor.«

»Ha!« Matzbach hob sein Glas. »Hörst du, Genenger? Dieses Angebot ist schon erheblich weniger sittenwidrig als das vorige.«

Genenger fuhr ungerührt fort. »Aus dem Nachlaßvermögen können wir pauschal zehntausend abziehen, ohne Beleg, für Bestattung und Grabmal und Sarg und so was. Der Rest unterliegt der Guillotine des Staats.«

»Damit die Banditen, wenn sie die Sozialhilfe kürzen, trotzdem ihre Diäten erhöhen können?« sagte Daniela.

»So ähnlich. Also ...«

»Moment. Ich würd gern trotz allem wissen, was das für ein sittenwidriges Angebot war.«

Jorinde schloß die Augen.

»Sie hat gesagt, nein, gedroht, den Besitzer zu heiraten, wenn er sie drin wohnen läßt. In dem Haus von Osiris.«

Matzbach bemühte sich so sehr, nicht zu feixen, daß es sein Gesicht garstig entstellte.

»Oh. Aha. Na gut. Weiter, erbschaftsmäßig.«

»Das war«, sagte Genenger spitz, »bevor sie wußte, daß ich erbe. – Erbschaftsmäßig hab ich jetzt hier Papier, auf das eure Unterschriften sollen. Es heißt da lediglich, daß ihr, die Erben, das Testament gelesen und verstanden habt, und daß ihr es annehmt. Den Zettel geb ich morgen dem Anwalt, der tingelt dann bei den Banken und beim Grundbuchamt und überhaupt überall, wo man in so nem Fall tingeln muß; darum brauchen wir uns nicht zu kümmern. Alles weitere wird gnadenlos seinen Lauf nehmen.«

Pauly beugte sich vor, grapschte nach einem Kuli, der auf dem Tisch lag, und fuchtelte damit herum. »Zettel!«

Als alle Erben signiert hatten, sagte Yü: »Das ist also alles, was wir heute erfahren? Hm. Und diese mysteriösen Extrabriefe an dich und an uns alle haben wirklich nicht mehr zu bedeuten? Nur das, was drin steht?«

»Ah.« Matzbach betrachtete Genengers ausdruckslos kantiges Gesicht. »Wie ich den Herrn Leichenverbuddler kenne, fängt er jetzt an, Karnickel aus der Urne zu ziehen.«

Genenger langte unter den Tisch und hievte ein schweres Objekt auf die Platte: eine abgewetzte schweinslederne Aktentasche, offenbar prall gefüllt. Sie enthielt ein fettes Paket: eine Art Bündel, umwickelt mit einem Quadratkilometer Packpapier und etlichen Fadenlängen Schnur mit einem halben Dutzend Knoten und einem üppigen Klecks Siegelwachs.

»Das hat Osiris irgendwann mal in mein Bankfach gesteckt. Ich nehme an, ich sollte es jetzt zerschlitzen; wenn keiner was dagegen hat.«

»Tickt es?« sagte Matzbach.

»Blöder Hund.« Genenger nahm das von Pauly stumm gereichte Taschenmesser, klappte es auf und zerstörte die kunstvolle Verschnürung, dann zerfetzte er das Packpapier.

»Und noch ne Runde.« Unter der obersten Schicht tat sich eine zweite Lage Verpackung auf, als Genenger zustieß.

»Am Ende ist nix drin, alles bloß eingewickelt«, sagte Daniela.

Es war aber dann doch etwas drin; die dritte Lage Packpapier war die letzte.

Genenger fegte sämtliche Verpackungstrümmer mit einer Armbewegung vom Tisch. Langsam, sorgfältig löste er das Einmachgummi, mit dem der eigentliche Kern umwickelt war, und breitete die Fundstücke aus: mehrere teils mit Hand, teils mit Maschine beschriebene Blätter; zehn Sparbücher; offiziös aussehende Konto- oder Depotauszüge; drei kleine Dosen aus Leder oder einem ähnlichen Material; mehrere prall gefüllte, mit einem weiteren Einmachgummi zusammengebundene Briefumschläge; ein an Genenger adressierter Brief.

»Nu na.« Der Bestatter rümpfte die Nase. »Sieht wie ein wirres Erbe aus, was? Einverstanden, wenn ich zuerst mal den Brief lese?«

Da niemand widersprach, öffnete Genenger den Umschlag mit Paulys Messer. Er enthielt ein eng betipptes Blatt und drei komplizierte Schlüssel, mit Hilfe eines Pfeifenreinigers innig vereint.

Genenger las, grunzte zwischendurch, stieß mit der Zeigefingerspitze die drei Schlüssel an; dann ließ er das Blatt sinken.

»Na, massive Geheimnisse?« sagte Matzbach.

»Sei doch nicht so indiskret, Dicker.« Jorinde blickte ihn von der Seite an, streng, wie eine Handarbeitslehrerin ob fallengelassener und nun spurlos verschwundener Maschen. »Das geht dich doch eigentlich nichts an; mich auch nicht.«

»Du irrst.« Genenger seufzte. »Komischerweise geht es alle an. Zum Teil jedenfalls. – Also, den Anfang überspringen wir; freundliche Worte über langjährige Freundschaft und so was. Geht nur mich an. Die Schlüssel sind für drei Depots bei Banken, einer davon zu meinem. Ich hatte ihm einen Schlüssel und Vollmacht gegeben. Hat er offenbar schamlos ausgenutzt. Moment... ah, hier geht's los; das ist mehr oder weniger an alle hier.«

Genenger hustete, nahm einen Schluck Wein und begann zu lesen.

»Diddeldidei, und so weiter... Dankbarkeit... angenehme Jahre... wo war's denn? Ah. Also. ›Vielleicht spinne ich; es wäre eine Form von Verfolgungswahn. Du weißt schon, man wittert überall Verschwörungen und fühlt sich beobachtet. Ich weiß nicht, ob ich, wenn Du dies liest, eines offensichtlich natürlichen oder eines zweifelhaften Todes gestorben bin, befürchte aber, daß man auch einen gewaltsamen Tod harmlos aussehen lassen kann. Wenn ich nicht spinne, wovon ich im Moment ausgehe, dann habe ich etwas entdeckt, das derart monströs ist, daß ich nicht einmal daran zu denken wage. Und bevor ich es nicht nachweisen kann, und zwar absolut hieb- und stichfest, kann ich keinesfalls darüber sprechen oder schreiben. Die zum Paket gehörenden beschriebenen Blätter sind allenfalls eine Art Gedächtnisstütze für mich; ich glaube nicht, daß jemand etwas damit anfangen kann. Trotzdem wäre es am besten, diese Papiere zu verbrennen. In den falschen Händen könnten sie unermeßlichen Schaden anrichten. Ich mag aber nicht einmal diese eher harmlosen Überlegungen und Listen in meinem Haus liegen lassen, und vielleicht brauche ich sie ja noch einmal, deswegen bitte ich um Nachsicht, daß sie nach meinem Ableben Dir zufallen. Vielleicht habe ich sie noch beseitigt, bin aber nicht mehr dazu gekommen, diesen Brief entsprechend neu zu schreiben. Es sind schlechte Verse – Du kennst mich ja – zur Stütze des Gedächtnisses, und ein paar Namen.‹

Neue Zeile. ›Was die anderen Dinge angeht, nur so viel. Ich habe, wie Du weißt, getreulich dem Staat gedient und dabei nicht schlecht verdient. Nichts von dem, was ich hinterlasse, ist unrechtmäßig erworben worden; sollte einer von Euch Erben deswegen Bedenken haben, was ich ohnehin nicht glaube, seien diese hiermit zerstreut. An alledem klebt weder Blut noch Rauschgift noch Landesverrat noch sonst etwas; nur Schweiß. Bestimmte Dinge, mit denen ich während meiner Berufszeit am Rande zu tun hatte – teilweise auch nur Ahnungen oder der Widerhall von Gerüchten –, haben mich in den letzten Jahren immer stärker zu eher wirren Nachforschungen getrieben, deren momentanes Ende dieser mögliche Verfolgungswahn ist. Wir hatten keine Kinder, auch keine lebende nähere Verwandtschaft; meine Frau ist seit vielen Jahren tot; und da ich überzeugt bin, nicht an Wahnvorstellungen zu leiden, wäre es absurd, dem Staat, der jenem Apparat zu gehören scheint, gegen den sich meine Nachforschungen richten, auch nur einen Pfennig zukommen zu lassen. Ganz ist es natürlich nicht zu vermeiden, da Ihr Erben alle nicht mit mir verwandt seid und entsprechend niedrige Freibeträge habt. Das Schlimmste müßte allerdings hiermit vermieden sein.‹ – Jetzt kommen Details zu den anderen Dingen hier« – Genenger klopfte auf den Rest des Paketinhalts –, »die sehen wir uns aber gleich sowieso an. Dann ist da noch ein Zusatz.

›Ich rate Euch gut, laßt die Finger von allem anderen. Wie gesagt, verbrennt die Notizen. Solltet Ihr Euch darauf versteifen, auf meiner Fährte weiterzuwühlen, wäre es vielleicht besser, die Sache jemandem zu übertragen, der nichts unmittelbar mit mir zu tun hat, dessen Hinscheiden mir postum gleichgültig wäre, der vor allem austeilen und einstecken kann. Du hast mal von einem Bekannten erzählt, Mastbär oder Matzerath oder so, aus Bonn, der solche Risiken zu lieben scheint. Wie wär's mit dem? Sollte es dazu kommen, könntet Ihr ihm als Honorar die hundert Francs oder die fünf Pfund oder die zwanzig Dollar anbieten.‹«

»Mastbär, Matzerath, wer kann das sein?« murmelte Matzbach. »Und wahrlich üppige Honorare, doch ja.«

Genenger grinste müde. »Er schreibt hier noch was von einem Münzhändler in Zürich, der keine Fragen stellt, keine detaillierten Bücher führt und den man von ihm grüßen kann.«

»Aha. Das macht das Honorar schon interessanter.«

»So, zum Schluß. ›Die anderen Depots enthalten Kopien des neuesten Testaments und meine Münzsammlung, in zwei Teilen; begonnen hat sie mein Großvater. Gehabt Euch wohl, und danke.‹ Das wär's.«

Einige Augenblicke lang sagte niemand etwas. Matzbach schüttelte langsam den Kopf und stülpte die Lippen vor; Jorinde hatte die Hände an ihre Wangen gelegt und starrte auf den Tisch. Pauly rührte sich überhaupt nicht; Daniela und Yü sahen einander an.

Genenger streckte die Pranke nach den Hinterlassenschaften aus. »Soll ich...? Na gut.«

Er blätterte in den Sparbüchern, pfiff mehrmals, legte sie weg, prüfte die Depotauszüge, überflog die beschriebenen Blätter.

»Tja. Wie ist das eigentlich, muß man nicht normalerweise was unterschreiben, auch wenn ein anderer was auf deinen Namen anlegt?«

Pauly nahm die nächste Zigarette aus dem Päckchen. »Ja, aber nicht unbedingt. Hier, wenn man die Leute kennt, geht's ohne.«

»Wahrscheinlich schreiben die dann, wenn man sie dringend bittet, von wegen Geburtstagsgeschenk und Überraschung oder so, einfach ›persönlich bekannt‹ in die Unterlagen, oder?« sagte Daniela. »Was ist denn nun damit?«

»Zehn Sparbücher, alle gleichzeitig angelegt vor, ah, einem Jahr«, sagte Genenger. »Zwei lauten auf Yü, zwei auf Dingeldein, zwei auf Pauly, zwei auf Genenger, zwei auf Schumann.«

Matzbach nickte. »Nicht sehr effektiv, was die Rendite angeht, so ein Sparbuch, aber prima für schnellen Zugriff und in diesem Fall Vorbeischmuggeln an der Erbschaftssteuer.«

»How much?« sagte Yü.

»Je zehntausend, plus ein paar Mark Zinsen.«

Daniela Dingeldein schüttelte den Kopf; plötzlich schwammen ihre Augen. Sie wischte sie mit dem Ärmel. »Mein Gott... So viel, bloß, weil wir hin und wieder mit ihm einen getrunken haben.«

»Das Depot«, sagte Genenger betont unbetont, »enthält ein paar Aktien und ein paar Bankpapiere, alles auf seinen Namen. Wert der Aktien laut Auszug Ende letzten Jahres, ah, um die fünfzig Riesen. Die Sparbriefe ätz ehtera auch noch mal so viel. Jesses. Der hat doch ganz nett was auf die Seite gebracht.«

»Wußtet ihr denn nicht, daß wir und die vor uns die Generation der Erben sind?« Matzbach spielte mit einer Zigarre, ohne sie anzuzünden. »Alles, was die Jungs nach dem Krieg aufgebaut haben, wechselt allmählich den Besitzer. Da gibt's doch nen Spruch – irgendwas wie *die Väter erbauen's, die Söhne verdauen's, die Enkel versauen's*, oder so. Ihr seid die Enkel, also freuet euch. Und was der da von den Münzen gesagt hat, von wegen, sein Opa hat damit angefangen... Offenbar haben wir es hier mit dem Restvermögen einer weiland zahlreichen und wohlhabenden Sippe zu tun.«

Genenger hob den einzeilig getippten Brief noch einmal hoch. »Hab ich vergessen... Hier steht noch was zu den dicken Briefumschlägen. ›Der Inhalt war vorgesehen für den Fall, daß ich irgendwann eine jähe, endgültige Auslandsreise antreten muß. Beim allgemeinen Verfall der Währungen ist es vielleicht nur noch ein Trinkgeld, wenn ihr es aufmacht.‹ Trinkgeld... Mal sehen.«

Er öffnete die Umschläge – vier – und erstarrte. Dann holte er tief Luft und zog aus jedem ein fettes Bündel Banknoten. Yü, Daniela, Pauly und Genenger zählten jeweils ein Bündel durch; es waren 20000 Pfund, 40000 Dollar, 50000 Schweizer Franken und 50000 Mark.

»Feiner Notgroschen«, sagte Jorinde halblaut und sichtlich angeschlagen.

Matzbach keckerte. »Furchtbar furchtbar, bei dem Währungsverfall. Ihr solltet aber wenigstens die Märklein schnell ausgeben oder wechseln; wir kriegen ja grade neue Scheine. Ich weiß nicht, wie lange die alten noch gültig sind. Insgesamt kein schlechter Fischzug. Seid ihr sicher, daß keiner von euch das vorher gewußt hat? Das wäre nämlich ein prima Mordmotiv.«

»Womit wir bei der letzten Frage wären.« Genenger blinzelte ihm zu. »Wenn die Miterben einverstanden sind, würde ich dich gern fragen, ob du übernehmen willst.«

»Gut überlegen«, sagte Pauly, ohne Matzbach anzusehen. Er inhalierte tief, hustete und betrachtete seine Zigarette. »Wenn er spinnt, ist es vertane Zeit, Wenn er nicht spinnt, gefährlich.«

Matzbach steckte seine Zigarre hinter das rechte Ohr, das daraufhin Abstand von ihm nahm. »Gefährlich? Das Leben ist gefährlich; die meisten Leute sterben im Bett. Soll ich deswegen im Stehen schlafen? Bah. Die Frage ist – wollt ihr? Soll ich?«

Daniela nickte, Pauly hob die Schultern; Genenger sagte »Ja«, Jorinde murmelte »O nein.«

Yü deutete mit dem Zeigefinger auf Baltasar. »Alter Herr Matzbach – wie Konfuzius sagt, gelangt der Weise nie ans Ziel, läßt sich aber von dem törichten Versuch auch durch kluge Reden Dümmerer nicht abhalten.«

»Dann soll ich also. Hm. Gut, wenn ich wollen soll, möchte ich auch mögen wollen dürfen. Zur Frage des großzügig angebotenen Honorars: Wer mir Geld anbietet, darf sich nicht wundern, wenn ich es annehme. Es scheint ja genug davon zu geben. Hat hier einer Ahnung von Münzen?«

Zur allgemeinen Überraschung hob Pauly die Hand. »Ein bißchen. Mal sehen.«

Genenger schob ihm die drei Lederdöschen über den Tisch. Pauly öffnete sie und hielt eine Münze nach der anderen vorsichtig hoch. Nach gründlichem Studium legte er sie zurück.

»Nee. Stehen bestimmt im Katalog, weiß ich aber nicht so.«

»Mal sehen«, sagte Yü. Er nahm die Döschen, betrachtete die Münzen und reichte sie weiter. Nachdem alle sie bewundert hatten, sagte Matzbach:

»Gut denn. Auch auf das Risiko hin, mich zu irren, nehme ich die zwanzig Dollar. Wollt ihr die anderen vierteilen, oder soll ich die gleich mit verkaufen?«

Jorinde starrte ihn an. »Verkaufen?« Sie schnipste mit den Fingern. »Da war doch was, von wegen Zürich... Willst du nach Zürich, oder kennst du...?«

Matzbach kaute einen Moment auf der Unterlippe. »Gute Frage. Bevor ich sie beantworten kann, müssen wir aber noch was klären. Herr Holzbeschwörer, wie ist der Zustand der Dinger?«

Pauly prüfte alle drei Münzen noch einmal: eine Hundert-Francs-Münze des Kaisers Napoleon III., eine Fünf-Pfund-Münze der sehr jungen Königin Victoria, eine Zwanzig-Dollar-Münze der USA mit Adler und dem Spruch »IN GOD WE TRUST«.

»Drei perfekte Goldmünzen«, sagte er. »Die sind alle nie in Umlauf gewesen. Absolut makellos.«

»Gut zu wissen. Henri?«

»Anwesend.«

»Wissen ist Macht, wie wir wissen; nichts wissen macht auch nichts, wie man so sagt. Wissen kann aber auch gefährlich sein, wenn zum Beispiel jemand Wert drauf legt, daß andere von bestimmten Dingen nichts wissen.«

»So weit kann ich dir folgen.«

»Danke, Euer Anmutigkeit. Jetzt stellt sich mir die Frage, ob es klug wäre, die anderen Zettel, auf denen Osiris ja offenbar etwas notiert hat, was zu seiner finsteren Verschwörungsthese gehört, hier im Kreis herumgehen zu lassen.«

»Du meinst...?«

»Genau, das meine ich. Wenn was dran ist, könnte es ja sein, daß morgen früh einer kommt und wissen will, was ihr wißt.« Er blickte die anderen an. »Möglicherweise könnte es weniger gefährlich sein, nichts zu wissen. So daß sich die Frage stellt, ob die übrigen Zettel da verlesen oder gelesen werden sollen, oder ob es besser wäre, wenn...«

»Sei nicht albern, Herzchen.« Jorinde preßte die Lippen zusammen. »Heinrich hat's eh schon gelesen, und ich will's jedenfalls wissen. Wenn schon, denn schon.«

»Ich auch«, sagte Yü.

Daniela blickte ihn von der Seite an, irgendwie schräg von unten, obwohl ihr Kopf auf der gleichen Höhe war wie seiner. »Ich nicht, Felix. Ich glaub, du bist verrückt.«

Der alte Holzbeschwörer wollte auch nichts Genaues wissen. Genenger zögerte; dann lachte er.

»Vorschlag zur Güte. Ich hab's ja überflogen, also weiß ich, worum's geht. Das hier ist eine Liste von Namen, die dich sehr überraschen wird, Dicker.« Er faltete eines der Blätter und reichte es Matzbach, der es ungelesen einsteckte. »Du kannst es ja nachher, unter euch, Jorinde zeigen, und ich erzähl Yü später, was es ist. Die beiden anderen Dinger sind an und für sich harmlos; das eine ist ein jämmerlich schlechtes Gedicht mit ein paar weiteren Notizen; können wir gleich lesen oder deklamieren. Das andere ist ein Zettel, auf dem was steht, womit keine Sau was anfangen kann. Ich jedenfalls nicht.«

»Was denn?« sagte Yü.

»Hier. ›Strategische Bahn. Rosengarten. Sarg mit doppeltem Boden. Doktor Hemmessen.‹ Das ist alles.«

»Hemmessen?« Yü klackte mit der Zunge. »Der hat den Totenschein ausgestellt.«

»Einer der Herren von der Klinik, ja. Was das mit dem Sarg soll, weiß ich nicht. Und die Bahn und der Rosengarten sind uns allen reichlich bekannt.«

Jorinde zeigte auf, schnipsend. »Mir nicht, Herr Lehrer.«

»Ach, stimmt, du bist ja nicht von hier.«

»Matzbach auch nicht. Weißt du das, Dicker?«

Er grinste leicht. »Bonn ist eine Art Vorort des Ahrtals, Geliebte. Wenn man da die Ohren aufhält, erfährt man so was einfach, ob man will oder nicht. Im übrigen weißt du es wohl, nur mit anderen Worten. Das ist der Bunker.«

»Marienberg?«

Genenger nickte. »Mal so genannt, mal anders. Im Kaiserreich sollte eine sogenannte Strategische Bahn vom Braunkohlegebiet bei Liblar bis nach Lothringen gebaut werden, von wegen Nachschub und schnellere Verlegung und derlei. Ist aber nicht fertig geworden und wurde nach dem Ersten Welktkrieg nicht weitergebaut. Da gibt's noch ein paar riesige freistehende Säulen in der Gegend; sollten ursprünglich mal die Bahnbrücke übers Ahrtal tragen, die nie fertig wurde. Zu dem Bahnbauprojekt gehörte auch einiges an Tunnels und unterirdischen Depots; das hat man dann in den Bunkerkomplex integriert. Der wichtigste Berg über dem Bunker heißt Hardtberg; das ganze liegt am Rand einer Weinlage namens Marienthaler Rosengarten, deshalb heißt der Bunker auch Rosengarten – netter Name bei der Menge Beton. Und letzten Endes hat man die Ecke da Marienberg genannt, weil direkt unterhalb das alte Kloster Marienthal liegt. Alles klar?«

Jorinde zog eine Schippe. »Och. Und ich hab dich schon so bewundert, Dicker, weil du das alles weißt, mit dem Bunker und den Zufahrten. Dabei ist das hier offenbar Volksgut.«

»Jedenfalls kein Geheimnis. So, was machen wir mit diesem schrecklichen Gedicht? Vorlesen?«

»Au ja. Zur Entspannung und aus deinem Munde, Henri, muß es gar wunderköstlich werden.«

»Ach halt den Rand, Matzbach.« Genenger hielt das letzte Blatt hoch, wölbte affektiert die Brauen und spreizte die kleinen Finger ab. Dann las er vor. Draußen war das dünne Knattern eines Mopeds zu hören, das kurz stoppte und dann weiterfuhr. Niemand achtete darauf.

Herr Uwe hat ein Ehrenwort geschissen
(die Augen zu und durch!), dann ging er baden.
Graf Trutz, der wollte es genauer wissen,
drum wurd er auf die Liste nicht geladen.
Den Wiesheu haben Wölfe nachts gerissen,
was biß er auch den Bossen in die Waden?
Graf Otto hat Belege weggeschmissen –
Ballastverlust beim Aufstieg ist kein Schaden.
Herrn Helmuts Tugenden warn sekundär,
Herr Oskar hat auf Tugend ganz verzichtet;
Herr Rau hat kandidiert, fiel's ihm auch schwer,
und wurd von den Genossen hingerichtet;
Herr Jochen bellt, am liebsten hinterher;

Herr Wolfgang hat die Wirtschaft neu erdichtet;
Herr Björn hält mehr von sanfterem Verkehr;
Herr Karsten hat den Globus neu beschichtet.
Frau Rita und Frau Heidi und Frau Holle,
Schneewittchen und Dornröschen und die Feen,
Franz-Josef, Lothar, Kappesgnome, Trolle,
zwar nicht zu glauben, aber sehr zu sehen.
Sie sagen, daß man sie nur wählen solle,
herzen und küssen, dann würd's schon geschehen:
der Frosch wird Fürst, gibt Milch und spendet Wolle.
Viel besser wär's, sie würden einfach gehen.
Dazu der Pfälzer – Götter! dieser Pfälzer –
Oger aus Oggersheim, der uns das Reich
ins Heim holt, Bodendenker, Sprachzerschmelzer:
das kostet alles nix – na ja, nicht gleich,
erst nach den Wahlen. Er hockt uns im Pelz, er
sitzt aus und nach und rum, reitet uns weich
(hier brech ich ab; im dicksten Schmähwortwälzer
find ich doch nichts für ihn und sein Geseich).
Gewerkschaftsbonzen ruinieren Banken,
reißen die Neue Heimat ein und –

Heinrich ließ das Blatt sinken. »Ende, mehr oder minder. Jetzt kommen noch ein paar Notizen und vorgesehene Reime, tanken, Kranken, danken, Veruntreuung von Arbeitergeld, Minister im Parlament, das sie doch kontrollieren soll, Sakrament, wundervoll, Exekutive, Beamte, plundervoll... Und ein paar halbfertige Schlußverse:

Marionetten – wer hält nur den Faden,
wer führt den Schachspieler, wer legt die Rohre
für all den heißen Dampf, wer tamta tamta
im Kellerbunker leitet die Empore ...

Jorinde sagte leise: »Lieber Himmel. Was hat er da bloß vorgehabt?«

»Paar nette Reime und schlappe Invektiven.« Matzbach steckte den kleinen Finger ins Ohr und porkelte, als ob er damit die vom Gehörten hinterlassenen Spuren im Schmalz tilgen könnte. »Aber ich glaube, das war erst der Anfang. Wahrscheinlich kommt, oder käme, jetzt erst all das, was er eigentlich loswerden wollte.«

»Kannst du denn was damit anfangen?« sagte Yü.

»Hmph. Anfangen wär zuviel gesagt; ich hab nen Verdacht, wohin es gehen könnte. Hätte gegangen worden sein sollen, oder so.« Er starrte an die Decke. Halblaut sagte er: »Ich kannte mal nen Journalisten; ist vor drei, vier Jahren gestorben. Ähnlich plötzlich übrigens wie Osiris. Hm. Ribbrocker hieß er. Der hat Verbesserungsvorschläge für dieses unser Land gemacht. Zum Beispiel Direktwahl der Abgeordneten, damit die Ärsche wenigstens alle vier Jahre merken, von wem sie Macht und Pfründe kriegen, nämlich nicht von ihren Parteien via Liste, sondern vom Volk.«

»*Wer* sind das Volk?« knurrte Genenger

»Saubere Trennung von Legislative und Exekutive – da sind ja ein paar Hinweise am Ende dieses, eh, Poems. Ungefähr so: Das Parlament soll die Exekutive kontrollieren, theoretisch. Praktisch dürften dann Beamte nicht kandidieren, weil sie ja der Exekutive angehören. Praktisch dürfte kein Minister gleichzeitig Abgeordneter sein, weil unsoweiter.« Er seufzte. »Viele nette Vorschläge. Demokratie an der Basis –

Abgeordnete werden im Wahlkreis nicht von Parteiausschüssen nominiert, sondern per Briefwahl von allen Wahlberechtigten, nicht nur den Parteimitgliedern. Abschaffung des angeblich nicht bestehenden Fraktionszwangs: Wenn nicht mindestens ein Drittel der Abgeordneten gegen die eigene Fraktion stimmt, ist alles ungültig, weil eine so gewaltige Übereinstimmung von Gewissen und Parteizugehörigkeit undenkbar ist.«

»Gewissen ist die letzte Ausrede der Schurken«, sagte Yü.

»Gewerkschaftsfunktionäre sollen nicht mehr verdienen als der Durchschnitt der Gewerkschaftsmitglieder. Man soll zu einem Regierungsbeschluß nicht Minister, sondern Fachleute interviewen; Journalisten, die Hofberichterstattung machen, statt Politiker bis aufs Blut zu piesacken und auszuquetschten, gehören gefeuert. Lauter feine Dinge. Irgendwie erinnert mich das daran.«

»Muß gründlich totgeschwiegen worden sein«, sagte Genenger. »Ich hab nie was davon gehört.«

»Wundert dich das? Die würden doch alle, egal ob links oder rechts, ihre Privilegien verlieren und müßten anständige Arbeit leisten.«

Sie debattierten den Nachlaß allgemein und spezielle Aspekte im besonderen noch eine Weile, ohne zu erhellenden Meinungen zu gelangen.

Als sie später alle gleichzeitig aufbrachen, begleitete Genenger die wirre Schar noch bis zum Friedhof. Dort blieb er stehen und pfiff schrill.

»Da.«

An einem Knauf des linken Torflügels hing, bestens verknotet und gründlich aufgeschlitzt, ein Cockerspaniel.

»Das nimmt allmählich überhand«, sagte er mürrisch.

Matzbach starrte auf den Weg. »Da war doch irgendwann ein Moped zu hören. Wo kann das hin, hier?«

Genenger hob die Schultern. »Überall. Zurück, oder weiter talauf. Da gibt's jede Menge Wege – nicht für Autos, aber mit dem Moped kommst du da fast überall hin.«

Am nächsten Morgen saßen sie in der Sonne, neben dem Vielzwecktrog, beim Frühstück, als Genengers Leichenbenz auftauchte.

»Hallihallo; gibt's hier noch nen Kaffee?«

Matzbach, mit vollem Mund, deutete auf die Trogkante; Genenger begriff und setzte sich, während Jorinde aus dem Haus einen weiteren Becher holte und ihn aus der inzwischen angeschafften Thermoskanne füllte, die Baltasars Morgenbräu in geseihter Form enthielt.

»Ah, danke. – Jesses, steifes Zeug.«

»Manche Leute« – Matzbach sprach undeutlich; ein großes Stück Eibrot behinderte vor allem die Konsonanten – »zünden morgens von selbst, andere müssen in Gang gesprengt werden.«

Genenger sagte leise »wumm« und nahm einen weiteren Schluck. »Ich weiß nicht, ob mein Herz das lange mitmachen würde, aber du hast ja glücklicherweise keins. – Grüße von Elvira, die hat heut früh angerufen. Sie meint, sie ist am Nachmittag hier. Ich hab ihr den Weg beschrieben.«

Jorinde giggelte. »Als ob er's geahnt hätte ... Er will gleich weg.«

»Wohin?«

Matzbach schluckte das Zerkaute und belud die nächste Gabel. »Da wir unter uns sind, ohne harmlose Zuhörer – ich will der Namensliste nachgehen. Mein Nabel treibt mich dazu.«

»Komisch, wie?« Genenger runzelte die Stirn. »Die gleichen Leute, die ich ausfindig gemacht hab, von wegen in heißen Mittwochsnächten verblichen. Grüße von Yü, nebenbei; wenn du nen Leibwächter brauchst oder sonst was...«

Matzbach verstaute die Gabellast im Mund und hob anmutig die Linke. »Dampf, damnapf.«

»Soll das danke, demnächst heißen?«

»Mhm.«

»Aha. Das erklärt vieles.«

Jorinde nestelte an einem Träger ihrer oberen Bikinihälfte. »Trifft sich ja alles sehr gut. Er braucht nicht unter Elviras Anblick zu leiden, ich hab Gesellschaft und bin ihn los, und Yü ist lebensmüde? Alles ganz ausgezeichnet. Er hat aber noch nen Auftrag für dich.«

»Was denn?«

»Sheshefn.« Matzbach schluckte heftig und rülpste. »Telefonieren, edler Leichenschänder. Irgendwann im Lauf des Tages möchte ich, daß du mir einen Konsultationstermin mit dem obersten Schönheitschirurgen dieser dubiosen Klinik beschaffst. Der Chefpsychotiker sollte am besten auch dabei sein.«

»Wann? Und – was hast du vor?«

Matzbach hatte seinen Teller geleert, nahm einen Schluck Kaffee und tastete nach seiner bereitliegenden Frühstückszigarre. »Mal sehen. Ich werde schätzungsweise eine Woche weg sein... Sieh mal zu, ob du mir was für den übernächsten Montag festmachen kannst. Nenn bitte deinen Namen nicht, wenn du anrufst, und meld mich an als, hm. Benedikt Maselberg.«

Jorinde lachte schallend; Genenger grinste.

»Maselberg? Benedikt? Na schön. Und wenn die nach dem Grund fragen?«

Matzbach hielt die Zigarre hoch und schien sie angestrengt

zu beobachten; sein Gesicht war ausdruckslos. »Ah, sag ihnen, ich, nein, Herr Maselberg leidet an Omphalophobie.«

»Om- was?«

»Omphalophobie.«

Jorinde ächzte. »Was ist das, beziehungsweise was soll das sein?«

Matzbach grinste nun ein wenig. »Irgendwie gefällt mir die Rolle nicht, die diese komische Klinik hier spielt; ich kann aber nicht einfach hin und fragen, oder? Also werde ich Patient; sag ihnen, ich zahle bar, vielleicht hilft das. Und was mein schlimmes Leiden angeht, darauf hat mich Osiris mit der anständigen Ordnung seiner Bücher gebracht. Da gibt's ein Fach ›Nabelschau‹, mit Rilke und Botho und Konsorten. Omphalophobie, liebe Freunde, ist die krankhafte Furcht vor der Betrachtung des eigenen Nabels. Eine Krankheit, die in der deutschen Literatur längst nicht ausreichend verbreitet ist.«

Jorinde seufzte und schloß die Augen; Genenger kicherte unterdrückt.

»Na schön. Herr Maselberg, Benedikt, leidet an Omphalophobie und zahlt bar. Wie Sie befehlen, Sir. – Jorinde.«

»Ja?«

»Steht dir gut, der Bikini. Nettes Panorama.«

Matzbach stand auf. »Macht das unter euch aus.« Er ging zum Haus und kam sofort mit einer gepackten Reisetasche zurück.

»Was hast du vor?« sagte Jorinde mit einem trägen Lächeln.

»Ach, nur so.« Genenger kniff ein Auge zu. »Fiel mir eben so auf. Er ist ja jetzt ne Woche weg...«

»Willst du schlechte alte Angewohnheiten reaktivieren?«

Matzbach hatte die Tasche auf die Ladefläche des Kombi

gestellt und knallte die Heckklappe zu. »Laß dich da nicht so ohne weiteres drauf ein, Gespielin des Nachtwinds. Ich meine, ihr kennt das ja alles noch von euren legendären Turnieren im Westerwald her. Aber ein bißchen feilschen solltet ihr schon.«

»Wie, feilschen?« sagte Genenger.

»Na ja, Kant spricht irgendwo von einem Kontrakt über den gegenseitigen Nießbrauch der Geschlechtsteile. Er hat die Ehe gemeint; das muß man wohl nicht so eng sehen. Man sollte aber unter den obwaltenden Umständen bestimmte Absprachen treffen. Vor allem, wenn Elvira kommt.«

Jorinde hob eine Braue. »Was für Absprachen?«

»Also, zum Beispiel könnte er dich im Haus von Osiris wohnen lassen, sobald es nicht mehr beschlagnahmt ist; und dafür, daß dir die Kapolle mit Aushaus und Trog und alsbald Elvira erspart bleibt, legt ihr detaillierte Gegenleistungen fest – wie oft, auf welche Weise, mit und ohne Dämonen, in An- oder Abwesenheit von Leichen, so was.«

»Ach, hau doch ab, du Ferkel.«

Genenger klatschte plötzlich in die Hände; Matzbach, der schon im Wagen saß, öffnete die Tür noch einmal.

»Is was?«

»Hätt ich fast vergessen. Was ist mit Osiris?«

»Was soll mit ihm sein?«

»Soll ich ihn ins Gefrierfach legen, bis du wieder da bist, oder sollen wir ihn ohne dich verbuddeln?«

»Geht's nächsten Freitag? Dann bin ich wieder da.«

Genenger salutierte.

15

Donnerstagabend war es noch immer brütend heiß; die offenen Vorderfenster des Volvo halfen kaum. Der Himmel über dem Tal war dunstig beige; nach Westen wurde er malvenfarbig mit einer blutigen Beimengung. Matzbach brummte leise, bis er die alte Stallkapelle und den Trog erreicht hatte, den Motor killte und ausstieg.

Der Trog war trocken. Staub, vom Wagen aufgewirbelt, setzte sich unendlich langsam zu anderem Staub. Überall Staub, ein stickiger Geruch wie von drohendem Steppenbrand, der nur noch auf ein Stichwort wartete. Die mobile Außentoilette war verschwunden; die Tür zum Notquartier stand halb offen. Matzbach blinzelte, zuckte mit den Schultern und griff zum Pumpenschwengel. Das Kreischen des ewig ungeölten Metalls zerschlitzte die staubige Stille des Tals; ein wenig Wasser, viel Luft, dann endlich klares, kaltes Naß. Er machte sich nicht die Mühe, das durchgeschwitzte T-Shirt auszuziehen, ließ das Wasser über Kopf und Oberkörper fließen, stöhnte erleichtert und schüttelte sich. Es würde nur ein paar Minuten dauern, bis alles wieder trocken war, und vermutlich wieder so klebrig und verstaubt wie vorher. Er popelte in seinem Nabel.

Irgendwo mußte es Wind geben. Ein Ausläufer, winziger Fetzen des Schleiers einer Windsbraut, wühlte am östlichen Hang ein wenig Staub auf, aber die Säule brach sofort in sich zusammen. Matzbach ging um den Wagen herum, langte durchs offene Beifahrerfenster, öffnete das Handschuhfach, nahm die Pistole heraus und entsicherte sie. Er hielt sie in der Rechten, die Mündung zu Boden gerichtet, den Arm locker, als er zur Tür ging.

Die Behausung war leer, bis auf ein paar Aschehaufen. Jemand oder etwas hatte ganze Arbeit geleistet. Allerdings konnte es kein großes Feuer gewesen sein; die Deckenbalken waren intakt, wenn auch geschwärzt. Das Bett, die Borde, vermutlich Bücher und Kleidungsstücke, das Behelfsmobilar, nichts war geblieben. Der alte Herd stand aufrecht Posten; ein buntes Fenster war zersplittert – eingeschlagen oder geborsten; ein paar Scherben steckten noch im Rahmen.

Matzbach nickte langsam, kratzte mit dem Zeigefingernagel an der angesengten Innenseite der Tür, drehte sich um und ging zurück zum Wagen. Er sicherte die Sauer, schob sie vorn in den Gürtel und stieg ein.

Als er sich dem Privatfriedhof und Genengers Haus näherte, mißfiel ihm der Anblick schon von weitem: Etwas stimmte nicht mit der Silhouette der Bäume und Sträucher des Leichendepots, und das Haus schien verfärbt. Er fuhr näher heran, brauchte aber nicht auszusteigen, um zu sehen, was zu sehen war.

Ein Flügel des Friedhofstors wirkte heil, der andere war samt den Angeln aus der Mauer gerissen und lag auf dem Boden. Steine und hölzerne Grabschilder hatte man umgestoßen und geschwärzt und angesengt; ein Teil des Bewuchses war gefällt oder niedergebrannt worden. Auch Genengers Haus schien gebrannt zu haben; die Fensterhöhlen waren leer, die Fassaden rußig. Matzbach verzichtete auf eine genauere Inspektion und wendete.

Vor Paulys Werkstatt-und-Wohnung im Dorf hielt er kurz an, hupte, fuhr dann weiter, als niemand sich zeigte. Das Manöver wiederholte er vor dem Neubau, in dessen erster Etage Yü hauste – ebenfalls keine Reaktion. Matzbach steuerte den Kombi über den Holperweg zum Haus des verblichenen Poeten. Als er den freien Platz zwischen den Bäumen erreichte, seufzte er teils erleichtert, teils betrübt oder belästigt auf. Das Haus war erleuchtet und glühte förmlich aus allen Fenstern in die Dämmerung; am Verandageländer lehnte drei Fahrräder, vor und neben dem Haus standen Genengers Leichenwagen und ein Wohnmobil.

Elvira Knutsens dunkelbraunes Haar, beim letzten unerfreulichen Treffen schulterlang, rieb sich mittlerweile an den Schulterblättern. Die schlanke vierzigjährige Betriebspsychologin lehnte am Billardtisch und lachte laut über etwas, das Flavius Dittmer eben gesagt hatte. Das Lachen endete, als Matzbach sichtbar wurde; die dunklen Augen verschleierten sich kurz, dann nickte Elvira ihm zu.

»Hallo, Baltasar.«

»Selber hallo, allerseits nebenbei und außerdem.«

Dittmer wandte sich um, musterte ihn von Kopf bis Fuß und preßte einen Moment die Lippen zusammen.

»Bruder Flavio, wie gehen die Staatsgeschäfte?«

Dittmer hob die Brauen. »Wie sollen sie schon gehen? Demnächst besser, hoffe ich, wenn Sie... eh, du aufhörst, darin rumzupfuschen.«

»Pfuscht er wieder?« Elvira langte nach einem Queue und legte es wie eine Lanze auf Matzbach an. »Macht er doch immer. Hat das was zu bedeuten?«

»Jesses, ihr scheint euch ja richtig zu mögen.«

»Ja, warum auch nicht? Ein aufgeblasener arroganter Fettwanst, der meine älteste Freundin mit Beschlag belegt und mir einreden will, daß Psychologie Blödsinn ist – wie sollte ich ihn denn nicht lieben?«

Matzbach lächelte, mildherzig. »Nicht Blödsinn, Elvira: Nonsens, mit besinnungslosen Fremdwörtern, etwa so kreativ wie Fantasy und so wissenschaftlich wie Kartenlegen. Außerdem ging es bei unserer angeregten Unterhaltung nicht um Psychologie, sondern um die Psychoanalyse genannte Form von Wahrsagerei. Aber laßt euch nicht stören, zitiert ruhig weiter falsch.«

Er ging in die Arbeits- und Schlummerkammer des weiland Poeten. Genenger lag auf dem Bett, die Hände unterm Kopf gefaltet, und studierte die Zimmerdecke. Neben ihm, auf der Bettkante, hockte im Schneidersitz eine junge schlanke Frau mit aschblonder Löwenmähne, hellen Shorts und grünem Polohemd samt Krokodil. Jorinde stand vor einem der Regale, ein Buch in der Hand und einen beinahe traumverlorenen Ausdruck in den Augen. Der alte Pauly saß hinter Osiris' Sekretär; er blinzelte Matzbach an und spielte mit einem antiken Gänsekiel. Daniela Dingeldein machte gerade die Runde mit einer leeren und einer halbvollen Weinflasche. Im Lehnstuhl jenseits des breiten Betts saß ein schwarzhaariger, stämmiger Mann in Cordhose, Cordhemd und Cordlatschen. Yü lehnte an einer Fensterbank und starrte in das Weinglas, das er in der Hand hielt.

»Alle da? Niemand angesengt?« sagte Matzbach. »Fürwahr, es erleichtert mich.«

Pauly gluckste; Yü neigte gemessen den Kopf.

»Durch des Himmels Fügung seid ihr wohlbehalten heimgekehrt zu den schäbigen Kleinen, die zagend und zitternd dieser glückverheißenden Wiederkehr geharrt haben«, sagte er.

Die Löwenmähnige begann zu lachen; der Mann im Lehnstuhl grinste breit.

Genenger entschränkte die Hände, hob den rechten Arm und deutete, während er Namen eher knurrte als nannte.

»Eugenie Meyer. Baltasar Matzbach. Oswald Bergner. Setz dich irgendwo hin.«

»Durst, Getüm?«

Matzbach nickte und ließ sich auf einem Stuhl nieder; das Bastgeflecht des Sitzes knisterte. Daniela brachte ihm ein Glas und goß Rotwein ein. Dann hockte sie sich neben Yü auf die Fensterbank.

»Also, was ist passiert?«

»Hast du's schon gesehen?« Jorinde legte das Buch weg, nahm ihr Glas vom Regalbrett und kam langsam näher. Sie brachte das Kunststück fertig, mit Gangart, Körperhaltung und Gesicht eine Art hoheitsvolles Schmollen auszudrücken, beugte sich zu Matzbach und bot ihm bittend und gebietend die Lippen zum Kuß. Dabei schüttelte sie mit einem Ruck ihr langes Mahagonihaar nach vorn, so daß die an der Aktion beteiligten Gesichter für die anderen hinter einem Vorhang verschwanden. Matzbach hintertrieb die Diskretion, indem er laut schmatzte.

»Ah; danke, Liebste, nun fühl ich mich wahrlich heimgekehrt. – Ja, ich hab's gesehn. Was ist denn da passiert?«

»Weiß keiner.« Pauly blickte die anderen an. »Los doch.«

Genenger stützte sich auf die Ellenbogen. »Redselig wie immer, was? Angeblich ne Motorradgang; Skins, wie's heißt. Sind durch's Dorf gebrettert, haben ein bißchen Randale in ein oder zwei Kneipen gemacht, dann durch's Tal rauf zum Friefhof. Und offenbar haben sie ein paar Molotowcocktails auf unser Wohl getrunken.«

»Halt, hierbleiben.« Matzbach streckte die Hand aus und zog Jorinde, die zu einem freien Stuhl wollte, auf seinen rechten Oberschenkel. Sie trug ultrakurze Jeans und eine ärmellose weiße Bluse. Als Matzbach sie durch den Stoff zwischen den Schulterblättern kraulte, schnurrte sie und legte ein langes bloßes Bein über seinen linken Oberschenkel.

»Wann hat sich das zugetragen? Und seit wann ist das Haus hier wieder zugänglich?«

Genenger übernahm die Berichterstattung. Matzbach war am Samstag losgefahren; bald darauf erschien Elvira. Es erschien ebenfalls Eugenie Meyer, Buchhändlerin aus Koblenz, die vor einem Jahr einen exzentrischen Großvater auf Genengers Privatfriedhof vergraben und mildherzige Empfindungen für den Bestatter entwickelt hatte, ausreichend nicht nur für Wochenenden, sondern sogar für vier Wochen Sommerurlaub. Am späten Sonntagnachmittag hatten sie mit Jorinde, Elvira, Yü und Daniela im Schatten einer Eiche oberhalb des Friedhofs tote Hühner in Rotwein getunkt, als ein einsamer Wandersmann vorbeikam und sich erkundigte, ob es irgendwo Arbeit für ihn gäbe: Oswald Bergner, ehemals Panzermajor der Nationalen Volksarmee, dann Assistent der Personalabteilung eines von der Treuhand veruntreuten Betriebs, dann Aushilfsgärtner und jetzt arbeitslos auf Wanderschaft durchs Reich. Genenger hatte bedauert, keine Arbeit erfinden zu können, den Wanderer aber zu Wein, Brot und Huhn geladen und ihm für eine oder zwei besonders perverse Geschichten Obdach für eine Nacht oder zwei angeboten.

Montags meldeten unabhängig voneinander die Herren Schmitz und Dittmer, das Haus sei ab sofort wieder zugänglich; abends begaben sich Erben und Anhang dorthin zur Insepektion, eskortiert vom Juristen aus Neuenahr, der sicherheitshalber mitkam, um Klagen über im Verlauf der amtlichen Aktionen beschädigte Gegenstände o. ä. aufnehmen zu können.

Oswald Bergner verbrachte den Abend in der *Reblaus* und wurde Zeuge der Freizeitgestaltung jener Moto-Gang, so weit sie sich im Dorf abspielte. Als jemand aus der Ferne den Brand weiter talauf bemerkte und die Feuerwehr alarmierte, war alles feurige Unheil schon geschehen.

Man erstattete Anzeige gegen Unbekannt; nach trister Betrachtung der Brandorte bot Genenger dem Ex-NVA-Major Arbeit an: Hilfe bei der Wiederherstellung von Friedhof und Haus.

Bergner grinste mit schadhaften Zähnen. »Vielleicht komm ich ja so dazu, als Ossi ein paar Besserwessis zu verbuddeln. Wär mir ein Vorbeimarsch.«

»Sie sagen, Sie haben die Moto-Boys gesehen? Irgendwas Auffälliges dabei, zum Beispiel einer mit orangem Vau auf den Klamotten?«

Bergner betrachtete Matzbach mit schmalen Augen. »Ja. Kennen Sie den?«

»Ich fürchte ja.« Matzbach wickelte Jorindes Mahagonihaar um seinen rechten Zeigefinger und zupfte. »Gefällt mir alles überhaupt nicht. Reiner Zufall, daß keiner in den Häusern war, als es passierte. Und reiner Zufall, daß es von allen Dörfern an der Ahr dieses sein mußte, und von allen Häusern in der Gegend ausgerechnet diese beiden? Nein, mag ich nicht.«

»Wie du immer sagst, sind doch die unwahrscheinlichsten Zufälle immer auf deiner Seite.« Jorinde berührte seine Nasenspitze mit den Lippen, dann mit der Zunge. »Wieso gefällt dir denn in diesem Fall der Zufall nicht? Und was sagt deine berühmte Nase dazu?«

»Die ist feucht. Und eben weil Zufälle immer für mich sind, nie gegen mich, gefällt mir das alles nicht. Dieser Zufall hier ist gegen uns alle, also auch gegen mich.« Er schnitt eine Grimasse. »Übrigens scheinen sich meine transzendenten Wahrnehmungen von der Nase zum Nabel zu verschieben. Als ich losgezogen bin, um all die Namen zu recherchieren und Münzen zu verscherbeln, hat der Nabel gejuckt...«

»Waschen«, sagte Jorinde. »Oder lutschen?«

»... und es ist was dabei rausgekommen...«

»... sag ich doch: lutschen.«

»Später. Jetzt, bei euren Schauergeschichten, habe ich ein Ziehen im Nabel. Deshalb muß irgendwas an der Sache faul sein.«

»Ach, komm.« Genenger setzte sich auf. »Skins mit Motorrad... Die kannst du nun wirklich nicht mit der Aktion hier zusammenbringen. Die beiden Häuser waren einfach ideal – abseits, isoliert und zufällig auch noch leer.«

»Paß mal auf.« Matzbachs Stimme klang plötzlich hart, fast metallisch. »Erzähl mir nicht, daß die noblen Staatsorgane der Republik über derlei erhaben sind. Ein Wort an der richtigen Stelle, ein paar Geldscheine... Warum die eigenen Finger versauen, wenn andere die Dreckarbeit viel gründlicher und vor allem unverdächtig erledigen können?«

»Aber wozu denn?«

»Als Warnung. Zieht eure Nasen aus der Sache, sonst wird die Nasenspitze abgeschnibbelt. Außerdem...« Er schnaufte. »Außerdem kann's ja durchaus schon Ernst gewesen sein. Wenn es kein Zufall war, sondern geplant, konnte ja keiner wissen, daß an dem Abend die Häuser leer sein würden, oder?«

»Nun mach's aber halblang, Dicker.« Jorinde zeigte ihm die Zähne. »Das ist ein bißchen viel.«

Matzbach grunzte. »Paßt aber zu... gewissen anderen Dingen, über die wir in, ah, kleinerem Kreis reden sollten.« Mit dem Hinterkopf machte er eine Bewegung zum Billardraum. »Was die Ergebnisse meiner Forschungsreise angeht, mein ich. Und vergeßt nicht: Fürst Kappes – das ist Kohl, genauer Weißkohl, für Ossis und andere Ausländer... Na ja, nicht allein, aber er hat doch diesen Quatsch von wegen ›das Boot ist voll‹ vollmundig in Umlauf gebracht. Was, bitte schön, erwartet ihr von den Organen eines Staats, dessen höchste Vertreter Feuer schüren, statt zu löschen? Wenn jemand ein Asylantenheim ansteckt, ist das kein grober Unfung, sondern versuchter Mord; und dann reden die über ein Asylantenproblem; tatsächlich haben wir aber ein Brandstifterproblem, und die eigentlichen Brandstifter sind die, die dann ›das Boot ist voll‹ sagen statt ›hört auf mit dem kriminellen Scheiß‹.«

»Worauf soll das hinauslaufen, Dicker?«

»Die Jungs, die Steine und Cocktails schmeißen, sind doch durch dieses Kappesgesabber erst ermuntert worden, richtig loszulegen. Stellt sich die Frage, ob da jemand wirklich so gnadenlos dumm ist, oder ob jemand ein kleines Feuerchen schürt und Kastanien drin versteckt, die andere rausholen sollen, damit man ein paar Takte lang die anderen ungelösten Feuer vergißt. Das Gekungel, die zur siebten Impotenz erhobene Aussitzerei, die Probleme und Lügen im Zusammenhang mit Neubundland, die Wirtschaft und den ganzen Kram. Und bitte schön, warum dann nicht die einmal mobilisierten Skins auch für andere Dinge einsetzen. – Ah bah, auf nüchternen Magen ist mir das alles viel zu unerfreulich. Ich hab Hunger.«

»Sollen wir ins Dorf gehen?« sagte Daniela; sie klang, als wäre sie froh über den Themenwechsel.

Eine Viertelstunde später brachen sie auf, zu Fuß, in mehreren Grüppchen. Dittmer nahm sein Fahrrad, schob es ein paar Meter, blieb stehen und wechselte leise Worte mit Elvira; sie deutete auf das Wohnmobil, und Dittmer stellte sein Rad wieder an die Veranda.

Es war inzwischen fast dunkel, aber immer noch zu warm; durch die Dunstglocke linsten hier und da ein paar Sterne, und der Mond war bestenfalls zu ahnen. Irgendwo schrie ein Käuzchen mit Stimmbruch. Fledermäuse trödelten von Baum zu Baum; die Luft schmeckte wie schale Füße und muffige Geldscheine.

Baltasar und Jorinde gingen langsam, als letzte, den Weg talab zur Bundesstraße und zur Ahr. Nach ein paar Schritten legte sie den Arm um seine Hüfte, unter das Hemd, und bohrte einen Nagel in seine Haut.

»Wart Ihr mir auch treu auf Euren Reisen, Herr?«

Baltasar kicherte. »Oft, Madame, oft.« Er tätschelte ihr Gesäß, dann kroch seine Hand langsam den Rücken hinauf, bis sie nach mehreren Etappen auf Jorindes rechter Schulter ankerte. Ein paar Augenblicke dauerte es, bis sie Schritt und Schrittlänge abgestimmt hatten; dann wanderten sie vergnüglich Becken an Becken.

»Ich habe uns das orientalische Zimmer reserviert«, sagte Jorinde.

»Ah, gut; ich glaube, das Bett strahlt eine gewisse Wollust aus. Hast du diese Nacht schon was vor?«

»Und ob. Ich hoffe, deine Reise hat dich nicht erschöpft. Ist das da eine Pistole, oder freust du dich bloß, mich zu sehen?«

»Beides, Liebste, beides. Eigentlich kann die Waffe ja wieder ins Auto, aber ich hab eben nicht dran gedacht. Warte mal.« Er ließ sie los, zog die Pistole, die er in der rechten Hosentasche verstaut hatte, und schob sie in die linke. »So, das macht's etwas eindeutiger.«

»Wo bist du überall gewesen?«

»Münster, Düsseldorf, Bonn, Koblenz, Wiesbaden, Mainz, Stuttgart, München, Zürich und wieder zurück. Erzähl ich alles später, wenn die Verschwörer wieder unter sich sind.«

»Verschwörer?«

»Na, wir. Wenn Dittmer und Elvira sich zur Begattung ins Wohnmobil verzogen haben und Henri seine Griffel ein paar Takte aus der Mähne von Missis Meyer zieht.«

»Aua.«

Weit voraus, wo der Weg in die Uferstraße mündete und der Neubau stand, tauchten starke Lichter auf. Sie umrissen für einen Moment die Gestalten, die vor Jorinde und Matzbach gingen: Pauly und Daniela, die beide ihre Räder schoben; unmittelbar hinter ihnen, Arm in Arm, Dittmer und Frau Dr. Knutsen; dann, mit größerem Abstand, Yü und Bergner, die hektisch in der Nachtluft herumfuchtelten und sich offenbar angeregt über Nahkampfausbildung oder Kung-fu austauschten; wieder etliche Schritte dahinter Heinrich und Eugenie.

»Wie war das eigentlich, mit Dittmer und deiner Besucherin?«

Jorinde seufzte. »Ich weiß, daß ihr euch nicht leiden könnt, aber wahrt doch wenigstens die Umgangsformen, ja?«

»Du wirst keinen Anlaß zum Tadel finden. Also?«

»Na ja, wie vorhergesagt. Ein Blick hin, ein Blick zurück und wumm.«

»Was vermutlich bedeutet, daß wir, solange sie da ist, auch ihn dauernd auf dem Hals haben. Nicht schlecht; damit ist er wenigstens teilweise unter Kontrolle.«

»Wie meinst du das?«

»Ach du grüne Grütze!« Matzbach ließ sie los, deutete nach vorn und begann zu rennen.

Die starken Scheinwerfer hatten sich bewegt; jetzt hörte man deutlich das Grollen der Motorräder, die den Weg hinaufdonnerten. Dann zuckten die Lichtbalken hin und her, umrissen taumelnde und stürzende Gestalten. Etwas schepperte dumpf; jemand brüllte, dann erstickte Schreie.

Es waren mindestens sechs, wahrscheinlich sieben Motorräder. Matzbach sah Genenger, Bergner und Yü rennen, blieb stehen, knirschte einen Fluch zwischen den Zähnen und zog die Pistole. Er feuerte zweimal seitlich in die Luft; dann lief er weiter. Die Lichter tanzten, verschwanden, leuchteten noch einmal auf, danach nur die Rückstrahler und das Röhren der schweren Maschinen, das sich entfernte.

Elvira Knutsen trampelte auf der Stelle. Sie hielt die Augen krampfhaft geschlossen, die Arme verschränkt, die Hände in die Achselhöhlen geklemmt und stieß schrille Wimmerlaute aus. Ihr Gesicht war naß.

Jorinde packte sie bei den Schultern und schüttelte sie, ohne Ergebnis. Erst nach einer klatschenden Ohrfeige hörte Elvira auf zu wimmern, öffntete die Augen, ließ die Arme sinken und sagte: »Jemand hat geschossen.« Dann taumelte sie, knickte in den Knien ein und setzte sich an den Wegrand.

Dittmer hockte neben einem Strauch. Aus der Kopfwunde rann Blut über die Hände, die er vor die Augen drückte. Bergner kniete neben ihm, untersuchte im schwachen Licht der fernen Straßenlaternen und der wenigen Leuchtkörper am Himmel die Wunde, so gut es ging, stand schließlich auf und sagte:

»Er murmelt etwas von Fahrradketten. Blutet ziemlich, ist aber wahrscheinlich nicht so schlimm wie...« Er starrte hinüber zu Genenger und Matzbach, und dem alten Schreiner.

Markus Pauly lag halb in einer Furche. Aus dem Mund, zu einem tonlosen Schrei geöffnet und verzerrt, sickerte Blut. Die offenen Augen schienen sich auf irgendeinen Punkt in der Nacht zu richten. Matzbach tastete nach dem Brustkorb und konnte die Spitzen gebrochener Rippen fühlen. Genenger trat gegen das zertrümmerte Fahrrad des alten Mannes und brüllte etwas in den Himmel.

Yü kam in schnellem Trab vom Neubau her. Der schlenkernde Balken der Taschenlampe streifte Daniela Dingeldein, die den verbogenen Rahmen ihres Rads an die Brust gedrückt hielt wie einen löchrigen Schild. Ihr Hemd war aufgerissen und rot; Blut rieselte aus einer Wunde in der Wange, über dem rechten Backenknochen. Eugenie kniete neben ihr und versuchte, mit einem Tuchfetzen, den sie sich aus dem Hemd gerissen hatte, das Rinnsal wegzutupfen.

»Ich hab was Oranges gesehen«, sagte Daniela stockend. »Und das hier« – sie deutete auf ihre Wange – »als ob jemand mit nem Schlagring oder Stein oder so zugeschlagen hätte.«

»Polizei und Ambulanz sind unterwegs.« Yü richtete die Lampe auf Pauly, stöhnte und knipste sie aus.

16

»Irgendwie will nicht die rechte Heiterkeit aufkommen«, murmelte Matzbach; es war aber kaum zu hören, da gleichzeitig Genenger mit lautem Ächzen eine Weinflasche entkorkte.

Gegen drei Uhr früh waren sie, immer noch hungrig, aber gründlich ohne Appetit, in kleinerer Besetzung wieder zum Haus des toten Poeten zurückgekehrt, mit zwei Taxis. Dittmer hatte die nach Schock und Hysterie stehend einschlafende Elvira bei sich einquartiert; Bergner spielte eine einsame Runde Poolbillard nebenan; die übrigen saßen oder hingen im Schlaf- und Arbeitsraum herum, zu müde und niedergeschlagen sogar für Entschlüsse wie den, schlafen zu gehen.

»Heiterkeit?« Jorinde, neben ihm auf der Bettkante, hielt ihr leeres Glas dem Bestatter hin, der unherwanderte und nachschenkte. »Könntest du mir einen Anlaß dafür nennen?«

»Könnte ich; laß ich aber lieber.« Er sackte hintenüber, gegen das aufgebauschte Plumeau. »Am Ende hält mich jemand für nen Zyniker.«

»Ha, ha und abermals ha.« Genenger kramte in Eugenies Löwenmähne, ohne eine Miene zu verziehen. »Zyniker – du? Komm, spuck's schon aus.«

»Was mich erheitert? Na gut, auf dein Risiko hin. Ich hab den Alten kaum gekannt, empfinde also keinen Verlust – persönlich. Man trauert ja nie um den Toten, sondern man betrauert das Gefühl der Überlebenden, etwas verloren zu haben. Was mich erheitert, ist der Mangel an... sagen wir mal: Entsetzen. Auch die Bewohner des idyllischen Ahrtals sind offenbar so sehr daran gewöhnt, daß alles aus den Fugen geht, daß keiner sich mehr groß darüber aufregt. Vor zehn, fünfzehn Jahren, ehe jede Sau permanent von ›Betroffenheit‹ gefaselt hat, hätten wenigstens ein paar von uns, ah, auch getobt, geschrien, mit den Zähnen geknirscht. Die zigtausend Leichen pro Jahr in der Glotze stumpfen ab, aber das ist das geringere Übel. Wichtiger scheint mir, daß wir alle uns daran gewöhnt haben, mit unseren Politikern und anderen Mafiosi zusammenzuleben. Mit dem Verbrechen.«

»Die Welt ist ein Scheißhaus.« Bergner, billardgesättigt, lehnte im Durchgang. »Zum Glück nicht meins.«

Irgendwann sagte Yü: »Ich weiß gar nicht, ob er Verwandtschaft hatte.«

»Zwei erwachsene Töchter, verheiratet und mit Anhang.« Genenger rappelte sich mühsam von der Lehne des Sessels auf, wo er wie ein Fragezeichen gehockt hatte. Er zog Eugenie hoch. »Adressen liegen wahrscheinlich irgendwo bei ihm rum. Ah, morgen, morgen. Ich mag nicht mehr.«

»Müssen wir Wache schieben?« sagte Daniela; sie gähnte.

»Zur Abwechslung bin ich bereit, mich mal auf die Polizei zu verlassen.« Matzbach bleckte die Zähne. »Sie haben gesagt, sie wollen die ganze Nacht Patrouille fahren, am Ahrufer, damit keine bösen Motorradfahrer den Weg zu uns finden. Ehrlich gesagt bin ich zu müde, um viele Gedanken darauf zu verschwenden.«

Am späten Vormittag versammelten sich Jorinde, Matzbach, Yü und Genenger zu einem beträchtlichen Frühstück. Daniela und Eugenie hatten sich auf die Bäder des Hauses verteilt und planschten; Bergner war mit Genengers Benz und Genengers Geld losgefahren, um Vorräte aller Art zu besorgen.

»Wir werden also geduldig sein müssen wie die Schildkröten der Wüste, und wagemutig wie das Schneeschuhkarnikkel.« Matzbach hatte in groben Zügen seine Pläne für die nächsten Tage skizziert und schloß mit diesen kühnen Worten.

»Bevor du in schräge Geschichten ausbrichst, erzähl uns doch lieber noch mal, was bei deiner Reise rausgekommen ist.«

»Hab ich doch... Ah, richtig, du Federkern meines Gemüts, du warst ja noch nicht dabei.«

»Du hast es mir erzählt, beim Kaffeekochen«, sagte Genenger. »Yü weiß es auch noch nicht.«

»Zerstreuung, meine Lieben, Zerstreuung. Wenn jemand so viel redet wie ich, weiß er am Ende nicht, was er alles verschwiegen hat.«

In einer ungewöhnlich knappen Zusammenfassung berichtete er von seinen Fahrten und Funden; hierzu stützte er sich auf einen in der Gesäßtasche gründlich zerknüllten Zettel.

»Bevor wir zur Einzeldarstellung der Namen und Personen kommen, laßt uns kurz das Kapitel Knete abschließen. Die drei Münzen haben mir viel Vergnügen gemacht, und der Händler, na ja, sagen wir lieber Dealer in Zürich auch. Ich hab ihm erst mal Grüße aus dem Jenseits ausgerichtet, von Osiris alias Schumann. ›Ah‹, sagt er, ›schreibt er nun keine schlimmen Verse mehr, oder?‹ Dann hat er sich die Münzen angeschaut, mehrmals kräftig genickt und gesagt, er hätte gerade einen kleinen Vorrat an gebrauchten Banknoten, und wenn ich etwa eine Rechnung wollte, sollte ich zu jemand anderem gehen. Ich hab auf die Rechnung verzichtet, da ich annehme, ihr traut mir eh nicht, und das Finanzamt geht alles nix an.«

Genenger nickte stumm; Yü lächelte und sagte:

»Wie Tschuang-tsu bei Gelegenheit bemerkte, ist Mißtrauen hilfreich bcim Überleben; angesichts von Naturkatastrophen wie Erdbeben, Kaiserwechseln oder Matzbächen solle man jedoch getrost den Unbilden vertrauen, weil es ohnehin nichts nützt.«

»Kluger Mann. Also. Die hundert Francs« – Matzbach studierte seine wirren Aufzeichnungen– »mit dem Buchstaben A für den Münzort Paris. Die Münze wurde 1870 geprägt, mit dem knebelbärtigen Napoleon Drei auf der Vorderseite, Staatswappen mit Adler hinten. Von dieser Münze gab es in diesem speziellen Jahr nur zehntausend Stück; das nie in Umlauf geratene, perfekt erhaltene Exemplar aus dem Nachlaß von Osiris hat einen Katalogwert von zwanzigtausend Dollar.«

Genenger pfiff; Yü nickte; Jorinde schloß die Augen.

»In Anbetracht der guten Beziehungen zu Osiris, und weil er einen Interessenten hat, der mehr als den Katalogpreis bezahlen wird, hat der Dealer mir nach einigem Feilschen zwanzigtausend Mark in kleinen gebrauchten Scheinen gegeben. Er fing mit elf an. Ahemm. Das Goldstück zu fünf Pfund Sterling mit der jungen Victoria einer- und einem stabgelenkten Löwen andererseits stammt aus dem Jahre 1839; es war nie in Umlauf, und davon wurden überhaupt nur vierhundert Stück hergestellt. Der Dealer sagt, er hätte nie ein Exemplar gesehen und wüßte gern, woher Osiris es hatte. Der Katalogpreis ist achtundzwanzigtausend Dollar; hier haben wir uns auf fünfundzwanzigtausend Mark geeinigt. Ich nehme an, der hat auch dafür einen Interessenten. Zu gutem Ende die Zwanzig-Dollar-Münze, die ihr mir als Honorar aufdrängen wollt.« Matzbach räusperte sich. »Ein perfekter, unzirkulierter Double Eagle von 1875, Katalogpreis fünfundsiebzigtausend Dollar.«

»Wow. Va-va-va-voom«, sagte Jorinde. »Lädtst du mich zu ner Currywurst ein?«

»Mit Fritten sogar. Aber von diesen Münzen hat es fast jedes Jahr – damals – mehrere hunderttausend Stück gegeben; im fraglichen Jahr beispielsweise fast dreihunderttausend, deshalb sind sie nicht so selten, sogar als perfekte Exemplare. Jedenfalls – fünfundvierzig Riesen animieren mich mächtig, diese wüste Affäre hier weiterhin offenen Auges zu verfolgen.«

Er bückte sich, hob die Reisetasche, die er aus bis zu diesem Moment unerfindlichen Gründen mit zum Frühstück geschleppt hatte, auf den Tisch und zerrte mehrere dicke Bündel heraus: kleinere und mittelgroße gebrauchte Scheine, hergestellt in den Folterkammern der Deutschen Bundesbank.

»Da. Voilà, gewissermaßen. Eure beiden Münzen, fünfundvierzig Kilo. Ich sag es ja nicht gern, aber durch Paulys Ableben ist es leichter zu teilen; ihr seid ja nur noch zu dritt. Mal sehen, wer als nächster abspringt.«

»Du, hoffentlich.« Genenger nahm die Scheine in die Hand, wog oder wägte sie und reichte sie an Yü weiter, der sie befingerte, als ob er sie mit Stäbchen essen müßte. »Wenn hier einer abgemurkst gehört...«

»Wie Konfuzius sagte, nähren sich die Himmelsdrachen am liebsten von tugendhaften Personen. Matzbach hat gute Chancen, ewig zu leben.«

»Kommen wir zu den anderen wichtigen Dingen. Genenger, weghören; du kennst das ja schon.« Matzbach hielt seinen Knautschzettel hoch. »Asbeck, Koslowski, Bodde, Odemer, Langhans, Neuenburg, Theimer, Schurek.«

»Was sind das für Namen?«

»Dies, o Hexe, sind acht Leute, die in den letzten Jahren jeweils in der Nacht von Mittwoch auf Donnerstag den Löffel abgegeben haben. Immer, wenn einer der famosen Ärzte dieser famosen Klinik Notdienst hatte.«

»Und?«

»Dazu kommen wir jetzt. Ah, Moment – habt ihr zufällig die Karten gerettet, die Osiris beschmiert hat?«

»Nee. Verbrannt. Warum?«

»Es wäre hilfreich gewesen, aber das kriegen wir auch so hin. Ich tät jetzt aber eine genaue Karte der Gegend hier überaus gern brauchen können.«

Genenger knurrte etwas. »Ich weiß nicht, ob hier noch welche rumfliegen; wahrscheinlich hat die Republik alle beschlagnahmt. Ich hab eine im Auto, aber damit ist Bergner unterwegs.«

Matzbach seufzte und zog einen Diktierblock aus der Reisetasche.»Na ja, muß ich eben malen.« Mit verkniffenem

Gesicht begann er, eine ungenaue und extrem häßliche Skizze anzufertigen.

»Ssso. Muß für den Moment reichen. Der Kreis hier, das wär der Rosengartenbunker, klar?«

»Nein, Herzchen«, sagte Jorinde. »Nur wenn du's dranschreibst. Mon dieu, zeichnen gehört nicht zu deinen Gaben. Das ist ja zum Jaulen.«

»Jaule sie ruhig, Gevatterin. Es wird ihr nichts nützen. Also. Von diesem Kreis aus hat Osiris Striche in alle Himmelsrichtungen gezogen, so etwa; vermutlich sollen es unterirdische Ausgänge, Röhren, Stollen oder so was sein. – Jetzt kommen wir zu des Rudels Kern.«

»Pudel«, sagte Yü. Er beugte sich vor. »Unterirdische Gänge? Apart. Wie in einem schlechten chinesischen Roman. Wie kommst du darauf? Warum sollen es keine Wege sein, oder geheime Telefonkabel, oder Sickerrinnen, oder was auch immer?«

»Wir werden das nachher testen; für den Moment bitte ich um stillen Glauben. – So. Aufgepaßt. Ich habe, wie gesagt, viele Orte besucht, und alle sind entweder wie Düsseldorf, Bonn, Wiesbaden undsoweiter Hauptstädte, oder wie Münster und Koblenz Verwaltungszentren. In diesen Orten hab ich Zeitungsarchive durchwühlt, mit Leuten geredet, die mir von – eh, vertrauenswürdigen Personen genannt worden waren; lauter Schnickschnack dieser Art.«

»Du wirst es wahrscheinlich gleich als sinnvolle Arbeit ausgeben, oder?« sagte Jorinde.

»Sehr sinnvoll sogar. Ich habe einiges rausgekriegt, was nicht geheim oder unzugänglich ist, also auch nicht versteckt; es kommt bloß darauf an, alles zu addieren.«

»Red nicht so lang drum rum, Junge.«

»Wie Sie wünschen, Verehrteste. Also Konrad Asbeck,

gestorben und begraben 1989. Verwaltungsbeamter; vor seiner Pensionierung zuletzt tätig in Koblenz, zuständig unter anderem für die verkehrstechnische Anbindung des Bundeswehrkrankenhauses Koblenz an Stadt, Land und Region.«

Jorinde seufzte. »Erspar uns doch die Einzelheiten, Junge. Wir glauben dir fast alles; deswegen...«

»Ist ja gut, ist ja gut; also die Resultate, bäh. Koslowski war ein alter Protegé von Gehlen, hat zuletzt eine nicht näher zu ermittelnde Abteilung des MAD geleitet und wurde dreiundsiebzig Jahre alt. Bodde war im Verteidigungsministerium, Bonn, als Zivilist. Odemer hat sich in der Regierung zu Stuttgart mit Bundesangelegenheiten befaßt. Langhans dito in Mainz. Neuenburg war vom Innenministerium Düsseldorf. Theimer ist wiederum aus Bonn, Bundesamt für Zivilschutz. Schurek war Verfassungsschutz.« Er legte das Blatt mit den Namen und Notizen weg und sah die anderen eindringlich an. »Dazu kommen noch zwei Namen. Wildenroth, der ehemalige hessische Staatssekretär, der in dem abgesperrten Haus und der ollen Kapolle gewohnt hat; er ist auch an einem Mittwochabend gestorben. Und schließlich Osiris K, alias Friedrich Schumann; ehe er sich pensionieren ließ und mit dem Dichten anfing, war er im Bonner Innenministerium. Hättest du mir auch sagen können, Henri; wär einfacher gewesen.«

»Hättste mich gefragt«, sagte Genenger.

»Worauf läuft das denn alles hinaus?« Yü beugte sich vor und tippte auf Matzbachs erbärmliche Kartenskizze. »Und wozu *das* da?«

»Dazu alsbald ein Mehreres, und zwar sofort. Zehn Leute...«

»Männer.« Jorindes Stimme klang nach abgründiger Verachtung.

»Ja. Komisch, was? Waren alle zu einem Zeitpunkt in der Verwaltigung der Republik tätlich, als Frauen noch die drei Ks Kinder, Küche, Kirche hegten, oder die drei Hs, von mir aus.«

»Drei Hs?«

»Heim, Hochaltar und Hexerei. – Also, zehn Leute, alle in den letzten paar Jahren an einem Mittwochabend gestorben, alle vorher in Bereichen tätig, in denen sie durchaus direkt mit dem Regierungsbunker zu tun gehabt haben können. *Und* –« Er griff zu seinem Tintenroller und blickte wieder auf das Notizblatt.

»Und was? Anschnallen, die Enthüllung droht?« sagte Yü.

»Alle hatten etwas gemein; nur bei Osiris und dem Staatssekretär sind die Umstände anders als bei den übrigen. Die Adressen. Asbeck wohnte hier; Koslowski hier; Bodde hier; Odemer hier; Langhans hier; Neuenburg hier; Theimer hier; Schurek hier:« Bei jedem »hier« malte er ein kleines x auf die entsetzliche Kartenskizze. »Und schließlich Wildenroth hier und Osiris Schumann – hier. Na?«

Er schob die Skizze mitten auf den Tisch; Genenger nahm den Brotkorb weg, um besser zu sehen, und Jorinde rettete ihren Becher mit erkältetem Kaffee.

»Oho«, sagte der Bestatter. »Nett.«

»Ja, nicht?«

»Wie bist du darauf gekommen?« sagte Yü. »Wenn das mit den von Osiris eingezeichneten unterirdischen Gängen stimmt...«

»Ah, es geht aber noch weiter.« Matzbach kniff ein Auge zu. »Wappnet euch.« Er beugte sich wieder über die Skizze.

Von dem Kreis, der den Regierungsbunker markieren sollte, liefen – so war es bei den Karten von Osiris gewesen –

insgesamt elf Striche/Gänge/Röhren weg; vier dieser Striche zeigten jetzt jeweils zwei kleine x, zwei Striche je eines.

»Hier« – Matzbach machte ein kräftiges O auf einen bisher unbesetzten Strich – »liegt diese famose Klinik. So. Alle Gebäude, die wir in dieser Form gekennzeichnet haben, gehören dem Staat oder dem Land Rheinland-Pfalz. Alle Gebäude bis auf die Klinik und dieses Haus hier, in dem wir sitzen. Alle Gebäude wurden zwischen 1905 und 1915 errichtet. Zu der Zeit, als unsere werten Vorfahren an ihrer Strategischen Bahn gebastelt und die Gegend hier untertunnelt haben. Ein Teil der alten Tunnelanlagen wurde, wie bekannt, in den Komplex Regierungsbunker integriert. Einzige Ausnahme hierbei ist die olle Kapolle; die ist älter, war aber zu Beginn des Jahrhunderts kaum mehr als eine Ruine und ist damals restauriert worden.«

»Woher weißt du das alles?« sagte Jorinde. »Du erfindest das doch nicht, oder?«

»Man hat so seine Leute, wenn man lange genug in Bonn Unfug getrieben hat. Überdies sind die einzelnen Informationen durchaus nicht geheim; man muß nur erst mal an sie rankommen und anschließend alles zu einem netten Bildchen zusammensetzen.«

»Was war mit den Bestizverhältnissen? Konfuzius sagt, je gründlicher einer den Grund besitzt, um so bodenloser kann er darin buddeln.«

»Tja, das ist der einzige Punkt, der mir ein bißchen Kopfzerbrechen bereitet. Wenn ich, was ich einfach mal tue, davon ausgehe, daß da alte Geheimausgänge oder was auch immer sind, und die darüber errichteten Gebäude in irgendeiner Form Zu- oder Ausgänge maskieren... Das ist eine wilde Hypothese, klar; aber nehmen wir es jetzt einfach mal so an. Also, dann ist es verständlich, daß Vater Staat den

Daumen draufhalten will. Also gehören die Gebäude der Republik oder dem Bundesland, und sie werden offenbar vermietet an vertrauenswürdige Leute, die ohnehin über den Bunker Bescheid wissen und über seine inneren Verzweigungen, Geheimschachteln und derlei. Ausnahmen sind die Klinik und die beiden Häuser, mit denen wir zu tun hatten beziehungsweise haben. Der Staatssekretär und die Betreiber der Klinik haben ihr jeweiliges Gebäude anno '49 gekauft beziehungsweise dauerhaft gepachtet; also zu einem Zeitpunkt, als in den Trümmern des Tausendjährigen Reichs, aus dem gerade erst die Bonzreplik werden sollte, kaum jemand Gedanken an Bunkeranlagen verschwendet hat. Und Osiris hat sein Haus hier 1982 gekauft, im Dezember; da war in Bonn gerade Palastrevolution und Übergang von einem Kanzler zu einem Kanzlerdarsteller. Es könnte sein, daß bei den in so einer Lage fälligen Umbesetzungen in allen Ämtern irgendwer einfach nicht aufgepaßt hat. Aber das ist auch Teil der wilden Hypothese.«

»Und was willst du damit machen, Dicker?«

»Ich will diese Hypothese überprüfen, o mein Herz.«

»Wie denn?«

»Unter anderem hier im Keller, mit Meißel oder Brechstange, wenn der neue Besitzer es gestattet.«

Genenger nickte nur; Yü hob die Arme wie flehend zur Zimmerdecke.

»Allein? Ich nehme an, Sie haben nichts gegen Mitarbeiter, oder?«

»Erstens nein, zweitens waren wir schon länger beim du.«

»Die Kühnheit Eurer Gedankenflüge stürzte mich in Abgründe der Ehrfurcht, Herr. – Du schuldest uns aber noch Aufklärung über die Schildkröten der Wüste und ihre Geduld, sowie über den Wagemut des Schneeschuhkarnickels.«

Eugenie Meyer erschien, dreifach umwickelt: ein Handtuch um die Löwenmähne, eines um den Busen, eines um die Hüften. Sie schob den Oberkiefer vor und hob die Lippe, so daß ihre oberen Schneidezähne wie Karnickelbeißer vorstanden. »Redet ihr grade von mir?«

»Keineswegs, Verehrteste. Kaffee? Bitte sehr, bitte gleich. Es sind dies zwei Geschichten, die sich ungefähr gleichzeitig zugetragen haben. Deshalb sollte man sie eigentlich gleichzeitig beziehungsweise durcheinander erzählen.«

»O ja.« Eugenie ließ sich auf einen Stuhl plumpsen und stemmte die Ellenbogen auf den längst papierfreien Refektoriumstisch.

»O bitte nein.« Jorinde rang die Hände. »Verzweiflung!«

»Na gut. Also eins nach dem anderen. Beginnen wir mit der Geduld der Wüstenschildkröten. Um euch nicht zu langweilen, will ich eine Kurzfassung erzählen.«

Genenger atmete theatralisch auf. »Unser Dank wird dir ewig nachschleichen.«

»Das hoffe ich. – Also, diese putzigen Tierchen leben mit Vorliebe in der Sahara und anderen ungünstigen Gegenden, und zwar in Wadis oder Oasen. Eine Schildkrötensippe hatte sich vor Jahrhunderten, als es in der Sahelzone noch hin und wieder regnete, in einer Oase niedergelassen und gedieh dort prächtig. Nun hat sich da, wie wir leider alle wissen, vieles verändert, und so nahm der Wasserspiegel ihres Trink- und Badesees immer weiter ab. Schließlich, nachdem sie mehrere Jahre lang vergebens auf Regen gewartet hatten und nur noch ein paar Trinkpfützen übrig waren, beschlossen sie, sich nach einem neuen Wohn-, Schlürf- und Badesitz umzutun. Ein alter Kakadu...«

»Wie kommt der in die Sahel? Ach, egal, is ja eh Wurscht. Mach weiter, Dicker.«

»Danke, Jorinde. Ein alter Kakadu, weitgereist wie alle solchen, erzählte ihnen von einem Wadi nicht allzu weit entfernt, etwa eine Flugstunde oder vier Kriechmonate weg. Der Kakadu war aber gerade in der Mauser und konnte deshalb nicht selbst fliegen und nachsehen, ob es da noch Wasser gab; und die gelegentlich hier abtauchenden Geier weigerten sich schnöde, Aufklärungsunternehmen für Kröten zu fliegen.«

»Bist du sicher, daß das die Kurzfassung ist?« sagte Genenger.

»Ich war bis eben sicher, aber jetzt, da du es ansprichst, kommen mir Zweifel. Warum?«

Eugenie Meyer giggelte. »Sie machen das aber fein; erzählen Sie doch weiter.«

»Müssen Sie mich siezen? Ich komme mir dann so alt vor, wie ich bin.«

Genenger ächzte. »Tu mir den Gefallen, Dschinnie, duz ihn, damit es weitergeht. Sonst geh ich.«

»Aber nicht unter Zwang«, sagte Matzbach.

»Nein, nein, absolut freiwillig. Können ... kannst du denn bitte weitermachen? Wir wollen doch Heinrich nicht verlieren.«

»Ich bin schon verloren«, murmelte der Bestatter.

»Wer suchet, der findet. – Also weiter. Kurzfassung. Die Wüstenschildkröten in der Schildkrötenwüste, die deshalb so heißt, weil sie wirklich wüst ist, eine wüste Wüste, diese beschilderten Kröten beschließen also, einen Ein-Mann, eh, Eine-Kröte-Stoßtrupp zur Ermittlung der Trinkwasserbestände des Wadis auszusenden. Es meldet sich freiwillig Schildkröte Brunella ...«

»O nein aber doch. Kein anderer Name?«

»Sei still, sonst heißt sie ab sofort Jorinde. Brunella will sich also auf den äntsätzlichen Weg machen, über vier Monde hin und vier Monde zurück, von einem Sandkorn zum nächsten Sandkorn zum ...«

»Willst du die Körner jetzt einzeln aufzählen?« sagte Genenger.

»Am liebsten würde ich sie sogar einzeln beschreiben, aber ihr besteht ja auf der Kurzfassung. Nun kann die Kröte, da es an Gefäßen mangelt und ohnehin kaum noch Wasser da ist, keinen Flüssigproviant mitnehmen. Deshalb bedingt ... Halt, eben hab ich das doch, oder jedenfalls vorhin, beziehungsweise am Anfang, meine ich, wenn ich mich nicht irre, mich des erzählenden Imperfekts beflissen zu haben. Kehren wir also in die Vergangenheit zurück. Wegen des obwaltenden Mangels an Wasser sowie Gefäßen bedang sich Brunella Solidarität aus. Die anderen mußten versprechen, während ihrer – als wie Brunellas – Abwesenheit auf geheimer Mission nichts von dem restlichen Wasser zu trinken. Sie verhießen dies denn auch, solidarisch, wie die Schildkröten der Wüste nun einmal sind. Und Brunella, begleitet von den Segenswünschen der sonstigen, verabschiedete sich vom alten Kakadu, mit dem sie noch eine längere Unterhaltung hatte, den Weg betreffend ...«

»Nein«, sagte Jorinde. »Hatte sie nicht.«

»Nein? Na, dann nicht. So brach sie also auf, krabbelte eines Morgens die südöstliche Grenzdüne hinan, erreichte am folgenden Nachmittag den Dünenkamm und verschwund. Es vergingen zwei Wochen, dann drei, dann vier ...«

»Dann steht das Christkind vor der Tür«, sagte Yü.

»Und noch mehrere; schließlich waren sechs Monate vergangen. Der alte Kakadu, immer noch in der Mauser, trank hin und wieder vom restlichen Wasser, in der Hoffnung, doch noch einmal Federn zu treiben; die solidarischen Kröten hingegen, einmütig in ihrer Verbissenheit, verkniffen sich das Trinken. Endlich, nach sieben Monaten, als Brunella eigentlich drei Viertel des Rückwegs hinter sich haben mußte, konnten die anderen es nicht mehr aushalten. Sie beraumten eine Notstandskonferenz an und beschlossen, pro Krötennase einen kleinen Mundvoll Brackwasser zu sich nehmen zu dürfen. Denn schließlich, sagten sie, was nützt es, wenn Brunella heimkehrt, und wir sind alle verdurstet? Also begaben sie sich um die Stunde des Sonnenuntergangs zu den kärglichen Pfützen, ihre Schnäuzchen zu letzen und sich zu ergetzen. Kaum hatten sie aber den ersten Schlürfer vom Labsal getan, da erschien Brunella oben hinterm südöstlichen Dünenkamm und schrie triumphatisch: ›Ich hab doch von Anfang an gewußt, daß ihr schummeln würdet. Ein Glück, daß ich gar nicht erst losgegangen bin‹.«

»Empörend.« Genenger schüttelte sich. »Und was hat der Kakadu gesagt?«

Jorinde versuchte, per Blickkontakt Einvernehmen mit Yü und Eugenie herzustellen, was den Wahnsinn des Erzählers betraf, aber Yü hielt die Augen geschlossen und lächelte verträumt, als dächte er an ähnliche Vorkommnisse in der Gobi; und Eugenie strahlte Matzbach an.

»Vollkommen irrsinnig«, sagte sie liebevoll. »Was war mit dem Schneeschuhkarnickel?«

»Ich glaube eigentlich nicht, daß ihr eine zweite, viel schönere und viel ausuferndere Geschichte verdient habt. Ihr könnt das ja gar nicht richtig genießen. Bringt erst mal im Zuhören die Geduld auf, die Wüstenschildkröten zukommt; dann sehen wir weiter.« Er schob den Stuhl zurück und stand auf.

Jorinde faßte nach seiner Hand. »Was hast du vor, Herzchen?«

Er beugte sich und hauchte einen Kuß auf ihre Fingerspitzen. »Es treibt mich, Geliebte. Ich will jetzt in den für derlei Dinge vorgesehenen Behälter mein Morgenei deponieren und dabei den Verfall der Dinge bedenken.«

Yü stand ebenfalls auf. »Wir leben in würdelosen Zeiten«, sagte er. »Ich seh mich inzwischen mal nach Werkzeug um.«

Matzbach zog im Vorübergehen einen Band aus dem Regal – Carlyles *Arbeiten und nicht verzweifeln* – und verschwand auf den Topf. Yü und Genenger gingen aus dem Haus, um die diversen Versteckmöglichkeiten nach Werkzeug zu untersuchen. Jorinde und Eugenie räumten den Tisch ab; Daniela war offenbar im oberen Bad eingeschlafen. Schließlich klopfte Jorinde an die Klotür.

»Baltasar?«

»Anwesend. Was ist dein Begehr, holdes Weib?«

»Ich brauch ein paar Klamotten. Reserveunterhose und so, ist ja alles verbrannt. Wie steht's mit dir?«

»Es hängt, aber ein paar Unterhosen könnte ich auch gebrauchen. Und das eine oder andere Hemd. Du kennst ja meine Größe.«

»Ja; sie ist unbeschreiblich. Wo ist dein Autoschlüssel?«

»Müßte in der Reisetasche liegen.«

»Mhm, ich schau mal nach. Brauchst du sonst noch was?«

»Zigarren. Und, eh, das Papier hier drin geht mählich zur Neige.«

»Okay. Zigarren, Hemden, Unterhosen und Klopapier?«

»Na ja, was Klopapier angeht... Schau doch mal, ob du nicht ersatzweise ein paar Schmuddelelfen mit weichen fransigen Zungen auftreiben kannst.«

»Yeccch.«

»Und hütet euch vor Motorradfahrern!«

17

Nachdem Matzbach seine wichtige Arbeit vollendet hatte, trieb er Genenger und Yü auf und legte ihnen eine Idee vor, die ihm auf dem Abort gekommen war. Sie begrübelten sie eine Weile, fanden kein Fehl darin und begaben sich an die Ausführung. Yü holte Bretter, Nägel und Hammer aus den reichhaltigen Beständen des verblichenen Dichters; Genenger und Matzbach bewaffneten sich mit Schaufeln und verließen die Lichtung.

Auf dem Weg, der von der Bundesstraße herführte, hoben sie kleine Gräben aus, drei an der Zahl, in unregelmäßigen Abständen.

»So«, sagte Genenger. »Bloß anfangen dürfen wir noch nicht, eh die Mädels zurück sind.«

»Wei. Hätt ich fast vergessen. Zum Schutz ehrbarer Passanten sollte man vielleicht noch eine Art Sperre errichten, was? Etwas, das Autofahrer zum Halten zwingt, während Motogangster seitlich dran vorbeidonnern.«

»Bis sie auf die Fresse fallen. Genau.«

Yü war mit dem Hämmern fertig, als Genenger zum Haus zurückkam und nach einem Sägebock oder etwas Ähnlichem suchte. Gemeinsam schleppten sie die Nagelbretter und den Bock auf den Weg, wo Matzbach wachte und ein Trinklied sang.

»Paßt«, sagte Yü; er trat einen Schritt zurück und betrachtete die ersten beiden Bretter, die im hausnächsten Graben quer über dem Weg lagen. »Bißchen Erde und Laub drauf, dann sieht keiner was.«

»Warten wir, bis die Damen zurück sind.« Matzbach giggelte. »Danach dürfen die Fakire antanzen.«

Als sie die vermauerte Wand freigeräumt hatten und mit dem Demolieren begannen, erschien Bergner im Keller.

»Darf man fragen...?«

»Sind Sie Stasi-Informant?« sagte Matzbach.

»Ja; mein Deckname war Honecker. Warum?«

»Henri, woher hast du den? Ein Ossi mit Witz!«

»Der lief einfach so rum; hab ich dir doch erzählt. Meinst du, wir könnten einen Panzermajor brauchen bei unserem Stoßtruppunternehmen?«

Yü nahm einen weiteren Ziegel aus der ersten Schicht, legte ihn zu den anderen und ließ sich auf eine umgedrehte Obstkiste sinken. »Vielleicht sollten die ehrenwerten Herren ihn erst mal fragen, ob er bereit ist, an einer subversiven Aktion gegen die Bonzreplik teilzunehmen.«

Bergner zuckte mit den Schultern. »Ist das *mein* Staat?«

Genenger legte Hammer und Meißel auf den Tapeziertisch. »Wessen denn?«

»Bei uns gehörte früher alles *einer* Partei. Hier, bei euch, haben sich mehrere Parteien alles geteilt. Platz für Einzelpersonen gibt's doch nicht. Immerhin...« Er grinste. »Man darf Witze über den Kanzler erzählen und die Grenzen überschreiten, ohne eingesperrt oder erschossen zu werden.«

»Witze?« sagte Matzbach. »Ich verlange von einer Regierung nicht, daß sie mich amüsiert, sondern daß sie Probleme löst, statt sie zu schaffen und dann auszusitzen. Amüsieren kann ich mich ohne diesen Kanzler besser. Was meinst du, Henri; sollen wir ihn einweihen?«

Genenger und Yü blickten zunächst Matzbach an, verwundert, dann Bergner, prüfend.

»Moment«, sagte Yü schließlich. »Wollen wir nicht zuerst mal der interessanten Frage nachgehen, wem der Staat eigentlich gehört? Klärung der Eigentumsverhältnisse kann, wie

Tschuang-tsu bemerkte, auch zur Klarheit darüber führen, ob dem Verbrechen Tugend innewohnte oder ob die Tugendhaftigkeit verbrecherisch war.«

Matzbach ächzte. »Na schön; wenn's denn sein muß. Also Bergner sagt, ihm gehört der Staat nicht. Du bist Chinese, zählst also hierbei nicht. Genenger, gehört dir dieses, ah, Dings?«

Der Bestatter grunzte. »Mein Dings gehört mir, klar; was den Staat angeht, bin ich ihm durch Nießbrauch am Boden verbunden. Da aber der Boden mir zu Lehen gegeben wurde von einer alten Sippe, die eher da war als dieser Staat...?« Er zuckte mit den Schultern.

»Gut.« Matzbach nickte. »Mir gehörte er auch nicht. Gegen Zahlung von Steuern, Abgaben und Gebühren stellt er gewisse Dinge zu Verfügung, auf die ich teilweise verzichten kann und deren anderen Teil wahrscheinlich eine Privatfirma besser und günstiger liefern könnte. Der Staat, meine Herren, und lassen Sie mich das ganz klar sagen, ist Wegelagerern in die Hände gefallen. Die Parteien haben ihn abgezockt – ihn und uns. Von der Regierung über die Verwaltung bis hin zu den Massenmedien. Wir, eh, betreiben hier also möglicherweise eine Aktion, die sich gegen das Mißbrauchsmonopol der Parteien richtet. Das ist, soweit ich weiß, kein Straftatbestand. Die Parteien, Gentlemen, sind Schlingpflanzen, die den bürgereigenen Staat längst erstickt haben. An den Wurzeln und Blattspitzen der Schlingpflanzen mag es, seien wir optimistisch, anständige Menschen geben. Aber die Mitte würgt alles ab, was die Positionen und Pfründe gefährden könnte. Also – sollen wir Bergner einweihen und anderes entweihen?«

»Haben wir was zu verlieren?« sagte der Bestatter schließlich.

»Wie Konfuzius sagt, ist alles Verlierbare des Behaltens nicht wert. He, paß auf!«

Matzbach hatte in seiner Zerstreutheit begonnen, mit dem Brecheisen zu spielen wie ein Dirigent mit dem Taktstock. »Um Vergebung, glückbehafteter Herr Yü. Es sollte dies kein Attentat werden.«

»Ganz schön kräftig sind Sie ja«, sagte Bergner. »Also, wenn Ihnen meine Versicherung genügt... Ich hab weder mit der SED noch mit der Stasi noch mit dem Verfassungsschutz, der CIA, Scotland Yard oder der FIFA was am Hut.«

Genenger sog Luft durch die Zähne. »Könnte amüsant werden, wahrscheinlich aber gefährlich.«

»Erzählen Sie's mir doch einfach nicht und werfen Sie mich raus. Oder erzählen Sie's und warten Sie ab, ob ich mitmache. Wenn nicht, können Sie mich ja hier einmauern.«

Matzbach nickte, lehnte sich an eine der unbeschädigten Kellerwände und gab tatsächlich eine Kurzfassung der Dinge. Yü gluckste mehrmals; Genenger schüttelte den Kopf.

»Du kannst dich ja am Riemen reißen; toll.«

»Es ging hier nicht um meinen Riemen, auch nicht darum, wer an ihm reißt. – Also?«

Bergner kaute auf seiner Unterlippe. »Nettes Abenteuer«, sagte er schließlich. »Ich dachte immer, im Kapitalismus ist Politik der Spielraum, den die Wirtschaft ihr läßt. Aber Sie haben noch eine Marge gefunden, wie? Klar, ich mach mit. Ich hab eh nix Besseres zu tun.« Er grinste wieder. »Auch nix Schlechteres.«

»Haben Sie eine Waffe?«

»Nee; den Panzer mußte ich abgeben, und die Dienstpistole hab ich ein paar Skins verkauft. Warum?«

»Könnte hilfreich werden. Henri, hast du was für ihn?«

Genenger seufzte. »Du bist gleich so brutal... Natürlich

hab ich was. Hol ich nachher. Können wir jetzt erst mal weiter die Wand kaputtmachen?«

Matzbach reichte Bergner das Brecheisen. »Als schaler Ersatz für ein Stemmeisen. Bewähren Sie sich. – Wenn wir aber schon unter einer Decke stecken...«

»Ekelhafter Gedanke – mit dir unter einer Decke.« Genenger spuckte aus.

»...sollten wir mit den Förmlichkeiten aufhören, finde ich. Felix Yü heißt vor allem Yü, weil das weniger umständlich und vor allem nicht so aufdringlich optimistisch klingt. Genenger heißt möglicherweise Henri, Heinrich, Heini, Charon oder was man will. Ich heiße meistens Matzbach; was Passenderes ist noch keinem eingefallen...«

»Doch.« Yü kicherte. »Getüm; wie Dany sagt.«

»Und wie heißt du vorn? Oswald? Bestens; kann man Ossi draus machen, ohne zu lügen. Na los denn.« Dann kratzte er sich den Kopf. »Ha. Bißchen eng für vier. Ich trete freiwillig meine Beteiligung an der ersten Schicht ab.«

Bergner und Genenger baggerten; Matzbach und Yü entstiegen den Tiefen. Der Chinese suchte seine Winzerin, die in der Badewanne verschollen schien und sich später unterm Dach fand, wo sie beim Flippern die Zeit vergessen hatte. Matzbach braute einen mörderischen Kaffee, goß ihn durch ein Teesieb aus Blech in Thermos um und tigerte mit einem Becher in der Hand durchs Erdgeschoß, auf der Suche nach Entspannung oder zuhörwilligen Opfern. Er stand eine Weile vor der Musikanlage, konnte sich aber irgendwie nicht zu Brahms oder den Beatles aufraffen. »Ich schmachte nach Finsternissen«, murmelte er.

In einem der hohen Regale der Wohn- und Schlummerkammer standen ein mittelgroßer Farbfernseher und das zugehörige Videogerät, daneben und darunter Kassettenstapel.

Matzbach kniete nieder und suchte Sinn in den gekrakelten Kürzeln der Kassettenkleber. Plötzlich stieß er spitze Schreie aus, riß drei Kassetten aus einem Haufen, schaltete die Geräte ein, schob die erste Konserve in den optischen Aufwärmer und fläzte sich mit lustvollen Grunz- und Knurrlauten im Sessel.

Als Jorinde und Eugenie vom Einkaufen heimkehrten, reich mit den Schätzen des Ahrtals beladen – unter anderem dreilagiges Klopapier –, fanden sie Matzbach mit entrückten Zügen und verzückten Augen vor der Glotze, in die anbetende Betrachtung schwarzweiß flimmernder Stierkampfszenen versunken.

Eugenie gurgelte halblaut und schaffte die erlegte Beute in die Küche; Jorinde hockte sich auf Matzbachs Sessellehne und fuhr ihm über den Kopf.

»Na, Herzchen, was ist es – Mithras oder Minos?«

»Ah, weder noch und alle zusammen. El Cordobés, Paquirri, Peralta, alles spanisches Fernsehen aus den Sechzigern. Am Anfang waren sogar noch ein paar uralte Wochenschauaufnahmen von früher – weißt du, wie der Stier Islero den großen Manolete erlegt hat. Und – ist das nicht herrlich? Das müßte Ordóñez sein.«

Er deutete auf den Schirm, wo mehrfache Zeitlupen den perfekten Todesstoß wieder und wieder zeigten.

»Olé«, sagte Yü, der von der Küche her eingetreten war. »Wir sollten die zweite Schicht übernehmen, glaube ich.«

»Ach ja, nun denn.« Matzbach schaltete die Geräte aus, drückte Jorinde einen Kuß auf die Stirn und folgte Yü in den Keller.

Bergner und Genenger hatten sich offenbar gerade zu einer Pause entschlossen; sie hockten auf umgedrehten Holzkisten und tranken Wein aus einer Flasche. In der nachgemauerten

Wand klaffte eine etwa eineinhalb Quadratmeter große Lücke – aber nur in der ersten Ziegelschicht. Dahinter war eine zweite.

»Wie viele noch?« Yü klopfte mit dem Hammer; es klang erheblich hohler als beim Vergleich mit der Restschicht der ersten Wand.

»Klingt, als ob's die letzte wär. Reicht dann aber auch.«

Genenger tat einen langen, langen Zug aus der Flasche, ohne zwischendurch zu schlucken; dann rülpste er.

Bergner deutete auf die Mauer. »Ich bin kein Experte, aber ich würde sagen, daß diese Vermauerung nicht viel älter sein kann als ein Jahr.«

Matzbach kniff die Augen zusammen und musterte die Fugen und die Ziegel. »Hm.«

»Im Schuppen draußen liegt noch ein Haufen von dem Zeug«, sagte Yü. »Ist auch noch nicht bemoost.«

Anderthalb Stunden später hatte die zweite Arbeitsschicht ein Loch in der zweiten Mauerschicht erschaffen, groß genug zum Durchsteigen.

»Mit mehr Brutalität und weniger Geräuscharmut hätten wir das schon längst haben können. Aber man weiß ja nie.« Yü schob mit den Händen die Trümmer zweier Ziegel zu einem Häufchen zusammen; mehr war nicht zu Bruch gegangen, der Rest konnte wieder vermauert werden.

»Und jetzt?« sagte Bergner.

Matzbach strahlte. »Jetzt holen wir etwas zum Leuchten und etwas zum Schießen und steigen in die Unterwelt.« Er deutete in die untere Finsternis jenseits des Durchbruchs; im schwachen Licht der Kellerlampe war ein abwärts führender Gang zu sehen, der nicht länger sein konnte als vier oder fünf Meter, dahinter der Beginn eines Geländers und Schwärze.

Oben kam es zu kurzen, wenngleich zähen Verhandlungen: Jorinde wollte unbedingt mit, »wo ich eh schon dabei bin«; Daniela und Eugenie hielten überhaupt nichts davon, allein Wache zu halten, »und was machen wir, wenn die Moto-Gang wieder auftaucht?« Schließlich warf Genenger murrend die Hände hoch, verschwand nach draußen, kam mit einer Stablampe und einer Pistole zurück und händigte beides Yü aus. Matzbach holte seine Waffe aus der Reisetasche; dann stieg er mit Jorinde und dem Chinesen wieder treppab. Bergner bleib als Relais am Loch, Genenger fiel in der Küche über einen Stapel verschmierter Brote her.

Der schräg abwärts führende Gang hinter dem Durchbruch war nicht feucht, aber ein wenig glitschig. Die Treppe, die am Gangende im rechten Winkel nach unten führte, zeigte kleine Rostspuren, schien aber aus Stahl zu sein, der noch eine ganze Weile der Zeit trotzen konnte. Auf der kleinen Plattform, die Gang und Treppe verband, blieb Matzbach stehen und legte einen Finger an die Lippen.

»Ab jetzt leise treten und leise reden – wenn überhaupt.«

Yü flüsterte: »Warum? Meinst du, da könnte jemand lauschen?«

Matzbach hob die Schultern. »Besser ist besser; man weiß nie. Und denkt dran: Wenn an unserer These was dran ist, waren die ganzen Todesfälle kein Zufall.«

Jorinde murmelte etwas über »Schauermärchen«; mit ihren flachen Stadtschleicher-Schuhen trat sie allerdings äußerst behutsam auf.

Yü leuchtete. Die Treppe schien in einer Art Schacht zu sein; als sie die nächste Plattform erreichten, hatten sie dreißig Stufen hinter sich. Der zweite Treppenabschnitt nach der Spitzkehre war ebenso lang und endete in einer Aussparung, etwa so groß wie ein Schilderhäuschen.

Yü trat als erster in den eigentlichen Gang hinaus, leuchtete nach allen Seiten und winkte. Matzbach folgte, die Pistole in der Hand, dann Jorinde, die Hände in den Taschen ihrer schwarzen Jeans.

»Reicht für Lkws«, murmelte Yü.

Der Gang war fast fünf Meter breit und etwa ebenso hoch. Boden, Wände und Decke aus rauhem Beton wurden in Abständen von etwa dreißig Metern von unverkleideten Stahlträgern auseinandergestemmt.

»Links geht's zur Ahr«, flüsterte Matzbach. »Was ist rechts?«

Yü leuchtete; der Lichtbalken der Lampe fraß sich durchs Dunkel und wurde von irgend etwas gebrochen und zurückgeworfen. Vorsichtig, eher an den Seiten als in der Mitte, gingen sie los.

Nach etwa hundert Metern endete alles Fortschreiten. Eine Wand aus Metall, seitlich lückenlos eingelassen, sperrte den Gang. Yü reichte Matzbach die Lampe, ließ sich auf die Knie nieder und untersuchte den Boden, dann die Wände.

»Paßt keine Maus durch«, sagte er leise. Seine Stimme breitete sich im Gang aus wie ein Säuseln, irgendwo in der Ferne punktiert von klatschenden Wassertropfen. »Das sitzt nicht auf, sondern im Beton.«

Er nahm die Lampe wieder und begann, die große Metallfläche aus nächster Nähe zu beleuchten. Matzbach trat neben ihn, Jorinde blieb zurück und drehte sich nach der Dunkelheit um.

»Da gibt's ein Schloß, vermutlich«, flüsterte Yü. »Aber auf der anderen Seite. Ich weiß nicht... halt.«

In etwa eineinhalb Meter Höhe, ziemlich genau in der Mitte der Fläche, fanden sie das erste Schloß; zwei weitere saßen jeweils eine Handbreit höher.

»Zeiss«, sagte Matzbach. »Oder Yale, oder so ähnlich.

Nichts für Dietriche, egal ob von Bern oder sonstwo her. Das heißt, es ist ne Flügeltür, und die Angeln sitzen auf der anderen Seite, wahrscheinlich so dicht an der Wand, daß es von uns aus mit dem Beton abschließt.«

»Oder es sind zwei Schotthälften, die bei Bedarf komplett in die Wände zurückgefahren werden. Jedenfalls sind die Schlösser nicht aus dem Ersten Weltkrieg; die sind ziemlich neu.«

Matzbach grunzte leise, drehte sich um, schob die linke Hand in Jorindes Gesäßtasche und deutete mit dem Kinn in Richtung Ahr. »Vamos?«

Diesmal kamen sie etwas weiter, aber nicht weit genug; nach sechshundert Schritten – Yü hatte halblaut gezählt – endete der Gang an einem weiteren Schott, auch dieses makellos verfugt, auch dieses mit neuen Schlössern versehen. Diesmal standen sie aber auf der »Innenseite« und konnten sehen, daß es keinerlei Angeln gab. Offenbar wurden die beiden Schotthälften tatsächlich bei Bedarf komplett in die Wände gefahren oder geschoben.

Langsam gingen sie zur Treppe zurück und stiegen hinauf. Bergner lehnte am Durchbruch, rauchte eine Zigarette und starrte mit einem Auge in die Weinflasche, die fast leer war.

»Na? Irgendwelche Zwerge getroffen?«

»Nix, nur eine finstere Öde«, sagte Matzbach. »Großer Gang mit Stahlschott. Irgendwie ist mir nicht wohl bei dem Gedanken, viele Nächte hier im Haus zu verbringen, solange der Durchbruch offen ist. Andererseits könnten wir ihn ja noch brauchen. Was tun, ei, was tun?«

»Wenn's weiter nichts ist... Hier gibt's genug Holz für ne vorläufige Verkleidung«, sagte Yü. »Sollen wir?«

»Wartet mal.« Jorinde deutete nach oben. »Vielleicht will Heinrich ja dringend drunter.«

»*Ich* würd's mir gern mal ansehen«, sagte Bergner. »Wir hatten in der TäTäRä...«

»Wo bitte?«

»... in der DDR hin und wieder komplizierte Manöver, bei denen es auch um unterirdische Anlagen ging. Deshalb kenn ich mich da ein bißchen aus.«

Bergner und Genenger übernahmen Waffen und Lampe; Yü hielt Wache, während Matzbach und Jorinde sich läßlichen Erörterungen über mögliche Formen eines Abendbrots hingaben. Daniela und Eugenie, durch die Rückkehr der Expedition ein wenig beruhigt, verschwanden zu einem abendlichen Gang über die Felder.

Als sie vom Spaziergang zurückkamen, trafen nach telefonischer Anmeldung auch Dittmer und Elvira ein, mit einem Taxi. Die Psychologin verspürte Heimweh nach dem Mutterschoß ihres Wohnmobils, der Gemeindeverwalter wollte ihr bei der Durchführung des Heimwehs assistieren und später endlich sein Fahrrad heimbringen.

Bergner und Yü zimmerten im Keller an einer versetzbaren Wand herum; der Ex-Major hatte hinsichtlich der Schotts geäußert, mit Semtex oder ähnlichen Dingen seien sie zu knacken. Genenger grölte in der oberen Badewanne; Matzbach hatte Tomaten zermanscht, die übrigen Essenvorbereitungen Jorinde überlassen und sich wieder vor die Glotze gehockt, wo er in der Mitte des zweitens Videos angekommen war: Höhepunkte der Stierkampfveranstaltungen der 70er.

»Schon wieder ein toter Köter«, sagte Dittmer zur allgemeinen Begrüßung, noch im Billardgemach. »Fein verknotet, geschlitzt, alles wie üblich; hängt offenbar seit heute früh an der zweiten Laterne links von Yüs Haus.«

»Wer hat letzte Nacht eigentlich geschossen?« Elviras Stimme klang ölig bis nölig.

Daniela, dem Klicken nach am Billardtisch, sagte undeutlich, als hätte sie ein Queue quer im Mund: »Wei 'ch nich.«

»Melde mich freiwillig.« Matzbach hob die Stimme, nicht jedoch den Leib über die Sesselkante.

»Ah.« Spitz, fast schrill, beinahe ein phonetisches Kunstwerk: das einzige *a*, das in der jüngeren Geschichte wie ein *i* intoniert wurde. »Hätt ich mir ja denken können.«

»Wa dagehng?« sagte Daniela, immer noch mit rätselhaften Dingen beschäftigt, die sie beim Sprechen hemmten.

»Allerdings. Er hätte ja jemanden treffen können. Und diese Punks oder Skins oder was auch immer brauchen gutes Zureden, die brauchen keine Gewaltanwendung.«

»Nun mach aber mal nen Punkt.« Dittmar klang fast empört. »Markus Pauly ist tot, und du willst im Moment des Mordes...«

»Schlimmstenfalls Totschlag; eher wohl ein Unfall!«

»... im Moment des Mordes psychologische Beratung erteilen?«

»Wo steckt dieser unmögliche Fettwanst?«

»Hier.« Matzbach ginste vor sich hin; er hielt die Fernbedienung in der Hand und wollte eben das Videogerät ausschalten, als Jorinde mit einer Riesenschüssel Spaghetti aus der Küche kam. Sie hatte den Wortwechsel verfolgt und schien ein wenig verärgert.

»Laß an«, sagte sie scharf und halblaut. »Das soll sie ruhig sehen. Dumme Kuh.«

»Du sprichst von *deiner* Freundin«, sagte Matzbach.

»Eben. Deshalb darf ich dumme Kuh sagen.«

Elvira betrat die Wohn-Schlummer-Kummer-Kammer, sah Matzbach im Sessel, sah den Fernseher, sah in Großaufnahme und Zeitlupe den Degen des Matadors, das Ziel und den Stoß, und sie stieß einen schrillen Schrei aus.

»Das ist ja wiiiiderlich!«

»Na ja.« Matzbach verdrehte den Kopf, um ihr verzerrtes Gesicht genießen zu können. »Nicht besonders gut; die meisten anderen Szenen waren besser, aber sooo schlecht nun auch nicht.«

»Was kuckst du denn da?«

»Videos, Frau Doktor. Die besten, packendsten und ästhetisch erbaulichsten Szenen aus spanischen Stierkämpfen in den letzten Jahrzehnten.«

Da sie nichts sagte, sondern mit großen Augen auf den Schirm starrte, setzte er hinzu:

»Das hier ist irgendwann gegen Ende der Siebziger; zu der Zeit bin ich nur noch selten unten gewesen. Deshalb kann ich dir nicht sagen, wer der Matador ist. In den Sechzigern konnte ich die meisten identifizieren, am Gesicht sowieso, aber auch an den Bewegungen.«

»Du – findest – diese – ekelerregende – Scheiße – gut!?!?«

»Bist du mal in einem Schlachthof gewesen?«

»Was hat das denn damit zu tun?«

»Gleich gibt's Spaghetti Bolognese, Frollein. Mit Rinderhack. Wenn du mal in einem Schlachthof gewesen wärst, wüßtest du, daß die Tiere genau wissen, was sie erwartet. Da brütet dumpfe Angst über allem. Wenn ich Stier wär, würd ich tausendmal lieber in der Arena sterben. Außerdem hat das symbolische und mythologische Aspekte, die...«

»Ach halt doch die Fresse, Mann! Das ist derart widerlich, da will ich nichts...«

»Willst du mit uns essen?«

»Häh?«

»Du kriegst nur Nudeln, keine Fleischsauce. Kannst dir von mir aus ein paar Tomatenschnipsel rausfischen, obwohl ich die Früchtchen zermanscht hab.«

»Also...«

Jorinde hatte die Nudelschüssel auf dem Refektoriumstisch abgesetzt und kam nun mit einer Terrine voller Sauce. »Hört auf zu zanken. Essen, alle Mann!«

Elvira stemmte die Hände in die Hüften. »Findest du das etwa gut?«

Jorinde lächelte sanft. »In einem Land, in dem etwa hundertmal mehr Leute dem Tierschutzbund angehören als dem Kinderschutzbund, weigere ich mich, Stierkampf auch nur zu diskutieren. Setzen!«

Daniela erschien, ohne Queue; im Mund hielt sie die Kreide. »Wasch...« Dann grinste sie, nahm die Kreide heraus und legte sie ins nächste Regal. »Ihr seid alle bekloppt.«

Von der Treppe hörte man Giggeln und Schnurren. Genenger, triefend naß der Wanne entstiegen, kam mit einem maßlosen Badetuch herein, ansonsten unbekleidet und keineswegs getrocknet. Eugenie folgte, dicht an sein behaartes Hinterteil gepreßt, die Arme um seine Taille gelegt und die Hände wer weiß wo.

»Iiih«, sagte Elvira. »Auch noch ein nasser haariger Affe. Kannst du dich nicht wenigstens zum Essen anziehen?«

Genenger grinste. »Haarig?« Mit der Rechten krabbelte er in seiner üppigen Brustbehaarung. »Laß los, Dschinnie.«

Eugenie kicherte wieder, trat einen Schritt zurück und wischte sich die Hände an der Hose trocken.

Genenger nickte, als ob es etwas zu bestätigen gäbe. »Und was das Anziehen angeht – bin ich vielleicht nackt?« Er ließ das Badetuch fallen, aber es erreichte nicht den Boden, sondern blieb vor seinen Lenden hängen. »Siehst du – hält.«

18

Kurz vor Mitternacht hatten Yü und Matzbach eben die Nagelbretter in den Gräben mit Erde und Grünzeug bestreut, als drei Lichtkegel nach ihnen tasteten. Drei Motorräder kamen von der Bundesstraße her, vorbei am von Yü bewohnten Haus, vorbei an der Einmündung des Nebenwegs über die Weinberge. Sie umkurvten den Sperrbock, kamen auf den Weg zurück und hielten vielleicht zehn Meter von den beiden Männern entfernt. Yü und Matzbach blieben vor den Nagelbrettern stehen, seitlich, halb von den Scheinwerfern angestrahlt.

Die drei Fahrer stiegen ab und näherten sich; die Motoren grollten im Leerlauf weiter. Im Licht der Scheinwerfer sah Matzbach, daß es die drei aus Neuenahr waren; der Große mit dem orangen V ging an der Spitze. Alle drei hatten die Helme abgenommen und bei den Fahrzeugen gelassen, oder sie waren ohne Helme gefahren.

»Was macht ihr denn hier – Opa?« sagte der Große, als er einen Meter von Matzbach entfernt stehenblieb. Die beiden anderen orientierten sich an Yü, der mit locker baumelnden Armen am Wegrand stand.

»Wir warten auf euch, Söhnchen. Habt ihr wieder Cocktails dabei? Neubauten sind so teuer.«

Der Große lachte; er hatte weiße Zähne. »Wenn wir dich hier erwischen und eine Nummer kleiner machen können, reicht uns das völlig.«

Einer der anderen kicherte gekünstelt. »Wie seid ihr denn aus dem Feuerwerk rausgekommen? Na ja, egal.«

»Mir auch.« Matzbach trat einen Schritt vor; er stand so nah bei dem Großen, daß er dessen Atem riechen konnte.

»Spearmint, was, Junge?«

Der Große lächelte. »Macht ihn fertig«, sagte er zu den Kollegen, die Yü in die Zange nehmen wollten.

Dann lächelte er nicht mehr, sondern schrie, als Matzbach plötzlich auf seinen Füßen stand, ihm durch ein schnelles hartes Nicken mit der Stirn das Nasenbein brach und sich einfach gegen ihn lehnte. Sie kippten um; der Große, dessen Schrei plötzlich abbrach, krachte mit dem Hinterkopf auf den Weg, und Matzbach lag mit seinen 110 Kilo auf ihm.

Gleichzeitig hatte Yü irgend einen asiatischen Kampfschrei ausgestoßen und war gesprungen. Er traf den, der ihn von rechts attackieren wollte, mit dem Absatz am Kinn und schleuderte ihn zwischen die Büsche, rollte sich ab und rammte dem zweiten den Kopf in den Unterleib, kam wie eine Katze wieder auf die Beine und ließ die Handkante in den Nacken des Mannes sausen.

»Fürwahr, Gevatter, hurtig.« Matzbach kniete, ohne sich etwa durch Abstützen eines Fußes auf dem Weg leichter zu machen, auf dem Großen, der die Augen geschlossen hatte. Als Matzbach ein Lid hochschob, sah er, daß der Augapfel verdreht war. Der flache Atem trieb Blutbläschen aus der Nase.

»Meiner lebt noch. Was machen deine?«

Yü zuckte mit den Schultern. »Die Kindlein schlafen. Ich hab mich bemüht, nicht zu hart zuzuschlagen.«

»Sollen wir sie liegen lassen?«

»Leisten wir ihnen ein wenig Gesellschaft, bis sie wach sind. Ich glaube, sie brauchen noch ein paar Ratschläge, damit sie in Zukunft wider ähnliche Torheit gefeit sind.«

Der mit Nackenschlag Gefällte begann zu stöhnen; Yü kniete neben ihm, betrachtete ihn in einer Verzweigung des in die Ferne schweifenden Lichtkegels einer der Maschinen, schaute dann wieder zu Matzbach hinüber.

»Wie denkst du eigentlich über die Polizei?«

Matzbach zögerte und räusperte sich in einer Weise, die eindeutig nach Meinungsäußerung klang. »Polizei? Hm. Nachdem zugunsten linker Gruppen die Staatlichkeit soweit abgebaut worden ist, daß sie heute nicht mal gegen rechte Individuen angewandt werden kann ... Bah. Ich glaube, die sind zu sehr mit anderen Sachen befaßt. Außerdem – die Wahrscheinlichkeit ist sehr groß, daß wir hinterher als die Angreifer dastehen.«

Yü wackelte mit dem Kopf. »Völlig zu Recht. Wenn wir gewartet hätten, bis die *uns* angreifen ...«

»Wir haben nichts in der Hand, glückhafter Herr Yü. Die drei Jungs werden sagen, man hätte sie bei einem Abendspaziergang schnöde überfallen. Dann haben wir ihnen Schmerzensgeld zu zahlen und werden vermutlich auf Bewährung verurteilt. Muß nicht sein.«

Yü nickte. »Sagen wir den anderen was?«

»Keine Einzelheiten. Sonst kriegen wir bloß wieder Haue, wegen romantischer Abenteurerei.«

Mit einem leisen Schnaufer stand Yü auf, ging zu den immer noch grummelnden Maschinen und schaltete sie aus; die Scheinwerfer erloschen, während Matzbach in den auseinanderstrebenden Lichtkegeln Symbole suchte.

»Hör mal«, sagte er, als der Chinese sich wieder bei seinen Opfern niederließ. »Es möchte sein, daß im Verlauf der Dinge Unkraut gejätet werden muß, ehe es uns zerrupft.«

»Konfuzius sagt, wenn gutes Zureden nicht hilft, mußt du den Finsterling löschen, um das Licht zu entzünden.«

»So, sagt er das?«

Im schwachen Licht der diversen Himmelskörper und fernen Laternen glitzerten Yüs Zähne; vermutlich grinste er. »So ähnlich – wenn ich mich richtig erinnere.«

»Was auch immer Meister Kung sagt, bewegt mich zu einer indiskreten Frage, glückhafter Yü. Hast du schon mal wen ausgeknipst, egal, ob Finsterling oder nicht?«

Yü seufzte. »Wir sehen das nicht so eng wie ihr, mit euren christlich-jüdischen Komplexen, die zwar nichts nützen, aber für schlechtes Gewissen sorgen, wenn man was Böses tut.«

»Soll heißen?«

»Die Welt wäre ein noch viel schlechterer Ort, wenn man nicht hin und wieder die Anzahl der Finsterlinge verminderte.«

Matzbach zischelte; dann sagte er: »Es kann ja auch mal den Falschen treffen, aber ... Jedenfalls hast du es geschafft, die eingebaute Tötungshemmung zu beherrschen?«

»Wer überwinden will, muß beherrschen, sagt Shi Huang Ti.«

»Mal was Neues.«

»Reden wir nicht so drum rum. Bei mir sind's fünf; die ersten zwei waren schwer, danach ging es immer leichter.«

»Dein Job als Bodyguard?«

»Hm. Der Knabe, dessen Leib zu schützen war, machte gute Geschäfte mit deutschen Luxuswagen. Du weißt schon, knacken und ab ans Mittelmeer, dann weiter nach Nahost. Da kommt so was schon mal vor. Und du?«

»Dreieinhalb.«

»Wie geht das, halb?«

»Das ist eine andere Geschichte. Jedenfalls, eh, wenn's sein muß...?«

»Muß es sein.«

19

Am Samstag baumelte ein ausgeweideter Neufundländer über dem Bach; komplizierte Knoten verbanden seinen Hals mit dem von Nepomuk. Als Matzbach, zu Fuß und guter Dinge, das Dorf erreichte, war gerade eine Streifenwagenbesatzung damit beschäftigt, den Kadaver abzunehmen und den mutmaßlichen Besitzer zu befragen, der händeringend auf der Brücke stand und Nepomuk anzureden schien.

Genenger war früh aufgebrochen. Anrufer, die in den letzten Tagen den Bestatter hatten erreichen wollen, waren beim Auftragsdienst ausgekommen, wo man ihnen mitteilte, der Privatfriedhof sei aufgrund von Vandalimus bis zum Wochenende unbenutzbar, am Samstagabend werde jedoch die Beisetzung des verstorbenen Dichters Osiris K dort stattfinden. Im Dorf wußte man es ohnehin; nun hatte Genenger zwei oder drei arbeitswillige Jünglinge angeheuert, um notdürftige Aufräumungen vorzunehmen.

Daniela, die den größten Teil ihrer Weinernte bei der Genossenschaft ablieferte, experimentierte daneben immer noch mit ein paar altmodischen Eichenfäßchen und neuen Stahlbehältern. Vater Dingeldein hatte zu Beginn der 60er ein magisches Experiment gemacht und an einem Südsüdwesthang Chardonnay und Pinot Noir angepflanzt. Letztere Sorte heißt an der Ahr Blauer Spätburgunder und ist gewöhnlich; tatsächlich bewirkte die Gallisierung jedoch einen erheblich anderen Geschmack. Es war nur ein kleines Stück mit geringem Ertrag, aber den hier gewonnenen Wein baute auch die Tochter noch selbst aus, für den eigenen Gaumen und den von Freunden und ein paar Stammkunden.

Bei besonderen Anlässen wie Todesfällen, Grippe, Unlust

oder akuter Liebelei konnte Daniela ihre Halbtagsarbeit bei der Gemeindeverwaltung zwar absagen, aber anders als diese weitgehend erfundene Tätigkeit ließen sich wirkliche Arbeiten wie die Bestellung des Bodens nicht beliebig aufschieben. Der 1990er Wein hatte 18 Monate in den Fässern geruht und mußte in die Flaschen, um Platz zu schaffen für die anstehende Ernte. Deshalb hatte auch Daniela das Haus sehr früh verlassen und sich in ihr Kellergewölbe am Dorfrand verzogen.

Jorinde und Eugenie, mit gutem Zureden und Genengers Pistole – einer von Genengers Pistolen? – versehen, hüteten Villa Osiris, räumten auf, lümmelten sich vermutlich auf den diversen Lümmelmöbeln, lasen, redeten, sortierten Bücher und Flaschen. Matzbach beneidete sie einen Moment lang intensiv, als er den Bach entlang Richtung olle Kapolle wanderte. Dann beschloß er, statt dessen lieber an Bergners Geschäfte zu denken.

Der Ex-Major war morgens mit Matzbachs Volvo und ein paar Tausendern von Matzbachs Geld aufgebrochen, um bestimmte Dinge zu besorgen. Als Ex-NVA-Mann kenne er sich mit Waffen und Sprengstoffen aus, hatte er bei der Flüsterkonferenz hinterm Haus gesagt, und als Ex-DDR-Bewohner mit den Gesetzen schwarzer Märkte; außerdem habe er den einen oder anderen Kontaktmann in der einen oder anderen Stadt am Rhein – wie sich das im Lauf der Zeit eben so ergeben. Matzbach wollte es gar nicht genauer wissen; ihm würde es reichen, Bergner mit den gewünschten Objekten heimkehren zu sehen.

Dittmer und Elvira waren mit Wohnmobil und Fahrrad – aufgeschnallt – ganz allgemein in der Gegend unterwegs und wollten abends zum Friedhof kommen.

Yü schließlich war zu einem Morgenlauf mit Kung-fu über

die Weinberge aufgebrochen – »zuviel Essen, zuviel Wein, zuviel seßhafte Zerstreuung in den letzten Tagen«. Wahrscheinlich hielt er inzwischen Danielas Hand im Gewölbe, oder sie hielt vor einem Weinfaß seinen Zapfen.

Insgesamt befand Matzbach die Situation und die Zerstreuung der übrigen für befriedigend; bei dem, was er zu tun beabsichtigte, hätte er zwar Hilfe gebrauchen können, verzichtete aber gern auf Zeugen.

Genenger hatte Wort gehalten; in der ollen Kapolle lagen die Werkzeuge, die er auf dem Weg zum Friedhof dort hatte deponieren wollen. Matzbach musterte die Kollektion, nahm das Brecheisen und ging zur Rückseite des versperrten, versiegelten Anbaus, in dem der hessische Staatssekretär einst gewohnt hatte.

Als er am frühen Nachmittag zum Dorf zurückging, waren seine zuvor eher helle Hosen und das ursprünglich hellgrüne Polohemd unter Staub und Mörtelresten zu einmütigem Khaki geworden. Er versuchte ein paar Minuten lang, seine Schrittlänge irgendwie mit den Abständen seines Magenknurrens abzustimmen, gab dies aber bald auf.

Danielas Winzerei war geschlossen; niemand reagierte auf Rufen und Klopfzeichen. Matzbach knirschte mit den Zähnen, benutzte die Finger der Rechten, um etwas abzuzählen, und schlenderte dann durch eine holprige Hintergasse zum Platz an der Kirche, wo Paulys Werkstatt und Wohnung lagen.

Die Werkstattür war verschlossen, aber nach einigem Gebrüll und etlichen Faustschlägen tauchte Yü auf. Durch die schwammige Scheibe sah Matzbach, daß der Chinese im Gehen den Reißverschluß seiner Hose betätigte, aufwärts, und ein rosa T-Shirt überstreifte.

»Störenfried, komm rein.«

»Danke, danke. Hätt ich noch ein paar Minuten warten sollen?«

»Nein, das Wichtigste ist erledigt.«

Aus einem der Hinterzimmer trat Daniela in die Werkstatt, ein wenig derangiert und nicht völlig angezogen. Matzbach lächelte beinahe huldvoll, verneigte sich und sagte:

»Meine Kinder, ihr wart glücklich in eurer Unzucht, seid nun züchtig in eurem Unglück.«

»Aua. – Na, fertig?«

Matzbach sah sich um und nickte. »Ein vermauerter Zugang zu einem weiteren Tunnel – unterm Neubau, wie vermutet. Schön ist das. Hat Pauly das gemacht?« Er nahm eine etwa kopfgroße Figur aus dunklem Holz in die Hand und fuhr mit der Fingerspitze über die Oberfläche. Es war ein kleiner Satyr, mit Bocksfüßen und Hörnern und langen spitzen Fingernägeln, in allen winzigen Einzelheiten sauber und perfekt. Eine Hand lag auf dem linken Knie, die andere machte in der Luft eine obszöne Geste, während der Satyr sich vornüberbeugte und mit diabolischem Grinsen die Zunge nach der Eichel seines ungeheuren Phallus ausstreckte.

»Tja. Die Selbstgenügsamkeit metyphysischer Konzepte.« Matzbach stellte die Figur wieder auf den kleinen Tisch. »Hunger hab ich.«

»Pauly ist nicht mehr zum Einkaufen gekommen. Im Kühlschrank ist nur ein bißchen Joghurt. Erdbeergeschmack.«

»Wo ist der Kühlschrank? In der Not frißt selbst Matzbach Joghurt.«

»Ich hol's schon.«

Zwischen den üblichen Werkzeugen, Bänken, Sägeblökken, Farb- und Kleistertöpfen standen drei unvollendete Särge, einer aus wunderbar warm leuchtendem roten Holz. Auf Wandborden sah Matzbach allerlei Schnitzwerk, meistens irgendwie durch Spott gemilderte Dämonen. Er nahm den kleinen Satyr noch einmal in die Hand, betrachtete ihn genauer.

»Hm. Drei Augen, zwei Nabel, und was ist das? Drei Hoden? Ja zapperment. Da fällt mir die Geschichte von dem Mann ein, der eines Tages bei der Morgenwäsche feststellt, daß ihm über Nacht ein drittes Ei gewachsen ist.«

Yü grinste; Daniela, die mit zwei Joghurtbechern zurückkam, sagte fast sehnsüchtig: »Könnt nicht schaden.«

»Ja, was? Jedenfalls freut er sich gewaltig, singt beim Frühstück, lauter so Dinge. Unterwegs zum Büro hat er das Gefühl, er müßte es der ganzen Welt erzählen, weiß aber nicht genau wie. Man kann ja schießlich nicht einfach... na ja, egal. In der Straßenbahn stößt er den Mann, der neben ihm sitzt, mit dem Ellbogen an und sagt: ›Wollen wir wetten, daß wir zusammen fünf Eier haben?‹ Worauf der andere ihn beinahe mitleidig anschaut und sagt: ›Ja wie, haben Sie denn nur eins?‹«

»Tu den Satyr weg, eh dir noch mehr Stories einfallen. Hier, dein Joghurt.«

Matzbach nahm die beiden Becher und den Löffel und sah sich nach einer Sitzgelegenheit um. Dann strahlte er, ging zum größten Arbeitstisch, auf dem Stifte, einzelne Nägel, Papierfetzen und Döschen aller Art lagen, und setzte sich auf den tatterigen Stuhl. Er stellte die Joghurtbecher ab und nahm den Totenschädel, der zwischen einem alten Tintenfaß und einer vermutlich für Feinarbeiten benutzten Zahnbürste mit vielfach verfärbten Borsten stand.

»Ist der echt? Sieht so aus.«

»Angeblich von seinem Großvater.« Yü hob die Schultern. »Der Ahnenkult bei euch Langnasen übersteigt das Maß dessen, was einer aus dem Reich der Mitte begreifen kann.«

Matzbach drehte den Schädel um, blies hinein, zog dann ein Taschentuch aus der Hose und rieb die Innenseite der Schädeldecke.

»Was wird das?« Daniela beugte sich vor.

»Das ist gewissermaßen Pauly – ein Mitglied der Sippe ist wie ein anderes, nach dem Ableben.« Matzbach klemmte den umgedrehten Schädel zwischen seine Knie, riß die Folien von den Joghurtbechern und goß alles in den fleischlosen Kopf. Yü bgann zu kichern, Daniela würgte theatralisch.

»Das wollte ich immer schon mal machen. Hmm, aber heute ist eine wirklich gute Gelegenheit. Der beste Anlaß, gewissermaßen.« Er nahm den Löffel, rührte, aß, stützte dann einen Ellenbogen aufs Knie, das Kinn in die Hand und betrachtete das knochige Objekt, das er in der anderen Hand hielt. Der Löffel lehnte ordentlich am Rand.

»Ach«, sagte er versonnen, »armer Joghurt. Ich hab ihn ja nicht gekannt, den Holzbeschwörer, kann also nicht sagen, ob er ein Bursche von endlosem Witz war, aber er hat ein witzloses Ende gefunden. Wahrlich gibt es mehr Dinge zwischen Himmel und Erde als anderswo.«

»Konfuzius hat gesagt, du sollst dich von deinen Vorfahren nähren. Ich glaube aber, er meinte Tugend und Erträge.«

»Ihr seid ekelhaft; ich mag euch.« Daniela lachte schallend. »Haben wir hier noch was zu tun, Felix?«

Yü schob die Unterlippe vor. »Ich glaub nicht. Die wichtigsten Papiere und Adressen haben wir; aufräumen kann man später. – Die rote Kiste da, die hatte er für sich vorgesehen. Ich weiß nicht, wann wir ihn begraben, aber das, was daran noch zu machen ist, kann auch noch warten.«

Matzbach hatte den Joghurt verspiesen und steckte den abgeleckten Löffel hinter sein linkes Ohr. »Gibt's denn um diese Tageszeit hier im Dorf was zu essen?«

»Sollen wir nicht rüber in die Villa?«

Matzbach zögerte. »Na ja. Ach, warum nicht? Irgendwie war mir nicht danach, später wieder den ganzen Weg zu latschen, aber vielleicht sind ja nachher, wenn's ans Verbuddeln von Osiris geht, wieder ein paar Autos da.«

20

Bergner war zurück. Es gab keine Gelegenheit zu längeren Reden, nur den Hinweis auf eine im Keller verstaute Blechkiste und die Rückgabe von Restgeld, von der Matzbach nichts wissen wollte. Bergner wehrte sich eher symbolisch und steckte die Scheine wieder ein.

Gegen halb acht brachen sie mit zwei Wagen auf; Daniela hatte aus gegebenem Anlaß ihren rostigen Golf angeworfen. Eugenie und Yü fuhren mit ihr, Jorinde und Bergner mit Baltasar. Jorinde war tief verschleiert und trug Handschuhe. Matzbach ahnte einiges, schwieg aber; Bergner – wie Matzbach in Normalklamotten – gab das Fragen bald auf, da die Hexe nicht antwortete oder bestenfalls auswich.

Neben Bergner stand auf dem Rücksitz eine bedeutendes Ensemble: ein Korb mit Brot, Salz, einer Flasche Rotwein, einer Flasche Weißwein und drei Flaschen Glendronach, alles aus den nachgelassenen Beständen des Verblichenen; daneben, die Öffnung nach oben, ein polierter Stahlhelm, den

Osiris K im Zweiten Weltkrieg getragen und später behalten hatte.

Genenger und seine bezahlten Helfer hatten halbweg aufgeräumt; die schlimmsten Trümmer waren beseitigt, Namensplatten, Votivschilder und andere Artikel des spezifischen Ahnenkults gereinigt und wieder aufgestellt, die Wege begehbar und von großen Fackeln gesäumt, die man bei Sonnenuntergang anzünden würde; und sie hatten ein großes Loch gebuddelt, vor dem Charons Kanu mit aufgebocktem Sarg stand. Draußen an der Mauer lehnte zwischen Büschen ein Moped.

Das halbe Dorf war anwesend, einschließlich des alten katholischen Pfarrers, der in hellen Gewändern wie zu einer Auferstehungsmesse erschienen war und während der kurzen Zeremonie die qualmende Pfeife nicht aus dem Mund nahm. Genenger sprach ein paar abgezirkelte Worte, Dittmer drückte die »Betroffenheit« der Gemeindeverwaltung über den Heimgang des lokalen Poeten aus; Matzbach entkorkte den Weißwein, den Rotwein und eine Flasche Malt Whisky und goß alles zusammen in den von Bergner hingehaltenen Stahlhelm. Dabei hielt er Ausschau nach einem langen, hageren Mann, der zuerst in der Nähe des Grabs gestanden und sich mit einem Schluck aus dem Flachmann gefestigt hatte und dann verschwunden war, als das Wohnmobil vorfuhr und Elvira sowie Dittmer ausstiegen. Als Eugenie einen dikken Strauß Chrysanthemen vom Boden nahm, glaubte Matzbach, schräg hinter ihr, zwischen der Friedhofsmauer und einer Taxusreihe, etwas blinken zu sehen – vielleicht der letzte Sonnenstrahl auf dem Flachmann des Langen Dünnen Mit Dem Nadelstreifer. Und mit einer schauderhaft kompliziert gebundenen Krawatte.

Der Pfarrer nahm die Pfeife aus dem Mund, schnüffelte am

Stahlhelm und nickte. »Riecht wie sein Lieblingsbesäufnis«, sagte er, ohne eine Miene zu verziehen. Er hängte die Pfeife wieder in den Mundwinkel, schlug das Kreuz über dem Helm oder der darin ausdünstenden Flüssigkeit, tauchte seinen Weihwedel hinein und besprengte den Sarg, den Genenger und seine Assis abgelassen hatten.

»De profundis«, knurrte Genenger.

»Morpionibus«, sagte Matzbach laut.

Genenger warf ihm einen schrägen Blick zu; Jorinde gluckste unter ihrem Schleier, und der Pfarrer verzog den Mund zu einer Art schäbigen Lächelns, bei der es Matzbach warm ums Herz wurde.

Genenger schnipste und deutete auf den Korb; Baltasar bückte sich, hob ihn auf und hielt ihn hin. Der Bestatter nahm das Brot, brach es und warf es auf den Sarg.

»Fahr dahin«, sagte er.

»Amen«, sagte der Pfarrer. Einige der Umstehenden murmelten etwas, das so ähnlich klang.

Genenger öffnete das Salzsäckchen, ließ ein wenig in seine Hand rieseln, streute es über den Sarg und warf dann das Säckchen hinunter.

»Fahr dahin.«

»Amen«. Diesmal sagten es alle, und es klang überzeugend.

Genenger schnipste wieder; Bergner reichte ihm den Stahlhelm. Genenger hob ihn an die Lippen, nahm einen Schluck, spuckte alles in einem Strahl über den Sarg, hustete und goß den Helm leer; dann warf er den Helm auf den Sarg. Es polterte.

»Fahr dahin.«

»Amen.«

Aus dem Strauß, den Eugenie hielt, zog Genenger eine

Chrysantheme, führte sie an die Lippen und warf sie in die Grube. Der Pfarrer war der nächste; dann schloß sich die gesamte Trauer- oder Festgemeinde an. Als Eugenie am Schluß die letzten unverbrauchten Chrysanthemen auf den Sarg werfen wollte, streckte Jorinde die Hand aus.

»Gib.« Ihre Stimme klang dumpf.

Der Pfarrer warf einen Blick auf den Schleier, auf die Handschuhe, auf die Blumen, die Fackeln und die beiden Käfige, die Genenger hinter dem Aushub-Haufen abgestellt hatte und nun herbeibrachte. Dann seufzte er.

»Ich geh jetzt wohl besser. Ehe ich das Gefühl habe, Anstoß nehmen zu müssen.«

Er nickte Genenger zu, drehte sich um und ging, immer noch qualmend.

Ein paar Minuten später stand nur noch die Belegschaft der Villa Osiris plus Dittmer und Elvira am Grab. Bergner sagte etwas wie »Asche zu Asche, Staub zu Staub, Dorf zu Dorf«, aber niemand hörte genau hin.

Inzwischen war es fast dunkel. Matzbach entkorkte eine der beiden übrigen Flaschen Glendronach, nahm einen Schluck und reichte sie Jorinde. Sie schüttelte den Kopf und schwankte, wie in Trance. Die anderen ließen die Flasche von Hand zu Hand gehen.

Genenger zog eine Dose voll von langen Streichhölzern aus der Hosentasche und machte sich daran, die Fackeln zu entzünden. Als alle loderten und die unbewegte Luft mit dem Ruch brennenden Harzes füllten, hielt der Bestatter das letzte Streichholz an Matzbachs Zigarre.

»Danke, Mann.«

»Is doch klar, ej.«

Daniela faßte nach Yüs Hand; Elvira wickelte sich in ihre Mantilla wie in eine Zwangsjacke; Eugenie lehnte mit verschränkten Armen an Charons Sargvehikel; Bergner stand mit gespreizten Beinen und baumelnden Armen da; Dittmer hatte die Hände in die Jackentaschen gesteckt, zog sie heraus, steckte sie in die Hosentaschen; Yü blinzelte in die nächststehende Fackel; Matzbach paffte und beobachtete die Taxushecke; Genenger stellte die beiden verhängten Käfige vor dem Grab ab; und Jorinde bewegte sich.

Sie hob den Schleier und ließ das schwarze Spitzengewebe fallen; wie ein trunkener Rochen segelte es auf den Sarg. Sie streifte die langen Handschuhe ab, reckte die Arme, stieß einen gellenden Schrei aus und wand sich auf der Stelle, die Arme wie Schlangen, Gesicht und Oberkörper mal nach links, mal nach rechts verdreht.

Elvira ächzte; die anderen starrten schweigend hin.

Im Fackellicht glühte Jorindes Gesicht. Es war kalkweiß. Die Lippen schwarz, mit glimmenden grünen Punkten. Die weit aufgerissenen Augen waren blutrot, ebenso die Arme bis zu den Ellenbogen. Sie stieß eine Reihe schriller, abgehackter, winselnder Töne aus, die wie Wörter einer vergessenen oder zu allgemeinem Heil verdrängten Sprache klangen.

Genenger bückte sich, hob einen der Käfige auf; Matzbach nahm den zweiten.

Jorinde schwieg, starrte in den Nachthimmel, dann ins Grab. Mit spitzen Fingern zupfte sie das schwarze Tuch vom ersten Käfig, öffnete die kleine Tür, steckte die Hand hinein und hielt eine Taube hoch. Dann kreischte Elvira auf, als Jorinde mit einer schnellen Bewegung beider Hände der Taube das Genick brach, sie zum Mund hob, mit den Zähnen den Hals aufriß und Blut und Federn ins Grab spie.

»Ich will hier weg! Ich will weg hier!«

Elvira hatte der Szene den Rücken zugewandt und versuchte sich an Dittmers Brust zu verstecken; er legte die Arme um sie, rührte sich aber nicht.

Mit langen, scharfen, giftgelben Fingernägeln riß die Hexe den Bauch der Taube auf, holte die Innereien heraus, ließ sie wie Schlangenflocken auf den Sarg taumeln, hob ein Stück, vermutlich die Leber, in den Himmel. Genenger hatte den leeren Käfig abgestellt und eine Fackel aus dem Boden gezogen. Er streckte den Arm aus, bis das stinkende Lodern über dem Sarg schien. Jorinde warf die Leber in die Flamme; es zischte, dann tropfte ein schwärzlicher Klumpen auf den Sarg.

»Flieg – flieg davon!« schrie sie; dabei ließ sie den Kadaver der Taube durch die Flamme in die Tiefe stürzen.

Sie atmete mehrfach durch, hob die Arme, murmelte unverständliche Laute; dann wandte sie sich Matzbach zu.

Der Käfig, den er hielt, war mit einem weißen Tuch bedeckt. Jorinde entfernte es wie zuvor das schwarze, holte eine Krähe heraus und wiederholte die Zeremonie. Als Matzbach den Käfig abgestellt hatte, reichte Genenger ihm die Röstfakkel und verschwand, um an der Friedhofsmauer etwas aus dem Dunkel zu holen: eine spitze Eisenstange.

»Ihr macht das nicht zum ersten Mal, was?« murmelte Matzbach.

Genenger nickte knapp.

Dann lag auch die Krähe, ausgenommen und geweiht, auf dem Sarg. Jorinde trat einen Schritt zurück, kniete nieder und kratzte mit ihren gelben Krallen ein Pentagramm in den Boden vor der Grube; zwei der fünf Zacken des Sterns wiesen nach »oben«, hin zum Grab.

Genenger wartete, bis sie sich erhoben hatte und aus dem Pentagramm getreten war; dann bohrte er mit der Stange Löcher in die Spitzen der fünf Zacken, legte die Stange auf den Aushub-Hügel und rupfte fünf Fackeln aus dem Boden längs des Wegs. Er rammte sie in die neuen Löcher.

Jorinde trat in das lodernde Pentagramm, die Arme nach vorn ausgestreckt, die Handflächen nach oben, die Finger leicht gekrümmt, so daß die gelben Krallen den Widerschein der Fackeln aufwärts tropfen ließen. Mit gellender Stimme deklamierte sie:

Gamygyn, der du die toten
Seelen zur Befragung bringen
und zerfetzen kannst, du großer
Dunkeldämon, Born des Wissens,
Gamygyn, hör meine Rufe!
Vegale hamikat' umsa
terata yeh dah ma baxa-
soxa un horah himsere!
Herrn der Anderwelten, laßt uns
finden, was wir heute suchen,
daß uns allen Wissen werde.
Rekabustira kabusti-
ra bustira tira ra.
Tod, du großer Basilisk, von
dem sie sagen, daß ein jeder,
der dich ansieht, sterben müsse,
dich und Gamygyn und Hades
ruf ich: kommt, bezeugt und richtet.
Laßt nicht zu, daß dieser Tote
je in seiner Todesruhe
jäh gestört werde, gewährt ihm
die Lust ewigen Verweilens
dort im Unsinn seines Nichtseins.
Laßt die Feinde, die ihn brachen,

sich verraten, so durch schnöde
Gaben wie durch harschen Hader.
Ihre Tat soll wie ein Hemd aus
Natternzähnen sie umhüllen,
schießen wie eisiges Wasser
ins Gekröse, und wie heißes
Öl in ihre morschen Knochen.
Seinen Freunden gönnt die Rache
und gebt ihnen hier und heute
einen Abschied ohne Trauer.
Ich rief euch, ihr seid gekommen,
habt gehört, was ich befehle.
Geht nun und gehorcht den Formeln.
Agla agla agla agla
Tetragrammaton

Sie nahm die restlichen Chrysanthemen, biß die Köpfe ab und spuckte die zerkauten Blüten ins Grab.

In der Nähe schrie ein Käuzchen; ein paar Fledermäuse zuckten durch den Himmel. In die Stille, die nur vom Knistern der Fackeln und erstickten Würgelauten Elviras gebrochen wurde, klang dumpf eine Stimme von irgendwo:

»Wir hören und gehorchen.« Dann ein schrilles Kichern.

Matzbach hob die Brauen; Genenger blinzelte zur Taxushecke hinüber.

»Was... was war das?« sagte Daniela halblaut.

Matzbach dachte an einen Abend in der *Reblaus,* an schräge Vorhersagen und wirres Gerede; mit unterdrücktem Lachen sagte er:

»Gib's schon zu, Bruder Flavio.«

»Was?« Dittmers Stimme war belegt.

»Du bist Bauchredner, oder?«

Dittmer holte tief Luft, atmete zischend durch die Zähne aus, nahm Elviras Hand und drehte sich um. Eine halbe Minute später knallten die Türen des Wohnmobils, der Motor sprang an, heulte auf und wurde leiser. Schließlich herrschte wieder Stille.

Genenger klatschte nach einem kurzen Schweigen in die Hände.

»Aufbruch, alle Mann. Aufräumen können wir morgen.«

Jorinde saß auf dem Aushub. Matzbach beugte sich zu ihr hinab. Sie hatte eben vorsichtig die roten Kontaktlinsen in ein Etui gelegt, steckte es ein und zupfte zerstreut an den gelben Krallen, nur durch ein Bad in Entferner zu lösen. Sie blickte auf, lächelte, fuhr sich mit der Zunge über die Lippen.

»Na, war ich gut?«

»So gut, wie man nur sein kann, wenn man nicht dran glaubt.« Er legte die Hände auf ihre Schultern und küßte sie. Die Lippen schmeckten nach Schminke und Blut, die Zunge nach Wildnis und Salz, Wind und Weite. »Am liebsten gleich hier, auf dem Aushub, o Herz. Diese fürchterliche Gier sollte man nicht schal werden lassen. Aber da ist noch was zu erledigen.«

»Ich weiß.« Jorinde bewegte sich nicht. »Der Mann hinter der Hecke.«

Matzbach seufzte. »Gibt es etwas, was dir nicht entgeht, Holdeste? Kannst du noch fahren? Gut. Hol mich doch bitte hier ab in – sagen wir, zwei Stunden?«

Sie nickte; er gab ihr den Wagenschlüssel.

Drei Minuten später saß Matzbach allein am Rand der Grube; er ließ die Beine baumeln, trat einmal gegen den Sarg, zündete die erloschene Zigarre wieder an und sah den Fackeln beim Niederbrennen zu. Leichter Nachtwind kam auf und brachte den Duft von Geißblatt und Kompost.

Eine der Whiskyflaschen war unberührt, die andere halb voll. Matzbach entkorkte sie möglichst laut, nahm einen Schluck und hielt sie hoch.

»The Glendronach«, sagte er, nicht besonders nachdrücklich. Die Stimme klang dumpf zwischen Grube und Aushub, ihr Widerhall zerfaserte zwischen den anderen Gräbern. »Zwölf Jahre in Sherryfässern gereift. Besser als der Flachmann.«

Der lange dünne Mann im Nadelstreifer tauchte fast geräuschlos hinter der Taxushecke auf, machte einen Bogen um das Grab, blieb stehen, betrachtete Matzbach über das Loch hinweg. Er legte den Kopf schief, als ob er lauschte; dann kam er mit breitbeinigen, wiegenden Schritten und setzte sich.

Matzbach reichte ihm die Flasche. Der Mann nahm sie, setzte sie an den Mund und ließ mindestens hundert Milliliter vergluckern, ehe er wohlig ächzte und den Whisky zurückgab. Er hatte schütteres graues Haar, ein Netzwerk tiefer Falten und Furchen um die Augen, eine Hakennase und einen schmalen Mund. Matzbach schätzte ihn auf mindestens sechzig.

»Worüber sollen wir schweigen?« sagte der Mann.

Matzbach hielt die Zigarre zwischen den Zähnen, grunzte und spielte mit dem Seil, das vor Beginn der Veranstaltung die Fackeln zusammengehalten hatte und auf den Aushub geworfen worden war. Er machte einen Knoten, legte das Seil neben sich, nahm die Zigarre aus dem Mund, nuckelte an der Whiskyflasche und räusperte sich.

»Wenn ich sterbe, wenn ich sterbe, Hab und Seligkeit vererbe, steckt euch Klammern auf die Nasen«, sagte er.

Der Mann hustete. Er zog ein Päckchen Marlboro aus der Hemdtasche, nahm eine Zigarette in die Hand und ergänzte das Osiris-Zitat:

»Und verteilt mich unterm Rasen, demontiert zu kleinen Fetzen, daß die Würmer sich ergetzen.«

Mit einem Einwegfeuerzeug zündete er die Zigarette an, klemmte sie in den Mundwinkel und nahm das Seil. Mit flinken Fingern löste er Matzbachs primitive Bindung und schlug eine Serie komplizierter, kunstvoller Knoten hinein.

Matzbach sog an der Zigarre, dann wieder an der Flasche. Schließlich sagte er halblaut: »Hast du ihm nichts mitgebracht, Käptn?«

Der Mann hob die Brauen, löste die Knoten wieder, schlang neue.

Sie saßen da, schwiegen, tranken, betrachteten die Nacht, die sich vertiefte, und den Sarg, der in der Grube alles Licht des Monds und der Sterne zu schlucken schien.

»Anständiger Kerl«, sagte der Mann irgendwann; mit der Schuhspitze deutete er auf das letzte Behältnis des Poeten. »Und immer n guten Schluck für n ollen Suffkopp wie mich.«

Matzbach schwieg.

»Is n bißchen viel bei uns rumgekraxelt. Weiß nich, ob das vielleich was mit sein Tod zu tun hat.«

»Bei uns?«

»Klinik. Ich bin da Gärtner. Wer bis n du einklich?«

»Matzbach. Baltasar. Bloß so dabei. Weil mich sein Kraxeln interessiert.«

Der Mann gluckste leise. In kleinen und kleinsten Fetzen erzählte er, sein Name sei Hannes Finkele, früher Vollmatrose, »aber da is ja nix mehr los, bloß noch Liberia un Singapur un so.« Osiris habe er in irgendeiner Kneipe kennengelernt, vor Jahren, und seitdem habe man öfter zusammen einen oder zwei oder sieben gehoben.

»Was war das mit dem Rumkraxeln?« sagte Matzbach nach einer weiteren Trink- und Schweigepause.

Finkele legte den Kopf in den Nacken, als müsse er die Sterne zählen. »Ich kenn dich nich. Muß ich erst drüber nachdenken, Mann, ob ich dir was sag oder nicht.«

»Ich sag's Dittmer nicht weiter.«

»Bah, Dittmer.«

Die erste Flasche war längst geleert; Finkele hielt sie einen Moment in der Hand, schleuderte sie dann gegen das Sargende, aber sie brach nicht. Mit einem Knurrlaut stand er auf und verschwand hinter der Hecke, kam aber sofort zurück. Von seiner Rechten baumelte an einem kompliziert beknoteten Seil der Kadaver eines Rehpinschers, mit aufgeschlitztem Bauch. Er hielt das makabre Pendel über die Grube, machte mit der Hand etwas Ähnliches wie ein Kreuzzeichen und ließ den Pinscher samt Seil fallen.

»Da. Andenken.«

»Was hast du eigentlich gegen Hunde?«

Finkele blieb stehen, nahm die halbleere zweite Flasche entgegen, trank und seufzte. »Kann ich nich leiden. Scheißen alles voll. Gab mal ne Zeit, da konnten kleine Kinder im Park krabbeln; heut nich mehr, weil se immer in Hundescheiße grapschen.«

»Reicht nicht.«

»Nee? Hm. Also scheißen; un das Gekläff.«

»Reicht immer noch nicht.«

»Mann, bistu hartnäckig.« Finkele legte den Flaschenhals an sein Kinn; als er weitersprach, blies er die Wörter über die Öffnung, in der sie hohl jaulten.

»Ich hatt ne Enkelin. Süße Kleine, Sonnenscheinchen. Drei Jahre, immer fröhlich. Is von nem Rottweiler zerrissen worden.«

21

Am Sonntagvormittag führte Matzbach ein für die frühstükkenden Ohrenzeugen rätselhaftes Telefonat mit wem auch immer; danach beendete er sein umfangreiches Morgenmahl und überließ den anderen die Diskussion über vagabundierende Moto-Gangs, einen Bestattungstermin für Pauly, Sicherheitsvorkehrungen gegen ähnliche Überfälle und mögliche Zerstreuungen für den Tag. Er hatte wenig über Finkele erzählt, nur, daß er sich für den Abend noch einmal mit ihm verabredet habe. Als er höflich nickend das Haus verließ, in den Wagen stieg und abfuhr, war es nicht einmal Mittag. Jorinde schien mehr zu wissen, sagte aber nichts.

Abends kam er zurück, in tiefer Nachdenklichkeit.

»Na, wo hast du dich rumgetrieben?« sagte Genenger, der am Billardtisch stand und versuchte, die schwarze Kugel in eine der seitlichen Mitteltaschen zu stoßen.

»Bonn.«

»Bonn? Am Sonntag? Da klappen die doch die Bürgersteige hoch, oder?«

»Nur im Regierungsghetto, Junge, aber das liegt sowieso außerhalb der Stadt, irgendwo am Rand des Niemandslands.«

»Ah ja. Und?«

Matzbach deutete allgemein ins Haus. »Wo sind die alle?«

»Ausgeflogen. Arbeiten, Knutschen. Was weiß ich. Jorinde ist glaub ich in der Badewanne. Dschinnie ist für zwei Tage zu Verwandten im Hunsrück.«

Matzbach runzelte die Stirn. »Hm. Ich wollte eigentlich gern eine große Konferenz abhalten, was Maßnahmen und Hilfspersonal und Risikoeinsätze und derlei angeht.«

Genenger schnaubte. »Sehr witzig. Très witzhaft, sozusagen. Mußt du bis morgen früh warten; dann sind Yü und Dany und Bergner auch wieder da. Worum geht's denn?«

Matzbach winkte ab. »Später, nachher, morgen, nächste Woche.« Er verschwand im Flur, wanderte treppauf und fand Jorinde, malerisch drapiert in grünen Schaum, bei der Lektüre einer kindgerecht gekürzten Fassung von *Robinson Crusoe*. Sie wirkte allerdings nicht besonders konzentriert und legte das Buch beinahe mit Erleichterung auf den Wannenrand.

»Na, verwegener Kämpe?«

»Nix Kämpe. Ich hab nur ein paar Erkundigungen eingezogen. Und du, edle Frouwe?«

Sie schloß einen Moment die Augen. »Ich hatte heut nen Anruf von Elvira. So was wie Abbruch der Beziehungen. Will nach der Vorstellung auf dem Friedhof nichts mehr mit mir zu tun haben.« Ihre Augen öffneten sich und waren ein wenig trüb.

»Das tut mir leid; wahrhaftiglich. Ich meine, du weißt ja, was ich von *ihr* halte, aber sie ist, war, ja deine älteste und lange Zeit beste Freundin, oder?«

»Hmh. Im Lauf der Jahre haben wir uns natürlich auseinanderentwickelt, aber das ist ihr wohl erst gestern so richtig klar geworden.«

»Sie wußte aber doch, wie du deine Brötchen verdienst.«

»Ja-a, das schon; aber mitgekriegt hat sie nur irgendwann mal was mit Tischrücken und Kristallkugel. Gestern abend, das ging ihr an die Substanz, hat sie gesagt. Damit will sie nichts zu tun haben.«

Matzbach langte nach dem dicken Schwamm, der auf der Seifenschale lag. »Soll ich dir den Rücken schrubben?«

Sie lachte. »Schwamm drüber?«

»Zum Beispiel.«

»Ja, gern – Und? Hast du was erreicht?«

»Kann man so sehen.«

»Was denn? Jaaa, guut, Tiefer.«

»Voilà, Madame. – Tja, was hab ich erreicht? Ich hatte eine längere Arbeitssitzung mit diesem Hacker, von dem ich dir erzählt hab. Was die Heiligkeit des Datenschutzes angeht, weißt du.«

»Ist er wirklich heilig?«

»Auf dem Papier schon. Die Daten sind da; wenn man weiß, wie man's anstellen muß, kommt man auch ran, aber natürlich darf man nicht.«

»Was hat's gekostet, was hat's gebracht?«

»Tausend. Und gebracht hat's ein paar zwiespältige Dinge. Dieser Finkele, der mir nachher noch ein bißchen erzählen will, war tatsächlich Vollmatrose – zuletzt.«

»Und vorher?«

»Tja, vorher war er Marine. Ist vor Jahren als Kapitänleutnant ausgestiegen, einfach so, unter Verzicht auf alle weiteren Ansprüche. Danach ist er als Vollmatrose gefahren, sehr ungewöhnlich. Und seit fünf Jahren gibt's ihn nicht mehr, datenmäßig.«

»Wie geht das?«

»Das weiß ich auch nicht; jedenfalls ist er futsch. Mal sehen, was er zu erzählen hat.«

»Und du willst morgen mittag tatsächlich in diese komische Klinik, wegen deiner Nabelscheu?«

»Omphalophobie, Werteste. Ja, will ich.«

»Hm. Naja. Also. Gestern abend war nix mehr, heute nacht wird's auch nix mehr, vermutlich, wenn du mit ihm wieder so viel Whisky schlucken mußt. Schließ doch mal die Tür ab.«

Matzbach grinste. »Wieso?«

»Na, aus Gründen der Diskretion.«

»Schon wieder im Wasser?«

»Hebt den Feuchtigkeitspegel, Dicker.«

Matzbach klickte mit der Zunge. »Ich glaube, du willst bloß noch mal meinen Nabel sehen, bevor ich ihn mir entfernen lasse, was?«

»Schließt du jetzt ab?«

»Nee. Außer Genenger ist keiner da, und den schreckt nichts mehr.«

»Dann zieh dich aus, Mann.«

»Wieso? Ach so, sonst siehst du den Nabel ja nicht.«

Beim langen, durch ständig ausufernde Wortwechsel etwas hektischen Frühstück faßte Matzbach seinen Kenntnisstand zumindest grob zusammen und skizzierte noch einmal das geplante Vorgehen. Daniela Dingeldein war nicht dabei; sie mußte für die Gemeindeverwaltung tippen und telefonieren und würde bis in die Nacht hinein winzern. Genenger, Bergner, Yü und Jorinde lauschten, widersprachen, empörten sich, zweifelten.

»Aber was soll das alles, Dicker?« sagte die Hexe; dabei rang sie die Hände. »Entweder verschweigst du uns noch was, oder du bist völlig ausgerastet.«

»Dauerzustand«, murmelte Genenger.

Matzbach seufzte. »Na gut. Dann will ich euch noch was dazu erzählen. Ein Teil ist, na ja, ein bißchen fantastisch, reine Spekulation, behalt ich lieber für mich. Aber Finkele hat mir ein paar Flöhe in sämtliche Ohren gesetzt.« Er zögerte; dann schüttelte er den Kopf. »Macht was draus. Also. Er kennt zwei Zugänge zum unterirdischen Wegesystem. Einer ist im Keller; kommt man nicht ran, ohne aufzufallen. Der zweite, der, den wir benutzen werden, klingt wie aus nem Hintertreppenroman. Und zwar geht's durch nen Brunnen.«

Yü rieb sich die Augen. »Brunnen? Uh.«

»Klingt wie bei Karl May; er hat's aber sehr genau beschrieben, also... Irgendwie hat er's durch Zufall entdeckt – sagt er jedenfalls. Der Brunnen hat nen gemauerten Rand, den hat er mal repariert, weil ein paar Steine locker waren oder die Winde gequietscht hat oder so. Dabei ist ihm Werkzeug runtergefallen. Am Schachtrand ist ne eiserne Leiter, also ist er runter, und dabei hat er den Einstieg gefunden, reiner Zufall.«

»Das kann doch nicht alles sein«, sagte Genenger. »Spuck's schon aus, Mann.«

»Hinter einer Lügengeschichte verbirgt sich, wie Konfuzius sagte, oft eine viel verlogenere Wahrheit.« Yü lächelte ein wenig mühsam.

Bergner spielte mit seinem Feuerzeug. »Ich bin gar nicht sicher, ob ich die Wahrheit wissen will. Im Moment ist alles so wunderbar romantisch.«

Matzbach keckerte. »Wird gleich noch romantischer.« Er beugte sich vor. »Finkele hat mich irgendwann scharf angesehen und gesagt: ›Ist dir schon mal aufgefallen, daß in letzter Zeit ein paar bekannte Leute nicht mehr zu sehen waren?‹ Ich sag: ›Welche meinst du?‹ ›Na ja‹, sagt er, ›Genscher, zum Beispiel, und Schmidt, und noch ein paar.‹ Ich sag: ›Die sind ja auch nicht mehr in irgendwelchen Ämtern, und das öffentlich-rechtlose Fernsehen präsentiert uns doch immer nur Leute, die was zu sagen haben und deshalb nicht reden wollen.‹«

»Was soll das werden, wenn's fertig ist?« sagte Jorinde.

»Tja, Weib, wappne dich. Dann hat er mir erzählt, er hätte vor kurzem noch mal einen Gang durch diese, äh, Unterwelt gemacht, vorsichtig, und dabei aus der Ferne eine erleuchtete Halle gesehen, und da drin saßen Genscher und Schmidt und noch ein paar, bewacht von Leuten mit Schußwaffen.«

»Der Irrsinn der Klinik-Gärtner ist gleich dem Gebell des Kolibris«, sagte Yü. »Je lauter, desto unglaublicher.«

»Konfuzius?« sagte Bergner.

»Tschuang-tsu.«

»Mag sein, mag sein.« Matzbach formte ein Bällchen aus Weißbrotteig und warf damit nach dem Chinesen. »Jedenfalls trau ich ihm nicht. Der Kapitänleutnant als Vollmatrose, okay; auch der Vollmatrose als Gärtner. Aber der Kapitänleutnant als Gärtner in einem Betrieb, der offenbar irgendwie mit dem Staatsapparat zusammenhängt, positiv oder negativ, den nehm ich ihm nicht ab. Nicht einfach so.«

»Vergiß nicht den Pinscher«, sagte Genenger. »Osiris hatte nichts gegen Hunde, jedenfalls nicht grundsätzlich; hat er oft genug gesagt. Aber er hat diese verzärtelten, verzüchteten Kleinviecher gehaßt ...«

»Du meinst, wenn Finkele ihn wirklich hätte ... na ja, ehren wollen, hätt er ihm nen Dobermann dargebracht?«

»Jedenfalls keinen Pinscher, Chihuahua, Zwergpudel oder sonst ne Form von Kläffratte.«

»Hast du eigentlich ne Ahnung, seit wann dieses Hundekillen hier stattfindet?«

Genenger überlegte. »Nhnhnh ... Also, in dieser Form erst jetzt. In den letzten Jahren hat's das hin und wieder mal gegeben – frag mich nicht, genau weiß ich's nicht, aber ich würd mal schätzen, zwei oder drei pro Jahr. So richtig massenhaft, das ist neu.«

Matzbach schob die Reste seines Frühstücks beiseite und breitete eine von ihm mit Kreisen und Strichen versaute Detailkarte aus.

»So, zu den Ereignissen des Abend. Irgendwas ist da, unter dem Regierungsbunker.« Er zog einen Flunsch. »Wenn man's bloß genauer wüßte. Wir wissen ja ungefähr, bis in welche Tiefe der eigentliche Bunker reicht. Wenn meine Schätzungen stimmen, das heißt, wenn nicht irgendwo riesige Treppenanlagen sind, müßten die Gänge ungefähr hundert Meter unter dem amtlichen Bunker enden. Oder sich treffen.«

»Und was hast du da jetzt vor?« Jorindes Ausdruck schwankte zwischen Skepsis, Spott und eine Art Neid. »Nimmst du diesem Finkele die Sache mit Schmidt und Genscher und Konsorten ab?«

»Ich nehm ihm nichts und alles ab. Er schluckt; vielleicht sind das alles weiße Mäuse. Andererseits sind die Beschreibungen über diese komische Unterwelt, die er gegeben hat, zu klar und zu fantastisch ... Ich weiß es nicht. Vielleicht ist er nur ein harmloser Gärtner, hat was gefunden und will es teilen, wie eine Flasche Schnaps. Vielleicht ist er ein ... Mitarbeiter des Apparats, wie auch immer der aussieht, und will mich in die Höhle des Löwen locken, um mich da verschwinden zu lassen, weil das weniger aufwendig ist als ein verschleierter Mordanschlag hier draußen. Vielleicht ist es irgendwas dazwischen, von allem was, oder viel komplizierter.« Er rollte die verschmierte Karte zusammen und klopfte mit der Gerolle auf den Tisch. »Jedenfalls – eine Reihe Leute, die Ahnung von Bunker und Umgebung haben könnten; alle sterben in den letzten zweieinhalb oder drei Jahren unter nicht immer eindeutigen Umständen. Wir fangen an, in der Sache zu popeln, und sofort fliegende Brandbomben, der Staat interveniert, dazu diese komische Klinik und ein komischer Gärtner. Andere komische Dinge nicht zu vergessen.«

»Was etwa noch?« sagte Genenger.

»Keiner von euch hat mir gesagt, und ich Dummbacke hab es erst heut früh registriert, daß PC, Disketten und MusiKassetten futsch sind. Habt ihr die versteckt?«

Schweigen.

»Na, also. Haben die Sheriffs mitgenommen, wie? – Noch was. Egal, ob da was drauf war oder nicht, irgendwer ist hier ziemlich gründlich. Aber noch einer ist manchmal gründlich, wenn er nicht grade poft. Der Hacker, von dem ich euch erzählt hab, hat sich mir zuliebe, und wegen meiner Scheinchen, in Regierungsdateien eingeklinkt. Alles streng geheim, klar, aber was heißt das schon? Wir haben sogar den Bunker gefunden, die Kosten und ihre Verteilung auf mehrere Ressorts. Aber – den zweiten Bunker, den darunter, gibt es nicht.«

»Vielleicht gibt's ihn ja wirklich nicht«, sagte Bergner.

»Unfug. Den gibt's. Ich frag mich bloß, wer ihn betreibt. Bis vor ein paar Jahren hätt ich KGB gesagt, aber die sind mit anderen Dingen beschäftigt. Stasi auch; gibt's zwar noch, aber für so was Großes reicht's nicht mehr. Es ist offenbar kein NATO-Unternehmen, hängt nicht mit der Bundeswehr zusammen; die CIA hat keine Zeit, muß Clinton beschnüffeln. Wer bleibt da noch?«

»Die Opposition?« sagte Genenger.

»Bah. Die können doch nicht bis drei zählen. Nein, ich weiß es nicht, ich will's aber wissen.«

»Könnte verdammt riskant werden«, sagte Bergner. »Wozu brauchst du die Knallerbsen, die ich besorgt hab?«

«Das ganze Leben ist riskant und endet tödlich. Der Chinesenmensch und ich, wir wollen uns da umsehen. Die Knallerbsen sind für den Fall, daß uns jemand an der Rückkehr hindert.«

»Sollen wir nicht besser alle mitkommen?« sagte Jorinde. »Von wegen – mehr Truppen?«

»Hast du Blut geleckt, edle Frau?«

Sie grinste leicht. »Kann man so nennen. Außerdem, nobler Held, verlangt mich allezeit nach deiner Nähe.«

»Nix da. Wenn's gut geht, sind Yü und ich genug Truppen...«

Genenger unterbrach. »Mag sein, aber könnt ihr mit den Knallerbsen umgehen, was immer für Schoten das sein mögen?«

Yü rümpfte die Nase. »Ich verfüge zu meiner unausrottbaren Schande über gewisse mangelhafte Fertigkeiten im Umgang mit Zündungen, Zündern und Entzündungen.«

»Und«, sagte Matzbach, »wenn's schiefgeht, müssen wir nicht mehr Köpfe riskieren als unbedingt nötig.«

»Darüber reden wir noch«, sagte Jorinde; es war eher ein Knurren.

»Du schuldest uns noch eine Geschichte.« Genenger zwinkerte. »Irgendwas mit einem Schneeschuhkarnickel, glaube ich.«

Matzbach winkte ab. »Das ist eine Geschichte für Überlebende. Wenn überhaupt.«

22

Die Klinik lag inmitten üppiger Gartenanlagen, mit Baumgruppen und schattigen Wegen, einem Heckenlabyrinth, Teichen, Sportplätzen und Blumendschungeln; alles war umgeben von einer zwei Meter hohen Mauer aus bemoosten Bruchsteinen. Die Gebäude selbst, angeordnet wie Bruchstücke eines eckigen Hufeisens, schienen vor kurzem neu verputzt worden zu sein. Der prospektive Patient B. Maselberg entlohnte den Taxifahrer und stand mit einer Reisetasche eine Sekunde vor dem großen Eisentor, ehe er die Gegensprechanlage fand. Nachdem er sich vorgestellt hatte, wurde der Summer betätigt.

Matzbach wanderte den mit schneeweißem Kies belegten Fußweg entlang; die asphaltierte Auffahrt schlug sich rechts in einem weiten Bogen durchs Gebüsch, aus dem plötzlich der Geierkopf von Hannes Finkele auftauchte. Sie wechselten ein Blinzeln.

Unter dem weißen Vordach, getragen von weißen Säulen, wartete eine Weißgewandete mit dunklem Haar, die sich als Schwester Edeltraud vorstellte. Sie geleitete Matzbach in den Mitteltrakt des Klinikgebäudes. Als sie über den mit weißem Linoleum ausgelegten weißgestrichenen Flur gingen, sog Matzbach tief die aromatische Luft ein.

»Ich kann mir nicht helfen – irgendwie riecht es nach Krankenhaus.«

Die Schwester lächelte; sie hatte spitze weiße Mausezähne. »Das liegt wahrscheinlich daran, daß wir ein Krankenhaus sind.«

»Ach.«

Finkele hatte Lage und Einrichtung des großen Konsultationsraums trefflich beschrieben, wie Matzbach feststellte. Aus den unendlich großen, bis zum Boden zu öffnenden Fenstern blickte man auf die Lebensbaumwülste und Buchsbaumpyramiden des Auffahrtsgeländes. Die weißen Wände prangten mit guten Picassodrucken und protzten mit medizinischen Auszeichnungen.

Der Professor, statuesk hinter einer Art Chippendale-Schreibtisch mit zierlich gekrümmten Beinen und beschnitztem Plattenrand, blickte über seine Brille auf den neuen Klienten.

»Professor Laibnitz, mit a, keine Kekse«, sagte er. »Und Sie sind Herr Maselberg?«

Er erhob sich, kam in einer Art von schleichendem Schweben um den Tisch, drückte Matzbachs Hand, nickte der Schwester zu und deutete auf die burgunderroten Ledersessel. Eigenhändig brachte er ein Tablett mit silberner Thermoskanne, Tassen, Sahne und Zucker zum Tisch der Sitzgruppe.

»Darf ich Ihnen einen Begrüßungskaffee eingießen?«

»Sehr gern, vielen Dank.«

Die Tür schloß sich hinter der Schwester. Laibnitz füllte zwei Tassen, schob die Brille höher auf den Nasenrücken und lehnte sich in den Sessel; die Hände faltete er über dem kleinen Spitzbauch.

»Nun, Sie haben also Probleme mit Ihrem Nabel?«

Matzbach nickte, langte in die Reisetasche und zog ein Bündel Banknoten heraus.

»Zur Klärung dieses Teils der Behandlung«, sagte er. »Ich hoffe, zehntausend Mark sichern mir zumindest für die ersten Tage Ihr Wohlwollen und Ihre guten Dienste.«

Laibnitz nahm das Bündel entgegen, spielte damit, klatschte es auf seinen linken Oberschenkel. »Darauf können Sie sich verlassen. Danke sehr – zunächst einmal. Könnten Sie mir ein wenig mehr über Ihr Problem erzählen?«

Matzbach rührte in seinem Kaffee. »Das ist gleichzeitig einfach und kompliziert, Professor. Darf ich, bevor ich in dusselige Monologe ausbreche, nach Ihrer Ausbildung fragen?«

»Ich war zunächst Internist, bin aber relativ bald auf Chirurgie umgestiegen, Spezialgebiet Kosmetische Chirurgie. Außerdem bin ich Psychoanalytiker.«

Matzbach atmete auf. »Wunderbar. Die ideale Kombination, jedenfalls für meinen Bedarf. Das erspart uns vielerlei Drumherumreden. – Sagen Sie, meine oralen Gelüste sind sehr ausgeprägt. Darf ich rauchen?«

Laibnitz zögerte, betrachtete dann das Notenbündel und nickte. »Selbstverständlich.« Er stand auf, ging zu einem Glasschränkchen und kam mit einem Metallnapf zurück. »Bitte sehr.«

Matzbach entzündete eine Zigarre. »Ah. So ist es gut. Ich glaube, ich sollte Ihnen, ohne zu sehr ins Detail zu gehen, einfach mal die Gründzüge des Problems darlegen.«

Laibnitz nickte und blickte zuvorkommend-aufmerksam drein.

»Ich hatte eine extrem dominante Mutter, was schon in früher Kindheit zu, wie soll ich sagen, ödipalen Interferenzen führte.»

Laibnitz blinzelte hektisch, sagte aber nichts.

»Ich erinnere mich, daß ich oft im Bett meiner Mutter schlafen durfte. Nicht nur, wenn mein Vater nicht zu Hause war. Er schlug sein Nachtquartier dann in der Dachkammer auf. Bis zum Beginn der Schulzeit hat meine Mutter mich mit Vorliebe in Mädchenkleider gesteckt und sehr, nun ja, feminin geprägt. Um nicht zu sagen feministisch. Was in der Schule natürlich in ewigen Hänseleien mündete. Ach, es war insgesamt rauh und unerfreulich. Es kommt hinzu – ich bin Jahrgang 39, müssen Sie wissen –, daß in der unmittelbaren Nachkriegszeit zuerst Köln, dann Frankfurt, wo wir gewohnt haben, keine besonders behaglichen Orte waren, und die Lehrer, meist Kriegsheimkehrer, ebenso betont maskulin taten, wie die behelfsmäßigen Schulgebäude unweiblich und, äh, ungeborgen waren. Und kalt, furchtbar kalt, vor allem im Winter, aber auch sonst. Ich glaube, damals habe ich, natürlich ohne es formulieren zu können, zum ersten Mal wirklich dringend gewünscht, regressiv-intrauterine Tendenzen ausleben zu können. In dieser Zeit hatte ich auch ewig Angstträume – Korridore, an deren Ende etwas Kaltes, Helles wartete, um mich zu fressen, und ich wußte oder fühlte, hinter mir lag eine warme Kammer, in die ich nicht heimkehren durfte. Das ging gewissermaßen nahtlos in die üblichen präpubertären Zwangsträume mit Leitern und Treppen über.«

Laibnitz zupfte an seiner Brille, schob sie wieder hoch und nickte mehrmals. Dabei machte er mit den Händen Ruderbewegungen.

»Nun, um diese lange Geschichte kurz zu machen: Später habe ich mich dem, eh, eigenen Geschlecht zugewandt, ohne es eigentlich zu wollen. Einfach, weil ich in jeder Frau meine Mutter sah, die inzwischen mit über achtzig Jahren immer noch genauso dominierend ist wie früher. Ich habe sie länger nicht gesehen; das verursacht zwar Schuldgefühle, die sind aber besser zu ertragen als ... die alte Frau.« Er rieb sich die Augen und brachte ein überzeugendes, trockenes Schluchzen zustande. »Mit demnächst dreiundfünfzig, wissen Sie, will ich diesen ganzen Unfug endlich loswerden. Es ist ein scheußliches Gemenge von Anziehung und Abstoßung, von Welt und Mutterleib, von Mann und Frau. Und es ist, als ob ich noch immer mit der Alten vernabelt wäre. Als ob ich erst anfangen könnte zu leben, spät, o wie spät, wenn endlich die Nabelschnur wirklich zertrennt wird. Ein Kollege von Ihnen hat mir im Scherz vorgeschlagen, meine Mutter umzubringen. Können Sie sich vorstellen, daß ich es ernsthaft erwogen habe?«

»O ja, das kann ich sehr gut. Der Fall ist nicht so ungewöhnlich.«

»Ich weiß, aber das macht es nicht leichter. Da ich dazu

psychisch nicht imstande bin, nicht zu reden von gewissen strafrechtlichen Konsequenzen, habe ich alle negativen Gefühle auf den Nabel transferiert. Er, mein Nabel, ist mir zutiefst widerwärtig geworden, Professor. Er ist scheußlich, glitschig, klebrig, ekelhaft, das Emblem aller Gräßlichkeit und Sklaverei. Da, schauen Sie, ist er nicht furchtbar?«

Matzbach stand auf, knöpfte an seinem Hemd herum, wölbte seinen Bauch vor und drehte das Gesicht zur Seite.

»Na ja... Ungewöhnlich üppig, und ungewöhnlich komplexer Knoten«, sagte Laibnitz.

Matzbach knöpfte sein Hemd wieder zu, mit fahrigen Händen; er starrte den Professor grimmig an und sagte sehr laut: »Für die kleine Anzahlung da kann ich wenigstens erwarten, daß Sie mich ernstnehmen, oder?«

»Ja, selbstverständlich, entschuldigen Sie.« Laibnitz stand auf und ging zu seinem Schreibtisch. Er nahm den Hörer des Telefons ab, drückte eine Taste, murmelte etwas, lauschte, murmelte wieder, hängte ein und kam zurück.

»Ich habe schnell mit einem Kollegen gesprochen; wenn Sie mögen, würde er sich gern heute abend mit Ihnen unterhalten. Gegen halb neun.«

»In Ordnung.« Matzbach sog an der fast erloschenen Zigarre und stieß Qualmwolken aus.

»Und nun? Was genau wünschen Sie sich von uns?«

»Sehen Sie, Professor, ich weiß sehr wohl, daß diese Abscheulichkeit meines Nabels eine, wie soll ich sagen, symbolische Manifestation ist, Verdrängung, Gestaltwerdung oder Gestaltgebung anderer Dinge. Ich leide aber seit Jahren daran, an Omphalophobie, und irgendwie bin ich überzeugt davon, daß es mir inzwischen gelungen ist, alle Negativität im Nabel zu konzentrieren beziehungsweise auf den Nabel zu übertragen. Mit der Beseitigung des Nabels, gewissermaßen als Opfer oder Exorzismus, könnte alles verschwinden, was sich letzten Endes in dieser Phobie ballt.«

»Eine interessante These«, murmelte Laibnitz.

»Ich habe mich in den letzten Jahren Dutzenden von Analysen unterzogen, habe mich hypnotisieren lassen, Reinkarnationstherapien mitgemacht, ich habe wirklich alles versucht, aber die Omphalophobie ist immer schlimmer geworden.«

»Wie stellen Sie sich das denn praktisch vor? Und was erwarten Sie hinterher von Ihrem Leben?«

Matzbach faltete die Hände hinter dem Kopf und starrte an die Stuckdecke. »Tja, eine schwierige Frage. Ich, eh, ich hoffe, wenn die Omphalophobie beseitigt ist, auf welche Weise auch immer, endlich mutterlos zu sein. Gewissermaßen neu geboren, nicht aus einem Uterus, sondern ohne Nabelstrang, aus einem kosmischen Ei vielleicht? Wer weiß. Ich habe weder die Hoffnung noch das Ziel, anschließend als normaler – was auch immer das ist – als normaler Mann mit entsprechend veranlagten Männern zu verkehren und bisweilen auch mit Frauen. Ganz normal wird es nie werden, dazu ist es zu spät, dazu bin ich zu alt. Ich wäre schon froh, wenn es mir gelänge, in den verbleibenden erotisch nutzbaren Jahren von negativ aufgeladener Bisexualität, die nie sehr befriedigend war, zu einer ruhigen, gelassenen, einwilligenden Form der sexuellen Gestaltung zu kommen. Sagen wir, von negativer Bisexualität zu positiver Androgynie.«

»Omphalophobie«, sagte Laibnitz nachdenklich. »Höchst interessantes Problem, mein Lieber. Die Fachliteratur ist da sehr dürftig. Wären Sie eventuell einverstanden, wenn ich Ihren Fall, natürlich ohne Namensnennung, wissenschaftlich aufbereitet publizieren würde?«

»Wenn das wirklich ohne Namensnennung oder verfolgbare Spuren geht... Was die praktische Seite betrifft.« Er blies eine Reihe immer kleinerer Rauchringe, die sich ineinander schoben, hoch im Raum einen überdimensionalen Nabel bildeten und dann an der Decke verwaberten. »Sie betreiben ja hier Schönheitschirurgie.«

»Kosmetische Chirurgie, bitte.«

»Wie Sie wollen. Ich nehme an, Sie können notfalls Leuten ein anderes Gesicht verpassen.«

Laibnitz lächelte. »Das, eh, tun wir gelegentlich, ja.«

»Und deswegen hoffe ich, Ihnen fällt etwas ein, um mich entweder vom Nabel ganz zu befreien, oder aber dieses widerliche Objekt so zu verkleiden, daß ich auch bei der täglichen Reinigung das Ding nicht sehen oder gar berühren muß.«

»Ausfüttern und verkleiden... eine kleine Hauttransplantation... hm.« Laibnitz schloß die Augen. »Könnte gehen. Jedenfalls einfacher als die vollständige Entfernung.«

»Es kommt noch hinzu, daß mich in der letzten Zeit wieder verstärkt Träume heimsuchen. Ist Ihnen Delphi ein Begriff?«

Laibnitz nahm die Brille ab und putzte sie mit seinem Schlips. »Delphi? Sie meinen das antike Orakel?«

»Genau. Nach Überzeugung der Alten – ich meine jetzt die Bewohner der Antike, nicht meine Mutter – also, für die Griechen war in Delphi in einem Spalt der Nabel der Welt, der Omphalos. Die Seherin, Pythia, hockte über dem Spalt und sagte wahr. Oder unwahr. Seit einiger Zeit träume ich nun, ich hänge irgendwie in diesem Spalt. Unter mir ist ein mit – ah, Spikes, oder Lanzenspitzen, bewehrter Nabel, der meinem gleicht. Da will ich auf keinen Fall hinabstürzen. Es können natürlich diese Lanzen auch ein vervielfältigter Phallus sein. Und über mir klafft die mit Zähnen ausgestattete Vulva der Seherin, die vermutlich meine Mutter ist.«

»Scheußlich. Aber ich verstehe Sie. Positive Androgynie. Hm. Wir sollten das heute abend mit dem Kollegen Blach bereden. Ich wäre sehr dafür, wenn Sie sich jetzt zunächst einfach ein wenig akklimatisieren würden. Ihr Zimmer in Besitz nehmen, vielleicht ein kleines Schläfchen oder ein Gang über das Gelände. Minigolf ist da, Tennis auch, und wenn Sie schwimmen möchten ... Nein? Gut. Um halb sieben gibt es Abendbrot. Patienten können, wenn sie Wert darauf legen, in ihren Zimmern essen; ich würde mich aber sehr freuen, wenn Sie uns im Speisesaal die Ehren geben wollten, am Ärztetisch. Ein hochinteressanter Fall. Hochinteressant.«

TEIL III

NOBEL

23

Nachdem er seine Sachen in dem geräumigen hellen Zimmer untergebracht hatte, wanderte Matzbach durch die Parkanlagen. Er begegnete zahlreichen Menschen mit Kopfverbänden, wich einem fetten Mann aus, der gestikulierte und Selbstgespräche führte, betrachtete einige Artisten beim Minigolf und vier Genies beim Tennis, nickte Finkele zu, der mit einem Schuffeleisen Unkraut aus einem Kiesweg entfernte, und schlenderte nicht besonders zielstrebig zur Vorderseite des Areals. Irgendwo zuckte trotz der Windstille etwas, ein Zweig einer Staudengruppe; Matzbach ließ sich auf die davor stehende Bank sinken und zündete umständlich eine Zigarre an.

»Gutes Fernglas«, sagte Yü, ohne die Staudenbüsche zu verlassen. »Das Geld hat er in den Safe gelegt.«

»Wo?«

»Hinterm Schreibtisch. Da hängt was, Pik As Oh, oder so. Muß man beiseite schieben.«

»Kompliziert?«

Yü schnalzte leise; er nannte die Kombination. »Alles läuft wie vorgesehen«, sagte er dann.

Matzbach zögerte. »Die schmalzverstopften Ohren des unwerten Westbarbaren hören etwa einen Unterton in Euren herrlichen Ausführungen?«

Yü kicherte. »Wie Konfuzius sagt, hört man entweder zu viel oder zu wenig, aber immer das Falsche. Bis nachher. Bleibt's bei halb acht?«

»Ja.«

Nach einigen Minuten augeregten Essens und gebärdenreichen Redens bat Matzbach um Vergebung und Auskunft spezieller Art. Dr. Blach, der Anstaltspsychologe, nannte ihm die Anzahl der Türen auf der linken Seite des Gangs. Matzbach stand auf, verbeugte sich und ging hinaus.

Der Gang lag still und starr, keine Passanten in Sicht.

Der Konsultationsraum von Prof. Dr. Laibnitz war nicht verschlossen; Matzbach klopfte, öffnete, ging hinein und zog die Tür hinter sich zu.

Vier Minuten später betrat er die Toilette, schloß sich ein, sortierte die Funde und verstaute sie dezentral, um keine auffälligen Wölbungen zu bewirken. Die Aufzeichungen betrafen dem schnellen Überfliegen nach vor allem Gesichtsveränderungen bei Patienten mit Initialen bzw. Kürzeln wie HDG II, HS III, BE I, OL II, dazu einige stichwortartige Notizen über das jeweilige Allgemeinbefinden. Auffallend oft tauchte dabei der wenig aussagende Begriff *Syndrom* auf. Die Banknoten legten den Schluß nahe, daß die Klinik, oder Laibnitz persönlich, entweder oft barzahlende Kunden hatte oder oft Bargeld brauchte; Matzbach schätzte die Gesamtsumme auf über 50 000 DM.

Er kehrte zum Speisesaal zurück und beendete sein Abendmal. Nachdem er sich mit Dr. Blach noch einmal für halb neun verabredet hatte, ging er zu seinem Zimmer. Reisetasche und Pyjama – kurz, lila, mit grünen Schlangenmustern – ließ er im Zimmer; alles andere barg er in Hose, Jacke, Hemd oder sonstwo am Körper.

Es war ein weiterer schöner, heißer Sommerabend; fast die gesamte Belegschaft der Klinik schien unterwegs. Wie Finkele vorhergesagt hatte, fielen Personen, die nicht dazugehörten und Nebenwege gingen, zu dieser Stunde überhaupt nicht auf.

Der Brunnen lag in einer Senke, unterhalb der Tennisplätze; den Zugang behinderten Brombeermassen und Komposthaufen.

»Was wollt *ihr* denn alle hier?«

»Ich habe dich beinahe vermißt«, sagte Jorinde leise zur Begrüßung; sie hauchte ihm einen Kuß auf die Lippen. »Ich dachte, die machen vielleicht eine Vivisektion mit dir oder, was schlimmer wäre, eine Analyse.«

Matzbach streichelte sie. »Gutes Mädchen. Sollen wir am Ende doch heiraten?«

Sie seufzte. »Der denkbar beste Ort und Zeitpunkt für einen Antrag, ja?«

Matzbach giggelte. »Immerhin kein lautes Nein.«

Er begrüßte die anderen, inspizierte die mitgebrachten Gegenstände und Taschen, nickte und scheuchte sie dann fort. »Finkele müßte gleich hier sein; haut ab, Freunde. Und im übrigen alles wie besprochen, ja?«

»Mehr oder minder«, sagte Bergner.

»Was heißt das?«

»Das heißt, daß wir nicht beabsichtigen, den Kram diesem Chinesen zu überlassen und zu verschwinden«, sagte Genenger. Jorinde nickte heftig.

Matzbach ächzte. »Seid ihr alle wahnsinnig? Laßt das doch Yü und mich machen. Wer weiß, was passieren kann.«

»Eben.« Jorinde sah ihm in die Augen. »Da wollen wir dich doch nicht allein lasen.«

Schrilles, unmelodisches Gepfeife war zu hören; es kam von den Tennisplätzen.

»Scheiße«, sagte Matzbach. »Das ist Finkele; die Luft ist rein. Haut ab, versteckt euch; und kommt bloß nicht hinterher. Bemannt die anderen Ausgänge, wie besprochen. Bitte bitte bitte.»

Sie verschwanden hinter Hecken und Büschen, samt allen mitgebrachten Utensilien.

Matzbach knurrte leise vor sich hin, bis Finkele den Brunnen erreichte.

Der Gärtner hatte sich irgendwann in den letzten 24 Stunden rasiert; er sah beinahe unwirklich verändert aus. Zwei Schritte vor Matzbach, der am Brunnenrand lehnte, blieb er stehen und zog den Flachmann.

»Da. Schluck? Grimmig siehste aus. Is was?«

Matzbach trank, schüttelte sich, wischte den Mund und gab das Trinkgefäß zurück. »Grimmig? Ah, ein bißchen nachdenklich. Ich hab grad über noble Gesten nachgedacht.»

»Noble Gesten?«

»Na ja, deine zum Beispiel. Daß du mich da unten reinbringen willst.»

Finkele zog den Inhalt der Nase hoch und spuckte aus. »Is nich so nobel, Mann. Knete is nich nobel.»

»Stinkt aber auch nicht.»

Finkele nickte und streckte die Hand aus. Matzbach wühlte in der rechten Hosentasche, berührte den irgendwie beruhigenden Griff seiner Pistole und zog die zusammengerollten Scheine heraus, zwei Fünfhunderter.

»Da. Bitte sehr.«

Finkele entrollte die Scheine und hielt sie an die Nase. »Stinkt wirklich nich.« Er grinste und steckte sie ein. »Los?«

Matzbach nickte nur. Finkele schaute sich noch einmal um, dann kletterte er auf die Brunnenumrandung und begann den Abstieg. Matzbach folgte.

Die Eisenleiter war angerostet, aber – wie Finkele gesagt hatte – stabil genug für zwei Männer, notfalls auch für mehr. Nach etwa sechs Metern drückte sich Finkele seitlich in eine Öffnung, die von oben nicht zu sehen war.

Dahinter lag ein dunkler, feuchter Raum aus grob behauenen Steinen. Im Licht der Stablampe des Gärtners sah Matzbach die Münder oder After dreier Stollen – rechts, links, geradeaus, wobei »geradeaus« sich im rechten Winkel vom Brunnen entfernte.

Finkele legte einen Finger an die Lippen. »Versorgungs- und Luftschächte«, flüsterte er. »Jetzt müssen wir leise sein.«

Er deutete in den »geradeaus« führenden Stollen und ging voraus. Es war dunkel, und nach ein paar Metern senkte sich der Gang, wurde niedriger und enger und führte schräg abwärts. Finkele murmelte etwas von »Vorsichtsmaßnahmen« und knipste seine Lampe aus. Verkrampft, mit eingezogenem Kopf folgte Matzbach ihm in die Schwärze und hoffte, daß das am Stolleneingang verlorene Taschentuch sinnvoll placiert war. Dann vergaß er alle Hoffnung und sämtliche Taschentücher und ging immer weiter abwärts, immer weiter, eine Hand an der rissigen Wand, die andere auf Finkeles Schulter. Die Füße und die Waden begannen zu schmerzen. Als Finkele irgendwann stehenblieb, warf Baltasar einen Blick auf das Leuchtzifferblatt seiner Uhr: eine Stunde seit Stollenbeginn. Es schätzte, daß sie etwa zwei Kilometer zurückgelegt hatten, vielleicht etwas mehr, und nach kurzem Kopfrechnen nahm er an, daß sie nun etwa 150 Meter tiefer waren als am Anfang.

»Kleine Halle«, murmelte Finkele.

Matzbach blickte angestrengt nach vorn und glaubte, in der Schwärze einen winzigen Leuchtpunkt ausmachen zu können.

»Psst. Weiter.«

Der Leuchtpunkt wurde größer, wenn auch nur langsam. Quell des Lichts war eine nackte Glühbirne, die in einem vielleicht zehn Quadratmeter großen Raum von der Decke baumelte. Hier kamen vier Stollen zusammen; in der Mitte war ein Loch im Boden, aus dem die Enden einer weiteren Eisenleiter ragten.

Finkele deutete nach unten und kletterte als erster in den Schacht. Matzbach beugte sich weit vor, spähte hinunter und sah in der tiefen Ferne wiederum ein Leuchten.

»Kommen wir zum Magmakern?« sagte er leise.

Finkele gluckste. »Schhhhh. Noch ne Halle. Komm.«

Sie kletterten. Matzbach dachte zwischendurch mit Entsetzen daran, den gleichen Weg zurückkrabbeln zu müssen, was nicht zu seinem Plan gehörte, aber nicht auszuschließen war.

Die nächste Verbindungshöhle war ebenfalls nur mit einer Glühbirne erleuchtet. Auch hier gab es vier Stollen, aber sie waren mit schweren Stahltüren gesichert und unzugänglich. Über einer dieser Stahlplatten kroch ein armdickes Kabelbündel aus der Wand. Ein Kabel führte zur Lampe und von da den Schacht hinauf, den sie eben herabgekommen waren. Die übrigen verschwanden in den Wänden über den anderen Türen. Bis auf eines, das in etwa eineinhalb Meter Höhe über einem Gitter zu enden schien.

Finkele zog einen Schraubenzieher aus der Jacke und machte sich an diesem Gitter zu schaffen. Es war offenbar nicht schwer zu lösen; nach wenigen Sekunden hielt er es in der Hand und setzte es geräuschlos auf den Boden.

»Hier rein.«

Er schob Kopf und Arme in die Öffnung, stieß sich mit den Füßen ab und kroch in etwas, das Matzbach für einen Lüftungsschacht hielt. Besser: ein Lüftungsrohr. Es war aber breit genug, um sogar seine 110 Kilo aufzunehmen.

Allmählich gingen ihm die Taschentücher aus, aber das herausgenommene Gitter sollte eigentlich unübersehbar sein. Er kroch hinter Finkele her, diesmal nicht sehr lang. Finkele krabbelte an irgendetwas herum, das metallisch klang, vermutlich ein weiteres Gitter; dann verschwand er.

Matzbach erreichte das Ende des Schachts und spähte hinaus. Kaum einen Meter unter ihm befand sich der Boden eines breiten Gangs, schwach beleuchtet von weit verteilten Lampen an der Decke. Finkele stand neben dem Schlupfloch und winkte ihm.

Matzbach zögerte, blickte sich noch einmal um. Rechts hinter Finkele, in halber Höhe an der Wand, war eine Kamera montiert, die den Gärtner vermutlich noch nicht erfaßt hatte. Sie war so gerichtet, daß sie nur das unmittelbar vor und unter ihr befindliche Gangsegment registrieren konnte; vermutlich ließ sie sich von der Zentrale aus schwenken. Er kroch hinaus, ließ sich auf die Hände kippen, zog die Beine nach und stand auf. Ohne Finkele zu beachten, drückte er sich die Wand entlang zur Kamera, hielt sie mit einer Hand fest und riß mit der anderen die Kabel heraus.

»Scheiße«, sagte Finkele halblaut.

Als Matzbach sich zu ihm umdrehte, hatte der Gärtner eine kurzläufige Pistole in der Hand. Sie wies auf Matzbachs Bauch.

»Deine Waffe bitte.«

Matzbach holte langsam, vorsichtig einen Revolver aus einer Jackentasche, hielt ihn am Lauf und reichte ihn Finkele.

»Danke. Und jetzt bitte umdrehen und geradeaus weiter.«

Matzbach nickte, lächelte, drehte sich um und marschierte ohne Eile den Gang hinunter, vorbei an der nutzlosen Kamera, weg vom gitterlosen Lüftungsschacht.

»Das scheint dich gar nicht zu überraschen.«

Matzbach blickte über die Schulter zurück. »Nein, Herr Kaleu. Überascht mich nicht.«

Finkele schnitt eine Grimasse. »Woher weißt du das?«

»Als Bewohner der Stadt Bonn weiß ich, daß in diesem Lande nichts geheimzuhalten ist. Deshalb kenn ich auch ein paar Leute, bei denen man bestimmte Auskünfte kaufen kann. Und bei denen man gewisse, eh, Rückversicherungen abschließen kann, wenn man riskante Dinge plant.«

»Über Rückversicherungen reden wir später.« Finkele ging anders und sprach anders als »der Gärtner«. Kein breitbeiniges Schlurfen mehr, keine vernuschelten Konsonanten.

»Mit wem?« sagte Matzbach.

»Mit Leuten, die ein bißchen mehr Durchblick haben, als du je kriegen wirst.«

Matzbach schnalzte. »Hab ich eine Verabredung mit einem Erschießungskommando?«

Finkele ging jetzt fast neben ihm, höchstens einen halben Schritt zurück; seine kurze Waffe deutete aber immer noch auf Matzbach.

»Du hast überhaupt keine Verabredungen mehr, mit wem auch immer.« Finkeles Stimme war frei von jeder Gehässigkeit; er schien einfach über einen Job zu sprechen.

Matzbach schwieg einen Moment; der Gang lief auf ein großes Schott zu, ähnlich denen im Gang unter Osiris Schumanns Haus. Aber anders als dort war hier im Schott eine Personentür, und Finkele klinkte sie einfach auf.

»Keine schwere Bewachung hier. Bis jetzt, nach dem, was ich sehe, könnten eure Gefangenen mühelos verduften.«

»Was für Gefangene?« Finkele grinste leicht.

»Ah. Hast du mir die Sache mit Genscher und Schmidt bloß aufgetischt, um mich zu ködern?«

»Nicht ganz. Braucht dich aber nicht mehr zu interessieren.«

»Warum braucht es mich nicht mehr zu interessieren?«

Finkele stupste ihn mit der Waffe. »Geh weiter. Warum, glaubst du, habe ich dich hergeholt? Bloß, damit draußen nicht noch eine Leiche rumliegt. Hier drinnen bist du leichter zu entsorgen.»

Matzbach klickte mit der Zunge. »Mein Tod lauert an der nächsten Ecke, was?«

»Bist du so cool?«

»Nee, aber ich hab noch ein paar Fragen. Was soll der Scheiß mit den Hunden?«

Finkele kicherte. »Ich kann sie nicht leiden, die Tölen. Das mit dem zerbissenen Mädchen stimmt schon; aber außerdem... Nenn es Ehrenkodex; ich hab mich immer wohler gefühlt, wenn ich, und sei es auch verdeckt, eine Art Kriegsflagge hissen konnte, bevor jemand dran war. Die toten Köder waren eine Art Ankündigung. Mißverständlich, aber für mich befriedigender als stilles Handeln. Klar?«

Matzbach blieb stehen. »Mit deinem Moped kommst du ja fast ungesehen durch die Wälder und die Weinberge. Niemand hat was gehört, als Osiris gestorben ist. Du weißt, weiter vorn ist ja ein Haus. Aber *wie* hast du ihn umgebracht?«

Finkele hob die Brauen. »Mit einem Kissen. Warum?«

Matzbach seufzte. »Er wußte zuviel, nehm ich an, wenn ich auch nicht genau weiß, was er gewußt hat.«

Finkele lachte. »Mehr als du, aber nicht genug. Weiter!« Er bewegte die Waffe.

Matzbach blickte noch einmal zurück zur Tür im Schott, dann drehte er sich gehorsam um und ging weiter. Vor ihm lag, ein paar Dutzend Schritte entfernt, ein weiteres Schott, mit Tür.

»Was kommt dann?«

Finkele schob ihn mit der freien Hand an, als er wieder

stehenblieb. »Dahinter? Die Clubräume. Und eine Kamera. Los.«

»Keine bis an die Zähne bewaffneten Wächter?«

»Nee. Wozu? Dich erledige ich jetzt. Hier.«

Aus den Augenwinkeln sah Matzbach die Bewegung; Finkele schien sie geahnt zu haben, fuhr herum und stieß einen erstickten Laut aus. Seine Waffe klirrte zu Boden, mit der Hand.

Yüs langes Messer, eher eine Machete, beendete die Halbkreisbewegung. Finkele versuchte, mit dem Armstumpf, dann mit der heilen linken Hand, die Blutfontäne zurück in die Kehle zu drücken. So sah es jedenfalls aus, und damit war er noch immer beschäftigt, als er stürzte.

Matzbach trat einen Schritt zurück; auf dem Boden bildete sich eine dunkle Pfütze. »War das nötig?«

Yü bleckte die Zähne. »Er hätte geschrien. Und... ich hatte kein Kissen.« Er bückte sich, wischte die lange Klinge an einem trockenen Stück von Finkeles Jacke ab.

»Das ändert unser Lage... Nun denn. Scheiße.«

Genenger, Bergner und Jorinde kamen durch die Schotttür. Bergner nickte, als er Finkeles Leiche sah, Genenger verzog das Gesicht.

Jorinde schaute angestrengt weg; sie legte ihre Wange kurz an die von Matzbach, dann deutete sie auf die vor ihnen wartende Tür.

Matzbach bückte sich, zog mit spitzen Fingern den .38 Smith & Wesson, den Finkele ihm abgenommen hatte, aus dessen Jackentasche, reichte ihn Yü und nahm seine Sauer aus der Hose. »Leichtsinniger Vogel«, sagte er halblaut.

Er öffnete die Tür einen winzigen Spalt. Der helle, mit Teppichboden ausgelegte Gang dahinter war leer. Rechts, mit offener Tür, war eine gut beleuchtete Zentralkabine zu sehen, mit Telefonanlage und Steuerpulten aller Art, mindestens zehn Bildschirmen und allerlei sonstiger Technik. Ein Mann saß vor einem der Schirme; er schien aber nicht hinzusehen, sondern zu dösen, zu lesen oder andere Dinge in seinem Schoß zu begutachten. Genau war es nicht auszumachen; der Rücken seines Drehsessels versperrte den Blick.

Links waren mehrere Türen am Gang, ebenso weit jenseits der Wachkabine, wo mindestens fünfzig Meter entfernt das nächste Schott glitzerte.

Die Kamera mochte beweglich sein, rührte sich aber nicht. Auch hier war sie nicht auf den Durchgang gerichtet, sondern so, daß niemand unbeobachtet das vor und unter ihr liegende Gangsegment passieren konnte.

Matzbach winkte Yü zu sich, flüsterte ihm etwas ins Ohr; der Chinese nickte. Genenger und Jorinde, beide mit kleinen Handwaffen, blieben neben der Tür, außerhalb des Binnentrakts. Bergner hielt eine Uzi in der rechten Ellenbeuge und hatte die ausgebeulte Sporttasche über die linke Schulter gehängt. Er zischelte etwas; Genenger deutete mit dem Daumen auf seinen schweren Rucksack, dann auf den etwas leichteren, den Jorinde trug. Bergner lächelte matt, deutete mit der Mündung der Uzi zur Wachkabine und zeigte die Zähne. Genenger hielt mit der Linken die Tür fest; auf seiner kantigen Glatze standen Schweißteiche.

Matzbach drückte sich geräuschlos die Wand entlang, stellte sich auf die Zehenspitzen und riß das Kabel aus der Buchse. In der gleichen Sekunde, in der die Kamera ausfiel, piepste hörbar etwas in der Wachkabine. Sie hörten den Mann im Sessel stöhnen und »Bockmist« sagen; er bewegte sich und streckte den Arm aus, aber da war Yü bereits in der Kabine, und Bergner stand mit erhobener Waffe neben der ersten Tür links am Gang.

Matzbach winkte Genenger zu; der schob Jorinde durch die Tür, folgte und schloß geräuschlos den Durchgang.

Yü kam aus der Wachkabine. Die lange Klinge war wieder sauber. Sein Gesicht schien ein wenig blaß, aber das mochte an der Beleuchtung liegen.

»Wie Konfuzius sagt«, murmelt er, »werden Dinge auf Messers Schneide bisweilen halbiert. Was jetzt?«

Matzbach bedeutete Jorinde, ihm zu folgen. »Tut mir leid, Liebste«, flüsterte er, »aber du kennst dich mit Computern besser aus.«

Sie nickte, schluckte, folgte ihm in die Kabine, krampfhaft bemüht, den zusammengesackten blutigen Leichnam im Sessel zu ignorieren. Neben ihm, auf dem Pult, in Reichweite der leblosen Hände, lag eine Magnumwaffe, die auf kurze Entfernung jedes Opfer zerfetzt hätte; an der Wand, ebenfalls griffbereit und, wie Matzbach feststellte, geladen und entsichert, stand eine G 11, die neueste Ausführung des NATO-Sturmgewehrs.

»Beruhigt dich das?«

Jorinde flatterte mit den Lidern und beugte sich über das Schaltpult. Die Monitore zeigten mindestens vier weitere Kamerabilder in unmittelbarer Nähe. Oder in Räumlichkeiten, die möglicherweise am Gang lagen. Jorinde studierte die zahllosen Knöpfe und Kippschalter und Regler, fand in einer Schublade ein labyrinthisches Diagramm, bei dessen Anblick Matzbach Kopfschmerzen bekam, folgte mit der Fingerspitze irgendwelchen imaginären Verbindungen, biß sich auf die Unterlippe und betätigte nacheinander ein paar Knöpfe. Die Segmente des Monitors erloschen.

»Entweder hab ich die Kameras ausgeschaltet«, sagte sie leise, »oder den Monitor. Jedenfalls kommt hier nichts mehr an.«

Matzbach schob den Rollsessel in eine Ecke, die Lehne zur Kabine gewandt. »Kannst du irgendwas sehen, was die Gänge und die Schotts angehen könnte?«

Sie schüttelte den Kopf. »Ich kann auf gut Glück in sämtlichen Schubladen kramen, aber das würde wahrscheinlich Stunden dauern. Und dann wär ich nicht sicher, ob ich das Richtige finde.«

»Wie meinst du das?«

Sie seufzte. »Wahrscheinlich gibt es eine Art Gesamtschaltung für alle Zu- und Ausgänge. Das war jedenfalls in der einen Anlage so, in der ich damals war. Die ist dann aber so wichtig, daß jeder Posten sie auswendig weiß. Also gibt's vermutlich keine Anleitung. Und wenn ich auf gut Glück Knöpfe drücke, klingelt vielleicht in Brüssel oder Moskau ein Telefon, oder die ganze Anlage hier fliegt in die Luft.»

»Kannst du's trotzdem versuchen?«

Sie nickte; Matzbach klopfte ihr auf die Schulter.

»Prima Mädel. Für wann soll ich das Aufgebot bestellen?«

Sie lächelte fahrig. »Laß uns erst mal heil hier rauskommen. Und aus dem Knast.«

Matzbach ging zurück zu den anderen. »So«, sagte er. »Dann wollen wir die feinen Clubräume mal näher untersuchen.«

»Was spielen die hier eigentlich?« sagte Genenger.

»Ich fürchte, ich weiß es, aber es ist derart monströs, daß ich es mir selbst noch nicht zugeben mag. Fertig?«

Die anderen nickten. Bergner stand mit der Uzi bereit, Yü hatte sein Messer in den Gürtel gesteckt und Matzbachs Zweitwaffe in der Hand, den Revolver.

Die Tür, die vom Gang nach links führte, war mühelos zu öffnen. Matzbach linste hinein, durch den ersten kleinen

Spalt, dann stieß er die angehaltene Luft aus, öffnete die Tür weit und ging in den Raum dahinter. Die anderen folgten.

Yü riß die Augen auf; Bergner grunzte; Genenger begann zu kichern, dann ging er zurück, um draußen zu wachen.

Matzbach hielt die Pistole immer noch schußbereit. Er trat noch einen Schritt vor, räusperte sich und sagte sehr laut:

»Einen besonders schönen guten Abend allerseits. Nobel haben Sie's hier. Bei allen Göttern – nobel.«

24

Es dauerte eine Weile, bis die fantastische Szenerie erstarrte. Die Leute an den Spieltischen drehten sich zum Eingang, nach und nach, wie aufgezogen; die Essenden legten Bestecke weg und ließen Gläser sinken; auf dem gläsernen Laufsteg stieß die braunhäutige Blondine, die mit einem ebenfalls braunhäutigen, durchtrainierten und wie sie nackten jungen Mann eine komplizierte Kopulation vollzog, noch einen spitzen Schrei aus. Die fast ausnahmslos jungen Kellnerinnen und Kellner, nahezu alle in durchsichtigen Umhängen, blieben mit Tabletts und allem, was sie trugen, stehen wie Puppen, deren Mechanismus abgelaufen ist. Das Roulette drehte sich langsam zu Ende, aber niemanden interessierte noch, bei welcher Zahl die Kugel liegengeblieben war. Nur einer der Schachspieler machte noch einen Zug, sagte »Matt« und stand langsam auf.

Der Saal war nur Teil eines Saalsystems; die Räume gingen ineinander über. Auf dem langen, festlich gedeckten Eßtisch, der sich durch mindestens zwei Säle zog, fiel das Licht der Kerzen in Silberleuchtern und der vielfarbigen Kristallüster auf Hummerberge und Kaviarhügel, auf Champagnerkübel und Weinkörbchen. Jemand stieß ein Glas um, jemand quiekte.

Auf Matzbachs Geste hin trat Bergner an die Kopfseite des Saals, wo ihn alle oder fast alle sehen konnte, reckte die Uzi und brüllte: »Ruhe!«

In den Räumen, soweit Matzbach sie überblicken konnte, mochten an die zweihundert Leute sein, Frauen und Männer, jünger und älter, Bedienende und Bediente, Be- und Entkleidete. Fast drei Viertel, nach einer groben Schätzung, hatten Gesichter, die Matzbach sofort mit Namen belegen konnte oder bei denen ihm die Namen bald einfallen würden; ein Viertel schien Personal zu sein.

Zwei Engholms, ein Lafontaine und eine Breuel hatten bei einem Kartenspiel gesessen. Ein Helmut Schmidt stand vor einem Regal und stellte ruhig ein Buch zurück. Ein Ludwig Erhardt ohne Zigarre legte den neuesten *Spiegel* weg und faßte sich ans Kinn. Ein zweiter Lafontaine, die eine Hand am Hummer, die andere im Schritt der nackten Kellnerin, schien im Kauen gefroren. Ein dritter Engholm, Pfeife in der einen, Feuerzeug und Stopfer in der anderen Hand, blickte irritiert, mit leicht gesenktem Kopf, wie von unten nach oben zu den Eindringlingen hin. Ein Genscher, in eine hektische Debatte mit zwei Exemplaren Wulf-Mathies verwickelt, deutete scheinbar fassungslos auf Matzbach und wackelte mit den Ohren. Uwe Barschel, mit Badehose, Handtuch und abflauender Erektion, stand neben dem gläsernen Kopulationssteg; aus der offenen Tür hinter ihm quoll Dampf wie aus der Sauna. Volker Rühe I, eben von Rühe II mattgesetzt, drehte sich im Sessel um und kippte dabei das Schachbrett. Waigel schüttelte immer wieder den Kopf, stützte sich mit beiden Ellenbogen auf die Mahagonibar und langte nach der Cognacflasche. Zwei Möllemänner und ein de Maizière, drei Stolpes, zweimal Irmgard Schwaetzer, ein Diepgen, zwei Biedenköpfe, Schröder, Momper, Bohl, Rau, Blüm, Schröder, Blüm, Wörner, Rau, Simonis, Scharping, Streibl, Matthäus-Maier, Rönsch, Süßmuth, Wörner, Würfel, Kinkel, Streibl, Kinkel, Wissmann, Rau...

»In zehn Minuten geht der ganze Laden hier hoch.« Matzbachs Baß rollte durch die Räume. »Bitte gehen Sie ohne Panik durch den Gang Richtung Klinik. Alle, bis auf zwei oder drei, denen ich noch ein paar Fragen stellen möchte. Holen Sie bitte die, die noch in der Sauna oder anderen Räumen sind. Sofort.«

Bergner stand mit seiner Uzi da wie ein Denkmal. Yü hatte die Tür verkeilt und hielt den Revolver in der Rechten; mit der Linken zog er das lange Messer langsam aus dem Gürtel. Draußen auf dem Gang schob Genenger den Sessel mit dem toten Wachposten aus der Kabine, in der Jorinde immer noch über Schaltungen und Papieren brütete, vor die erste Schotttür.

Matzbach hatte offenbar richtig kalkuliert. Die Insassen des weitläufigen Etablissements, alle ruhig und gefaßt, gingen ohne weitere Gegenfragen durch die Tür, hinter der Finkele in seinem Blut lag. Die meisten streiften den Posten im Sessel nur mit einem flüchtigen Blick, ohne jede Gefühlsreaktion; nur einmal sagte jemand »iiieh«.

Ein Pleitgen und zwei Nowottnys kamen aus der Sauna, gefolgt von einer Merkel und einer Bohley. Andere mehr oder minder bekannte Gestalten näherten sich aus anderen Nebenräumen.

»Alle so brav«, sagte Yü halblaut. »Und so diszipliniert. Das können nicht die echten sein. Trainierte Befehlsempfänger.«

»Das eine schlösse das andere nicht notwendig aus.« Matzbach verkniff sich ein Grinsen und dirigierte Rau III, Nowottny II und Wulf-Mathies II in die Ecke neben dem edlen Tresen. Er hielt Abstand und ließ die Pistole sichtbar auf die drei gerichtet.

»Ich wüßte gern zwei oder drei Dinge«, sagte er. »Sie haben den Toten draußen gesehen, nicht wahr? Im Gang liegt noch einer. Besser, Sie antworten.«

»Ich würde lieber Krabben puhlen.« Rau III litt an Zukkungen, der Tic zog sein Auge zusammen und auseinander.

»In der Toscana, Euer Lumineszenz?« sagte Nowottny II.

Wulf-Mathies II blies die Wangen auf. »So können Sie mit uns nicht umspringen, Herr, wer immer Sie auch sind.«

»Doch, kann ich.« Matzbach blickte auf die Uhr. »Wir haben nicht viel Zeit, also ...«

»Genau fünf Minuten.« Rau III lächelte sanft. »Dann kommt die Einsatztruppe.« Das Auge zuckte jetzt wie rasend.

»Machen Sie sich nicht lächerlich.«

»Doch. Waigel hat, als Sie reingekommen sind, am Tresen einen Knopf gedrückt. Es dauert ein bißchen, bis die Jungs von oben hier sind, aber sie werden kommen.«

Yü wandte sich Genenger zu und sagte etwas, was im Saal nicht zu hören war. Genenger rief: »Jorinde, Tempo!« und ging zur Kontrollkabine. Bergner bewegte sich nicht, er beobachtete die letzten Nachzügler, die zum Schott gingen.

»Also, keiner von Ihnen ist echt, nicht wahr?« sagte Matzbach.

»Oben auch nicht.« Nowottny wieherte vor Lachen. »Jedenfalls die meisten.«

»Ich nehme an, Sie sind Teil dessen, was ein verstorbener Schriftsteller den ›Apparat‹ nannte. Sie werden eingesetzt beziehungsweise ausgetauscht, wenn etwas die wirkliche Machtverteilung bedroht.»

Wulf-Mathies II lächelte; irgendwie wirkten in dieser Lage ihre Grübchen übertrieben schelmisch. »Die wirkliche Macht, liebe Kolleginnen und Kollegen, liegt in Händen der gewerkschaftlich organisierten Arbeitnehmer.«

Matzbach seufzte. »Hätt ich mir denken können, daß nix dabei rauskommt. Ich vermisse ein paar Gesichter – Kohl, Vogel, Schäuble, Lambsdorf, die Rote Heidi, zum Beispiel.«

Rau III tippte mit dem Fingernagel gegen seine Schneidezähne. »Sie tun mir leid, Mann. Ich will Ihnen was sagen, damit nicht alles umsonst war. Wir sind nur Knallchargen, wenn Sie so wollen. Ein paar bekannte Köpfe gehören wirklich zur Organisation, die Sie ›Apparat‹ nennen; für die gibt es keinen Ersatz. Ansonsten ...« Er zuckte mit den Schultern und dem Auge. »Die wichtigsten Leute der Organisation kennt keiner; sie arbeiten als Abteilungsleiter oder Vizedirektoren irgendwo. Wir sind nur da, um Aushängeschilder auszutauschen, wenn mal wo was schiefläuft. Was, das wirklich an die Substanz geht.«

»Abschaffung von Beamtenstatus und Parteienfinanzierung?« sagte Matzbach. »Mehrheitswahlrecht? So etwas?«

»Sie sind gar nicht schlecht.« Nowottny II kniff die Augen zusammen; Raus Tic verlangsamte sich jäh. Er musterte Matzbach aufmerksam, möglicherweise mit einer Art Hoffnung.

»Entlassung von Regierungsmitgliedern, die Probleme aussitzen, statt Entscheidungen zu fällen? Umstellung der Gewerkschaften von Ideologie auf Praxis – lineare Erhöhungen statt prozentualer; realistische Ziele, notfalls mit Verzicht, wenn dadurch neue Arbeitsplätze geschaffen werden können? Entmachtung der überbezahlten Funktionäre zugunsten der Arbeitenden?«

Wulf-Mathies II fletschte die Zähne, schwieg aber.

»Also Rückgabe der Macht an das Volk, mit einem Wort.«

»Mit einer Floskel«, murmelte Nowottny II.

»Was heißt *Rück*gabe?« Rau III fuchtelte mit den Händen; der Tic wurde wieder aktiver. »Erstmalige Übergabe. Ihre fünf Minuten sind fast vorbei.«

Matzbach zögerte einen Moment, dann deutete er auf Wulf-Mathies II und Nowottny II. »Sie beide, raus, zur Klinik. Sie da, Rau oder wie immer Sie wirklich heißen – Sie kommen mit uns. Vielleicht fällt Ihnen ja noch was ein, wenn wir draußen sind.«

»Danke«, sagte der Mann mit dem Tic; es war kaum zu hören.

Nowottny II, halb in der Tür, drehte sich noch einmal um. »Aus dem da kriegen Sie nicht viel raus. Da müßten Sie schon einen der Köpfe haben.«

»Wen denn?«

»Sie haben zwei der wichtigsten Namen genannt. Aber die sind nicht hier gewesen. Adé.«

»Welche?« Matzbach wandte sich an Rau III.

»Ich weiß nicht, wen er meint.«

»Wir werden die Befragung draußen fortsetzen. Ich nehme an, mit Hilfe von Daumenschrauben oder chinesischer Wasserfolter fällt Ihnen noch was ein.«

»Schädel kahl scheren und Tropfen drauf?« sagte Rau III. »Können Sie dafür statt Wasser ein Pils nehmen?«

»Notfalls auch Ahrburgunder. Wir müssen raus.«

Auf dem Weg zur Tür zögerte Rau III; er zupfte an Matzbachs Ärmel.

»Hören Sie... Ich weiß nicht, ob das Ihr Ernst war, aber...« Er versuchte, mit dem linken Zeigefinger das Zukken um sein Auge zu beeinflussen. »Es wird nicht nötig sein.

Was ich weiß, sag ich Ihnen. Sogar gern. Hauptsache, ich komm hier raus.«

»Das berühmte Syndrom?«

»Genau. Aber ich weiß wirklich nicht, wen er mit den Köpfen meint. Die wichtigsten Leute sind anonymer Mittelbau, wenn Sie verstehen, was ich meine.«

Bergner gestikulierte mit seiner Uzi; Matzbach nickte ihm zu und zog Rau III zur Tür.

»Klappen Sie mir bloß nicht zusammen. Kommen Sie ohne Gewaltanwendung mit?«

»Ja. Vielleicht... vielleicht können wir ja wirklich entkommen. Draußen, mein ich.«

Sie gingen hinaus. Genenger stand an der Tür des ersten Schotts, hielt sie offen und blickte in den Gang, an dessen – sichtbarem – Ende eben Wulf-Mathies II verschwand.

Durch den Gang, fern, aber schon eindeutig zu hören, näherten sich Motorfahrzeuge; in das Rollen starker Maschinen mischten sich Schreie ausweichender Passanten.

»Scheiße«, sagte Genenger. »Der Weg aber...«

Irgendwo grollte es dumpf; einen Moment bebte der Boden. Die Beleuchtung flackerte. Gleichzeitig schloß sich die Tür des Schotts. Genenger fluchte, drückte dagegen, konnte sie aber nicht offenhalten.

»Jorinde!« rief Matzbach.

Rau III zündete sich in aller Ruhe eine Zigarre an; die Hände zitterten kaum merklich.

»Ich weiß, wo der Gang anfängt. Unser Gang«, sagte Jorinde kläglich. »Aber mehr krieg ich nicht raus.«

Wieder erfolgte eine Explosion, die den Boden erschütterte. Diesmal klang es näher als zuvor.

»Wir müssen raus hier.« Matzbach sah sich um. »Wo fängt der Gang an? Bergner, los, beeil dich, Ossi.«

»Kein Problem, Junge.« Der Ex-Major ließ die schwere, ausgebeulte Sporttasche von der Schulter gleiten. Er stellte sie in den Eingang zur Kontrollkabine und zog einen kleinen schwarzen Apparat aus der Jackentasche.

»Los.« Jorinde hielt sich einen Moment an der Wand fest, als der Boden erneut bebte. Es klang nun sehr nah. »Erste rechts, dann dritte rechts.«

Matzbach stieß Rau III an. »Rennen Sie, Mann, wenn Ihnen Ihr Leben lieb ist.«

»Mein Leben?« sagte Rau III. »Sonst nichts?« Aber er beschleunigte und folgte Jorinde und Yü durch die Tür, die hinter der Kontrollkabine rechts vom Gang fortführte. Bergner war der letzte; er zog die Tür hinter sich zu.

Sie hasteten durch einen langen kahlen Gang. Keuchend sagte Matzbach irgendwann, in Raus Rücken:

»Wir sind unter dem Regierungsbunker, ja? Wissen die da oben, was hier läuft?«

»Nur die Obersten. Aber...«

Jorinde erreichte die nächste Tür; sie war versperrt. »Hier müssen wir durch«, sagte sie. »Dahinter ist eine Halle, laut Plan, und von der geht unser Gang ab.«

Bergner drängelte sich an den anderen vorbei, nahm Jorinde den leichten Rucksack ab und fuchtelte mit der Uzi.

»Los, zurück, mindestens zehn Meter, schnell!«

Er holte irgend etwas Weißliches aus dem Rucksack, warf ihn sich über die linke Schulter, preßte das weiße Zeug gegen das Türschloß, dann ein schwarzes kleines Objekt, drehte sich um, kam zu den anderen gerannt und ließ sich fallen.

»Los Kinder, auf den Bauch. Tempo. Tempo!«

Er richtete das schwarze Kästchen auf die Tür und rückte einen Knopf. Nichts.

»Scheiße.«

Bergner drehte an irgendwelchen Rädchen, drückte den Knopf erneut. Eine Stichflamme, ein betäubender Knall; Splitter sausten durch den Gang. Fast unmittelbar darauf schüttelte sich die halbe Erde, als hinter ihnen die nächste Detonation erfolgte.

»Wir verlieren zu viel Zeit.« Bergner sprang auf. »Los, durch. Ich muß hinter uns sprengen. Dann müssen wir aber weiter weg sein. Die sind gleich da.«

Die Tür war offen; wo das Schloß gewesen war, schien alles geschmolzen wie Softeis in der Sonne. Sie liefen in die große Halle, wo mehrere Stahlschotts nebeneinander lagen. Kameras richteten sich auf den kleinen Trupp; irgendwo jaulte eine Sirene. Ein Schott weiter rechts schloß sich schmatzend: zwei Hälften, die aus der Wand fuhren.

»Das dritte!« schrie Jorinde.

Bergner lief hin, fummelte an der scheinbar glatten Stahlfläche, drehte sich zu ihnen um.

»Das wird knapp. Zurück in den Gang!«

Sie flohen förmlich. Hinter ihnen krachte wieder eine Detonation; offenbar war durch welche Schaltungen auch immer alles blockiert, so daß die Verfolger – von der »Entsatztruppe« – sich ebenfalls den Weg freisprengen mußten.

»Scheiße, Scheiße, Scheiße«, sagte Genenger mit zusammengebissenen Zähnen.

Yü holte geräuschvoll Luft. »Wie kann man in dieser Lage an so etwas denken. Pfui.«

Rau III bemühte sich um ein Grinsen.

Bergner hechtete in den Gang, landete, fuhr herum und drückte wieder seinen Sendeknopf.

Diesmal hatte Matzbach das Gefühl, die Welt ginge unter. Als Lärm, Luftdruck und Geprassel endeten, sprang Bergner auf, spähte in die Halle und winkte.

»Los, kommt, der Weg ist frei!«

In der Halle blieb er stehen, ließ die anderen an sich vorbei. Er hatte den kleinen schwarzen Kasten in der Hand.

Matzbach hielt vor dem Loch im Schott, durch das die übrigen schon gekrochen waren. Es mochte vielleicht einen Meter durchmessen; die Ränder – ausgefranst und gezackt – waren heiß.

»Wo wären wir ohne dich?« sagte er.

»Nicht hier.« Bergner grinste. »Beziehungsweise du und Yü allein, mit den anderen auf dem Rückweg zur Klinik. Halt die Klappe, Mann, rein da mit dir.«

Matzbach stieg durchs Loch. Und rannte. Die anderen waren schon weit voraus. Dann torkelte er, schlingerte, stürzte und schlitterte auf dem tanzenden Boden. Er bildete sich ein, Jorindes Schrei zu hören, aber das mußte eine Halluzination sein.

Es war ein Vulkanausbruch, ein Erdbeben, eine Springflut, irgendwas jenseits des Vorstellbaren. Er schrie, preßte die Handflächen gegen die Ohren, würgte, hustete. Staub und Grauen kamen durch das Loch im Schott wie aus einem Heißluftgebläse.

Mühsam richtete er sich auf. Bergner mußte den Inhalt seiner Sporttasche gezündet haben, was immer der Inhalt war. Matzbach beweifelte, daß von den Clubräumen noch etwas aufzufinden wäre; bis auf ein paar Hummerschalen. Er kicherte schrill.

Durch das Loch kam Bergner, langsam, mühevoll. Matzbach sprang auf, lief ihm entgegen und stützte ihn. Das Gesicht war schwarz, aus einem Ohr rann Blut.

»Geht's?«

Bergner rang nach Luft, hustete, würgte, erbrach sich gekrümmt. Als er sich aufrichtete, versuchte er ein Lächeln.

»Gründliche NVA-Ausbildung«, krächzte er. Er deutete nach vorn.

In diesem Moment erlosch das Licht; Sekunden später flackerte es wieder auf, trüber.

»Vielleicht entriegelt das auch die Schotts.« Matzbachs Stimme klang in seinen eigenen Ohren fremd. Und nicht gerade überzeugt.

Bergner hustete wieder. »Kaum.« Das Krächzen war fast nicht zu verstehen. »Notstrom. Reicht.« Er würgte, übergab sich noch einmal. Matzbach sah zu genau hin und versuchte, das Blut wegzuzwinkern.

»Der Druck.« Bergner atmete ganz flach. »Los.«

Matzbach stützte ihn die ersten paar Schritte, bis Bergner ihn abschüttelte. Yü und Jorinde kamen ihnen entgegen; beide wirkten leicht lädiert, hatten sich beim Sturz nach der Detonation aufgeschürft.

»Heinrich ist am Schott, mit seinem Rucksack, und Rau«, sagte Yü. Er kniff die Augen zusammen und musterte Bergner. »Kann ich helfen?«

Bergner schüttelte den Kopf. Langsam, ohne zu taumeln ging er zu Genenger, nahm ihm den Rucksack ab, wühlte darin und preßte eine schwärzlich glitzernde Scheibe auf das Schott. Dann kam er zurück, mit Genenger und Rau.

»Mehr Abstand. Hinlegen.« Seine Stimme klang fast wieder normal, aber Matzbach sah den Schmerz um die Mundwinkel und in den Augen.

»Was ist das?«

Bergner hustete wieder, spuckte, hielt sich an Jorindes ausgestreckter Hand fest.

»Kapitalismus«, keuchte er. »Frag mich nicht, wie ne chinesische Haftmine auf euren Waffenmarkt kommt. Runter mit euch.«

Sie liefen noch ein Stück, dann warfen sie sich wieder zu Boden. Bergner fummelte an seinem schwarzen Kästchen.

Vor ihnen ging die Sonne auf, dann die Welt unter, abermals. Irgendwie war es aber diesmal nicht so schlimm. Nicht so laut, nicht so wuchtig, kein derartiges Geprassel.

Matzbach richtete sich auf. Jorinde kam taumelnd auf die Beine; Yü bückte sich und half Bergner hoch.

Heinrich Genenger stand nicht auf. Ein zischendes, ausgezacktes Stahlstück hatte seinen Hinterkopf entfernt, die Schultern aufgerissen und ragte qualmend zwischen den Schulterblättern.

Jorinde hielt sich an Yü fest und starrte mit weit offenen Augen auf den Bestatter. Bergner torkelte, stützte sich an der Wand ab; Matzbach kniete neben Genenger, faßte ihn hier und da an, mit zuckenden Händen.

»Weiter«, sagte Yü mit harter Stimme. »Wir können ihn nicht tragen.«

»Da gibt's nichts mehr zu tragen.« Matzbach stand langsam auf, wie ein uralter Mann; er fühlte sich wie in einem bösen Traum. Als wäre er eigentlich weit fort.

Yü schob Jorinde zum gesprengten Schott. Matzbach versuchte sich auf die Gegenwart zu besinnen und Bergner zu stützen. Er nahm die Uzi, die der Ex-Major nur noch baumeln lassen konnte.

Jorinde war durch die Öffnung gekrochen, Yü folgte; Matzbach nahm Bergner eben den Rucksack ab, den Genenger durch die Unterwelt getragen hatte, stellte ihn neben das Loch, stieg mit einem Bein hindurch und zog Bergner hinterher.

Ein Feuerstoß. Geschosse jaulten an den Wänden entlang, dröhnten gegen die unzerstörte Schottfläche. Im Gang, weit weg, tauchten Gestalten auf. Noch ein Feuerstoß. Bergner zuckte mehrmals; etwas Heißes schrammte Matzbachs Bauch. Er schrie, zerrte den Major zu sich durchs Loch, richtete die Uzi und feuerte. Er wußte nicht, ob er durch Zufall jemanden getroffen hatte; die Waffe bockte in seinen Händen wie ein neurotischer Hengst, aber einen Moment herrschte Stille.

Bergner zupfte an seinem Hosenbein. Matzbach blickte nach unten, sah das eigene Hemd zerfetzt und blutig, sah Bergner blutüberströmt am Boden. Er kniete nieder.

»Hau ab.« Es war nur ein qualvolles Hauchen.

»Ich schlepp dich.«

Bergner zeigte die Zähne und nahm für Sekundenbruchteile die linke Hand vom Bauch. Blut spritzte hoch, bis er die genaue Stelle wieder gefunden hatte.

»Aorta, wahrscheinlich.«

Matzbach biß auf die Zähne. Drüben wurde wieder geschossen; das Schott dröhnte, einige Projektile peitschten durch den Durchbruch. Er reckte den Arm, hielt die Uzi ins Loch und feuerte blindlings.

Bergner tastete nach dem Rucksack; mit zuckenden Fingern kratzte er an einem der Knöpfe seines Zündsenders.

»So long«, sagte er. Es klang fast normal.

»Scheiße«, sagte Matzbach.

»Don't worry, be happy.« Bergner verdrehte die Augen.

Matzbach kroch vom Loch zur Seite, sprang auf und rannte. Etwas in ihm kreischte und heulte; etwas anderes registrierte, daß der Gang fast dunkel war und daß Rau III eben in einer Nische zu verschwinden schien.

Matzbach duckte sich in den kleinen Raum am Fuß der Treppe, die aus Osiris' Haus zum Gang hinunterführte. Er roch Rauch, hustete, sah eine dunkle Flüssigkeit auf den unteren Stufen. Im Gang erfolgte eine weitere Detonation.

Einen Augenblick lang schloß Matzbach die Augen, legte die Finger an die rechte Schläfe; dann hastete er treppauf.

Die Behelfstür aus Holz zwischen Treppe und Keller war entfernt, der Keller voller Rauchwolken. Von oben drückte eine unerträgliche Hitzeschicht. Irgendwo schrie jemand, es war eine Männerstimme. Matzbach registrierte, daß sein Bauch schmerzte, als ob jemand mit heißen Eisen darin herumwühlte, dann vergaß er alles für die nächsten Sekunden und rannte den Kellergang entlang. Er wußte, er erinnerte sich undeutlich, irgendwo gab es einen Ausgang zum freien Gelände hinterm Haus, zum Garten, zum Schuppen.

Er fand die Tür; sie stand offen. Auf der Kellertreppe lagen qualmende Holzreste; von oben regnete es Feuer und Asche. Blind, würgend, brüllend vor Schmerzen turnte Matzbach die Treppe hinauf. Etwas Heißes traf ihn am Kopf, dann war er oben, frei, gerettet, fort vom Haus.

Er taumelte, stürzte, drehte sich im Fallen um. Das schöne Haus von Friedrich Schumann alias Osiris K, mit allen Büchern und Möbeln und Spielgeräten und Erinnerungen, stand in Brand, soweit es überhaupt noch stand. Er starrte in die Glut, bis ihn der brennende Bauch in die unmittelbare Gegenwart zurückholte.

Mühsam kniete er. Mühsam wandte er sich vom Haus ab, mühsam richtete er die Augen auf die Welt. Die junge Nacht schmolz in den Flammen.

Yü lag nicht weit entfernt, völlig ausgepumpt, von Blut besudelt, blickte ihn an, mit einem schwachen, schrägen Lächeln, deutete auf Matzbachs Bauch, schloß die Augen.

Neben ihm lag Jorinde. Ihr linkes Hosenbein war tiefrot, das rechte schmutzig blau, angesengt. Matzbach kroch auf Knien zu ihr.

Jorindes Gesicht war fahl im Feuerschein. Sie öffnete die

Augen, blinzelte, lächelte. »Liebster«, sagte sie. Dann sagte sie nichts mehr.

Rau III stand ein bißchen lädiert, ansonsten unversehrt ein paar Schritte entfernt. Matzbach schaute ihn an, wie durch flackernde Schlieren, sah Dittmer, der langsam auf Rau III zukam, sah das Lächeln auf dem Gesicht des Doubles oder Triples gefrieren, als Dittmer den Arm anwinkelte und feuerte. Zweimal, dreimal. Rau III machte ein paar taumelnde Schritte rückwärts und brach zusammen, riß im Fallen Matzbach mit sich. Seine Schulter traf Matzbachs Bauch. Jemand kreischte das Dunkel herbei.

25

Er öffnete die Augen. Alles war weiß, wie an einem hellen Vormittag in einem hellen Raum. Alles tat weh. Er lag auf dem Rücken. Rechts war es ein wenig dunkler; ohne auf die Schmerzen zu achten drehte er sich auf die Seite, langsam, mühevoll.

Er lag auf Yüs Bettrolle. Der Chinese, ein paar Meter entfernt, im Lotossitz, auf dem nackten Boden, blickte ihn an, reglos, mit dunklen Augen. Matzbach starrte zurück, ohne zu blinzeln.

Alles tat weh, der Kopf, der Leib, die Beine, aber alles war nichts, gemessen an den Gedanken. Kreischende, sengende Räder mit Zackenrand. Etwas Unpersönliches registrierte, daß Yüs Brust sich langsam hob und senkte, und schätzte, daß der Chinese vielleicht zehnmal in der Minute atmete.

Die Feuerräder wurden langsamer, schmolzen. Als Yü etwa hundertmal geatmet hatte, ohne den Blick von Matzbachs Augen zu wenden, waren die Räder zu glimmenden Kettengliedern geworden. Beim zweihundertsten Atemzug war die Kette geschlossen und vollendet. Matzbach löste sich von Yüs Augen und blickte an ihm hinab.

Auf den offenen Handflächen hielt der Chinese ein weißes Tuch, das um etwas Langes gewickelt war. Mit einer gleitenden Bewegung kniete er, kam auf den Knien zum Lager. Er trug nur eine Art hellen Schurz.

Matzbach betrachtete die weiße Rolle.

»Nicht jetzt – später«, murmelte Yü.

»Nein.« Es tat weh; sprechen war neu und grausam.

Yü kehrte zu seinem Lotospunkt zurück. »Warum?« Seine Stimme war kaum zu hören.

»Wohin soll ich fliehen? Ich muß mit dem Tod leben.«

»Ich auch?«

Matzbach streckte die rechte Hand aus; es tat weh. Er berührte den Griff des langen Messers. Er holte tief Luft; es tat weh. Mit schwerer Zunge sagte er:

»Jeder ist allein, glückhafter Yü.«

Die Bewegungen der Muskeln, der Stimmbänder, des Zwerchfells lösten geheime Maschinen aus. Matzbachs Hirn schwappte wie flüssiges Metall; eine Reihe glühender Lanzenspitzen bohrte und drehte sich in seinem Bauch.

Die Tür zum Treppenhaus öffnete sich halb; jemand steckte den Kopf herein, zog ihn zurück, schloß die Tür wieder.

Yü bewegte die Lippen kaum. »Es gibt ein Ding zwischen den Mundwinkeln, das heißt: das Durchbeißen.«

»Durchbeißen? Nun ja, beiß immerzu.«

»Wie steckt du das weg?«

Matzbach versuchte, die Nase zu rümpfen. »Au. Hör auf, in meiner Seele zu porkeln. Da ist nichts.«

»Nur schwärende Leere, wie Konfuzius sagte?«

Matzbach schloß kurz die Augen. »Ich kann nicht schreien«, murmelte er, »so sehr mir auch danach zumute sein mag. Außer Jorinde wußte keiner etwas von meiner Seele, und mit ihr ist alle Seele und alle Kenntnis verloren.«

Yü sagte dumpf: »Ich höre dich schreien. Vermutlich willst du mir jetzt zur Ablenkung die Geschichte vom Schneeschuhkarnickel erzählen, ja?«

»Die war für die Überlebenden. Fühlst du dich als Überlebender?«

Yü stand auf und ging zur Küche, hantierte eine Unendlichkeit lang darin herum, kam zurück mit zwei Schalen. Eine setzte er auf den Boden, die andere brachte er zum Lager und hielt sie an Matzbachs Mund.

»Tee?«

Matzbach blinzelte. Yü schob vorsichtig die Rechte unter Matzbachs Kopf, hob ihn an und ließ ihn trinken.

Die Tür flog auf, knallte gegen die Wand; eine Hand fing sie an der Klinke, ehe sie zurückspringen konnte.

Flavius Dittmer trat ein, gefolgt von zwei Männern in unauffälligen Anzügen. Er blickte Yü und Matzbach an, wandte sich halb um, sagte etwas zu seinen Begleitern und näherte sich dem Lager. Die beiden Männer gingen wieder hinaus und schlossen die Tür hinter sich. Dittmer hatte die Hand in der Tasche.

»Na, wieder an Bord?«

Er blickte Yü an und zog die Hand aus der Jackentasche; der stumpfnasige Revolver schimmerte matt. »Unser Waffenstillstand gilt?«

Yü hob die Schultern. »Ich hab mich gerade gegen Selbstmord entschieden.«

Dittmer nickte langsam und steckte die Waffe ein.

»Wie fühlst … fühlen Sie sich?«

Matzbach bewegte die Brauen; es tat weh. »Blendend.« Dann, nach kurzem Durchatmen, setzte er hinzu: »Bruder Flavio.«

Dittmer zog ein Stückchen Wange zwischen die Zähne und kaute darauf. »Heißt das, ich soll beim Du bleiben?«

»Warum soll ein Kain den anderen siezen?«

Dittmer verzog das Gesicht, schaute sich um, holte einen der beiden Schemel heran und setzte sich, etwa eineinhalb Meter von der Bettrolle entfernt. Yü ließ Matzbach noch einmal trinken, stellte die Schale ab, kehrte zu seinem alten Sitzfleck zurück und trank selbst einen Schluck.

»Was weißt du?« sagte Dittmer.

»Alles. Fast.« Es tat nicht mehr so weh, jedenfalls nicht körperlich.

»Alles?«

»Was wird das?« sagte Yü. »Das Verhör, an dessen Ende die Entscheidung fällt, ob der Delinquent nach Sibirien geht oder gleich erschossen wird?«

Dittmer stützte die Ellbogen auf die Knie. »Unsinn. Alle Entscheidungen sind gefallen. Dies hier ist … ein Informationsgespräch. Nennen wir es mal so.«

Er wandte sich wieder an Matzbach. »Laß hören.«

»Ich dachte an Rom«, sagte Matzbach leise. »Die Kaiser wechseln, der Apparat bleibt und hält das Reich zusammen.«

Es gab andere Dinge, wichtigere, blutigere; beinahe war er Dittmer dankbar, daß er ihn dazu brachte, ihn zwang, ihm half, sich auf die unendlich bedeutungslose Realität zu konzentrieren, die andauern würde: den Staat.

»Noble Formulierung. Weiter.« Dittmers Gesicht war ausdruckslos.

»Ich muß ein paar Dinge vermischen … Da gibt's die alte

Geschichte vom Zwist der Körperteile – Hände, Füße, Bauch undsoweiter lehnen sich gegen die Herrschaft des Kopfes auf und stellen am Ende fest, nur alle miteinander können überleben. Sagen wir, die Alpha-Tiere sind der Kopf. Sie heißen Artus, Alexander, Augustus, eh, Adenauer, oder Abs, wenn's denn sein muß. Sie stehen an der Spitze der Pyramide, aus eigener Kraft oder durch Wahl oder wie auch immer. Die Macht, die unten produziert und nach oben gebündelt wird, endet bei ihnen. Ihre Arme und Hände, die Ausführungsgehilfen, wären die Beta-Tiere, die Minister und Generäle und derlei – nennen wir sie Balin, Brentano, Baker, Bernadotte, Badoglio ...«

Yü knurrte leise; dann sagte er: »Übernimm dich nicht mit deinen Namenslisten, Kumpel.«

Dittmer hatte die Augen zusammengekniffen. »Weiter.«

»Der Herz-Lungen-Komplex«, sagte Matzbach. »Erzeugung von Bewegungsenergie. Transmissionsriemen. Das ist alles sehr unsauber, schlechte Analogie, aber nur ein Vergleich, der hinkt, geht ... Also, das sind die Gamma-Tiere – Abteilungsleiter, Koordinatoren, bleiben meißt unbekannt. Gamma, wie Gauleiter, Gawain, Gideon. Graumeliert. Generator.«

»Es ist immer ein Ver, meistens auch ein Gnügen, sich mit gebildeten Genossen zu unterhalten«, murmelte Yü.

»Der wichtigste Teil, trotz aller antiken Behauptungen, ist alles, was zwischen Zwerchfell und Hoden liegt. Leber, Magen, Därme. Der Energie- und Warenumschlag. Das sind die Delta-Tiere, die immer anonym bleiben. Nennen wir sie ... Durand, oder Dodkin, oder Dittmer. Sie sind nicht das Herz der Dinge, sie sind der Bauch – sagen wir, der Nabel der Welt. Und irgendwann, ganz am Schluß, kommen die Omega-Tiere: Arbeitsbienen, Fußvolk ohne Marschallstab; der alle vier Jahre hofierte Wähler namens Schmitz, Schulz, Yü oder Matzbach.«

Yü trank von seinem erkaltenden Tee, verschluckte sich und hustete. Dittmer blickte zu ihm hinüber.

»Kann ich auch einen haben?«

Yü setzte seine Schale ab. »Nein. Es gibt Grenzen zwischen Waffenstillstand und Gastfreundschaft.«

Dittmer zuckte mit den Schultern und wandte sich wieder Matzbach zu.

»Interessante Pyramide, die du da bastelst.«

»Banal. So unendlich banal, daß man erst einmal stutzt, wenn man auf bestimmte Dinge stößt, die einfach nicht so einfach sein *dürfen*.«

»Egal. Weiter, bitte.«

»Warum?«

Dittmer schaute ihm in die Augen, dann auf die Nase, dann weg. »Reine Neugier. Und ... vielleicht doch noch Beeinflussung gewisser Entscheidungen.«

»Ich weiß nicht, wann es angefangen hat. Ich nehme an, irgendwelche Reste von preußischem Beamtengeist spuken da noch mit rum. Von wegen, nicht der König – das Alpha-Tier – ist der Staat, sondern das Gefüge aller Delta-Tierchen. Dieser Mittelbau, der Nabel der Dinge, führt Anweisungen von oben aus und gibt Informationen von unten weiter. Aber: Er filtert alles. Ein blödes Beispiel: Das Alpha-Tier will eine bestimmte Entscheidung fällen und befragt die Beta-Tiere, die wiederum erst antworten können, nachdem die Gamma-Tiere ihnen Informationen beschafft haben. Die Informationen sind letzten Endes bei den Omega-Tieren zu suchen und werden wieder nach oben befördert. Sagen wir, dies wird in einem Frage-Antwort-Spiel durchgeführt. Alpha gibt den Rahmen der Frage vor, Beta präzisiert ihn, Gamma nennt weitere Details. *Aber*: Die Formulierung der einzelnen Fragen, die zum Teil bereits bestimmte Antworten nahelegt, wird von den Delta-Tierchen vorgenommen, ebenso die Auswertung der Antworten. Alles, was das Alpha-Tier den Omega-Tieren sagen will, wird von den Delta-Tieren übersetzt; alles, was die Omega-Tiere dem Alpha-Tier mitteilen, wird von den Delta-Tieren zensiert. Delta ist der Mann oder die Frau am Computer, die letzte Instanz, die von anderen gesammelte Daten in eine deltagemäße Form bringt und eingibt, das Programm ändert oder modifiziert, die Ergebnisse vorsortiert und schließlich das herausbekommt, was für Delta am besten ist.«

»Du sprichst von der absoluten Macht«, sagte Yü halblaut.

»Von der absoluten, nur durch selbstgegebene Gesetze beeinflußten, von allen Dingen wie Wahlen und Welt unberührten Macht; ja. Es ist nicht die Macht von Abteilungsleiter und Architekt, sondern die von Vizepersonalchef, Planungsassistent, stellvertretendem Gemeindedirektor.«

Dittmer grinste flüchtig. »Und?«

»Wie gesagt, ich weiß nicht, wann es begonnen hat. Ich vermute, es gab früher schon Ansätze, wahrscheinlich schon unter Hammurabi; bei uns dürfte der entscheidende Moment irgendwann nach dem Zweiten Weltkrieg gewesen sein. Als der Apparat der Delta-Tiere begriff, daß er zum ersten Mal komplett, und zwar total komplett, von den Alpha-, Beta- und Gamma-Tieren ausgehebelt, entmündigt, zum Werkzeug gemacht, an die Front geschickt worden war. Demontiert; dann noch einmal als Apparat demontiert und umgebaut von den Alliierten. Ich spreche jetzt vom Westen.«

»Im Osten auch«, sagte Dittmer.

»Denk ich mir. Sagen wir, um 1950 herum hat der Apparat sich nach dem Ende der ersten Anlaufprobleme gründlich neu organisiert, mit dem Ziel, unbedingt zu verhindern, daß er noch einmal in dieser Weise instrumentalisiert und zerschlagen werden kann.«

»Wie?« sagte Yü. »So etwas haben die konfuzianischen Beamten ja auch versucht; es hat aber nur knappe zweitausend Jahre lang funktioniert, mit Unterbrechungen.«

»Ich sagte ja, es ist banal und eigentlich nicht neu. Rom war schon ein Beispiel. Neu ist nur die Monstrosität des Verfahrens – typisch deutsche Gründlichkeit. Ich nehme aber an, bei den Nachbarn sieht es inzwischen ähnlich aus.«

Dittmer reagierte nicht.

»Die EG-Kommission wäre ... na ja, lassen wir das mal beiseite. Um das Ziel zu erreichen, war die Herrschaft über den Mittelbau nicht genug. Um den Staat wirklich und endgültig zu kontrollieren, mußten die Delta-Tiere den gesamten Staat kontrollieren – sie mußten der Staat *werden*. Dazu reicht die anonyme Vernetzung nicht, dazu gehört physische Präsenz, mit eigenen Organisationsformen, mit Unterstrukturen, Gebäuden, Finanzierung, mit Zentren.«

Dittmer lächelte. »Ein nobles Panorama entwirfst du da.«

»Machen wir es kürzer, damit du dich nicht allzu sehr amüsierst. Der Apparat besteht vor allem aus Delta-Tieren aller anderen Apparate. Höhere Ränge werden ja gelegentlich ausgewechselt oder bis zum Punkt ihrer maximalen Inkompetenz befördert. Staatssekretäre gehören dem Apparat kaum an, auch nur wenige Minister.«

Yü unterbrach. »Aber die ganzen Figuren im Bunker ...?«

»Spielmaterial. Damit der Nabel alles beherrschen kann, müssen Kopf, Hände, Herz austauschbar sein. Delta-Tiere, die durch kosmetische Chirurgie zu perfekten Doubles gemacht werden. Einsetzbar, wenn die Originale für den Apparat gefährlich werden.«

»Gibt es denn überhaupt noch Originale?« sagte Yü; er klang fassungslos, hatte sein Gesicht aber unter Kontrolle. »Und wie sollen wir Original und Double unterscheiden?«

»Spielt das denn eine Rolle?« Dittmer ließ die Mundwinkel sinken.

»Eben.« Matzbach versuchte, im Liegen den Kopf zu schütteln, aber es schmerzte. Behutsam tastete er nach seinem Schädel und fühlte Bandagen.

»Ein paar kleine Brandwunden«, sagte Dittmer. »Weiter, bitte.«

»Wie gesagt – Delta-Tiere. Der Nabel der Hierarchie, der Mittelbau aller Parteien, Gewerkschaften, Industriezweige, graue Mäuse, die ihre Zähne bestens verstecken. Die nicht aufsteigen oder befördert werden wollen, weil sie wissen, daß sie *jetzt* wirklich die Macht besitzen, die in den oberen Rängen gar nicht existiert.« Er seufzte; eine neue Schmerzwelle brandete durch seinen Bauch. »Auuuh. – Der Apparat hat den Vorzug, den Staat, den er besitzt, zu schützen, seine eigene Existenz nicht zu riskieren. Er hat den Nachteil, alles zu ersticken, was Veränderung bedeuten könnte.«

»Moment.« Yü hob den Kopf. »Es hat doch in den Jahrzehnten seit 1950 jede Menge ...«

»Nichts, was an die Substanz geht. An die Substanz, lieber Yü, gehen keine auffälligen Dinge. Wiederbewaffnung, Notstandsgesetze, Lohnfortzahlung bei Krankheit, Montanmitbestimmung, Ostpolitik, Steuerreformen – all das juckt den Apparat überhaupt nicht. Wenn aber jemand vorschlägt, das Beamtenstatut zu ändern, Basisdemokratie in den Gewerkschaften einzuführen, die Tierchen durch Direktwahl oder Volksabstimmung wirklich entscheiden zu lassen ...«

»Du bist ein Romantiker.« Dittmer schüttelte den Kopf. »Es klingt, als ob du dir wirklich so etwas wünschst.«

»Ich weiß es nicht. Ich fürchte, wenn wir Volksabstimmungen hätten, gäbe es längst wieder die Todesstrafe. Andererseits könnten direkt gewählte Abgeordnete, die weder durch imperatives Mandat noch durch Fraktionszwang kastriert sind, jahrelang verschleppte Entscheidungen fällen und durchsetzen. Aber das ist die lautere Theorie ... Bleiben wir bei den Dingen, die an die Substanz gehen würden. Was Osiris da alles notiert hatte, in seinem noblen Gedicht.«

Dittmer lächelte. »Furchtbare Verse.«

»Woher kennst du sie?«

»Er hatte sie auf eine der MusiKassetten gesprochen.«

»Ah. Hätt ich mir denken müssen, aber die konnten wir nicht auch noch verschwinden lassen. Jedenfalls – nehmen wir zu Beispiel die Parteien. Angeblich sollen sie an der politischen Willensbildung des Volks beteiligt sein; tatsächlich haben sie darauf längst ein Monopol, in dem das Volk keine Rolle spielt. Außer als Stimmvieh, alle paar Jahre. Nur Parteimitglieder, egal welcher Couleur, kriegen Ämter, Posten, Macht, und Bezahlung. Zusätzlich werden sie per Parteienfinanzierung und Erstattung der Wahlkampfkosten und so weiter schon dafür bezahlt, daß sie sich überhaupt um bezahlte Posten bewerben. Über den Proporz in den staatseigenen Medien kontrollieren sie die Berichterstattung. Als Abgeordnete setzen sie die eigenen Bezüge und die öffentlichen Gelder für die Parteien fest. Ein geschlossener Kreislauf, ein Monopol, wie gesagt, das gründlich dafür sorgt, daß jemand, der etwas daran ändern will, überhaupt nicht erst nach oben kommt; dazu müßte er ja die Parteienmaschine durchlaufen. Die aber, der Mittelbau, Mittelbauch, der Nabel der Dinge, ist wesentlicher Teil des Apparats. Das gilt auch für Industrie und Gewerkschaften, wenn wir zum Beispiel ...«

Dittmer hob die Hände. »Bitte keine weiteren Beispiele, Mann. Ich, eh, wir haben nicht den ganzen Tag Zeit.«

»Wozu?«

»Für Entscheidungen.« Er schaute auf die Uhr.

»Dringende Termine?«

Dittmer grinste. »Delta-Tierchen sind austauschbar; meine Termine kann ein anderer wahrnehmen.«

»Zurück zum Apparat. Physische Präsenz, wie gesagt – Gebäude im Schatten, Schattenfinanzen, eine Schattentruppe zum Eingreifen, wenn wo was schiefläuft. Söldner, wahrscheinlich, oder? Freiwillige?«

Dittmer lächelte dünn. »Ich weiß nicht, was du meinst...«

»Ah ja. Du hast wahrscheinlich auch keine Ahnung von der Motorrad-Gang, die zufällig Häuser abfackelt, in denen Leute sitzen, die ihr nicht mögt? Die die Dreckarbeit übernimmt? Alte Schreiner überfährt? Den Rauschgifthandel im Ahrtal kontrolliert und euch Schattengeld besorgt?«

»Keine Ahnung, ehrlich.« Dittmer grinste ganz offen.

»Die Klinik ist eine gute Idee. Stellt Doubles her, behandelt sie psychologisch, wenn sie an Identitätsproblemen oder einem Kasernierungssyndrom leiden – ich nehme an, das ist mit dem Syndrom gemeint, oder?«

»Was für ein Syndrom?«

»Stand auf den Zetteln aus dem Safe von, eh, Laibnitz. Waren in meiner Jacke, als...«

Dittmer zog ein Bündel Banknoten aus seiner Jacke. »In der Jacke waren nur die zehntausend, die du Laibnitz für eine Omphalophobie-Behandlung hingelegt hattest. Er besteht darauf, sie dir zurückzugeben, weil die Behandlung ja nicht stattgefunden hat.«

Dittmer legte das Geld auf den Boden und wischte sein Grinsen mit der rechten Hand weg.

Yü räusperte sich. »Die Behandlung hat dann ja doch stattgefunden.«

»Wieso?« sagte Matzbach.

Dittmer schüttelte den Kopf. »Später. Hast du sonst noch Halluzinationen?«

»Halluzinationen? Kaum. Ihr habt das alles sehr gut gelöst, doch, muß man zugeben. Die komische Klinik lenkt außerdem die Aufmerksamkeit aller ab, die sich vielleicht zu genau um euch kümmern wollen. Vermutlich trägt sie sich selbst, kostet euch nichts extra. Wenn ich gewisse Dinge zu Ende denke, steckt ihr bis über beide Ohren im organisierten Verbrechen in diesem unserem Lannnde... Wobei mir einfällt: Wie kommt es, daß so viele Ersatz-Alphas... na ja, Betas da unten waren? Wo sind die restlichen? Hatten die was zu feiern, im Zweitbunker?«

Die Tür wurde geöffnet; einer der unauffälligen Herren steckte den Kopf herein und nickte Dittmer zu. Er stand von seinem Schemel auf, ging zur Tür und sagte: »Was ist los?«

Der andere Mann antwortete leise; Dittmer seufzte, nickte, lauschte; es schien eine längere Unterredung zu werden.

Matzbach blickte wieder in Yüs dunkle Augen. »Erzähl mir, was am Ende passiert ist.«

Yü breitete die Arme aus und drehte die Handflächen nach oben. »Was ich weiß, was ich vermute?«

»Alles.«

»Jemand hat das Haus angezündet. Ich glaub nicht an Selbstzündung, weißt du. Ich hab dem Rau gesagt, wo die Kellertür ist; er hat sie irgendwie aufgekriegt, und ich hab Jorinde rausgetragen.«

Matzbach schloß die Augen. »Was ist mit Jorinde?« Seine Stimme war dumpf und tonlos.

»Bei der Schießerei, unten. Querschläger, oder eine verirrte

Kugel. Der Oberschenkel, Matzbach.« Yü seufzte und schüttelte den Kopf. »Muß die Arterie getroffen haben – aufgerissen. War aber nicht zu sehen, im Dunkel, mit Hose und allem. Und keine Zeit für Untersuchungen, auch nicht im Keller. Und dann, draußen ... war's zu spät.«

»Wer war da – draußen?«

»Er.« Yü wies mit dem Hinterkopf zur Tür, wo Dittmer noch immer im Flüsterton mit dem anderen verhandelte. »Und ein paar unauffällige Leute in Zivil.«

Matzbach schwieg eine Weile. Dann sagte er mit brüchiger Stimme: »Und später?«

»Feuerwehr; bis dahin hatten die aber schon ... aufgeräumt. Du warst bewußtlos. Ich hab nur ein paar Schrammen abgekriegt, weiter nix. Die haben dich verarztet und uns hier deponiert. Mit Posten vor der Tür.«

»Seit wann?«

Yü blickte zum Fenster. »Gleich Mittag ... Alles gestern abend passiert, oder diese Nacht, wie man's nimmt.«

Die Tür schloß sich; Dittmer kam zurück, blieb aber neben dem Schemel stehen.

»So«, sagte er. »Wir sind soweit.«

»Wie weit? Alle Spuren beseitigt? Dürfte doch bei euren Doppeljobs und den guten Kontakten zu den Organen des eigentlichen, eh, vermeintlichen Staats kein Problem sein.«

Dittmer zog die Oberlippe zwischen die Zähne, betrachtete Matzbach einen Moment; dann lachte er und machte eine wegwerfende Handbewegung. »Ach, was soll's? Du weißt doch überhaupt nichts.«

Matzbach biß auf die Zähne. »Genenger, Bergner, Jorinde ... In den letzten Jahren ein Dutzend andere ...«

Dittmer runzelte die Stirn. »Nicht mehr?«

»Warum? Warum Osiris? Warum alle in den letzten zweieinhalb Jahren? Alles Leute, die als Gamma-Tiere gearbeitet und vielleicht bestimmte Delta-Tiere zu genau beobachtet hatten? Die zuviel wußten, so daß sie aus Vorfällen, über die ich nur spekulieren kann, Schlüsse ziehen konnten? Warum, Dittmer? Warum...« Er stockte. »Die letzten zweieinhalb Jahre. Seit Herbst '89... Überreaktion des Apparats – Nervosität wegen der Vorgänge im Osten, wegen des Zusammenbruchs und der bevorstehenden Übernahme? Hektische Aktivität in Richtung DDR, was den Halbinformierten nicht verborgen bleiben konnte?«

Dittmer wandte sich an Yü. »Das Abkommen gilt?«

Yü blickte zu Boden; kaum hörbar sagte er: »Die Nachfolge ist geregelt?«

»Immer. Ich habe mich um andere Dinge zu kümmern, anderswo. Aber es sind genug Augen und Ohren da.«

»Konfuzius sagt, wenn der Pfarrer stirbt, verwest der Kaplan.«

»So ungefähr. Also?«

Yü nickte. »Es gilt. Ich weiß nichts.« Er blickte auf, mied Matzbachs Augen.

»Was ist das für ein Kuhhandel?«

»Kein Kuhhandel; eine noble Absprache unter Gentlemen.« Dittmer zupfte an seinem Ohrläppchen. »Wer nichts weiß, kann nichts weitergeben. Wer nichts Böses tut, wird nicht belangt. Klar?«

»Was passiert da im Hintergrund?«

»Was immer im Hintergrund passiert – statisches Rauschen. Gewisse Dinge haben gewisse Entscheidungen ausgelöst. Sagen wir mal so: In Anbetracht veränderter Umstände und neuer Aufgabenstellungen empfiehlt es sich, einige Unternehmensbereiche anders zu strukturieren.« Er grinste flüchtig.

Matzbach kniff die Augen zu schmalen Schlitzen. »Die verdächtige Klinik?« sagte er. »Ah, es hat unterm Regierungsbunker geknallt. Jemand hat was gehört und sich gewundert, was da vorgehen mag? Und jetzt? Dezentralisierung? Köpferollen? Leute aus der Schußlinie bringen?«

Dittmer hob die Schultern. »Wo ist das Zentrum?«

Yü kicherte plötzlich. »Immer in der Nähe der Hauptstadt, was?«

Matzbach fuhr sich mit der Zunge über die spröden Lippen. »Eine Villa am Wannsee für Professor Laibnitz? Eine Datscha im Brandenburgischen für Herrn Dittmer, der in Zukunft Müller heißt? Oder vielleicht Doktor Müller?«

Dittmer rammte die Hände in die Jackentaschen. »Ich hab keine Lust mehr, mir weiterhin Ihre Fantastereien anzuhören, Herr Matzbach. Sie wissen nichts, Sie können niemand belangen. Der Verlust gewisser Wertgegenstände, die Demolierung Ihres Wagens durch irgendwelche Rowdies, der Diebstahl von Geld, das Ihnen möglicherweise gar nicht rechtmäßig gehörte, dieses und andere Dinge wären noch zu klären.«

»In welcher Weise etwa?«

Dittmer blickte zu Yü, zu Matzbach, wieder zu Yü; dann zog er ein Bündel Scheine aus einer Innentasche und warf es auf den Boden.

»Zwanzigtausend. Steuerfrei. Schwarz. Damit kein schlechter Geschmack zurückbleibt.«

»Die Alternative?«

Dittmer bleckte die Zähne und zog die rechte Hand aus der Tasche. Mit einem .38 Smith and Wesson.

Matzbach schloß die Augen. »Blutgeld«, sagte er dumpf.

»Ihr Problem, Matzbach. Es war nicht *meine* Idee, Jorinde und Heinrich und diesen Ostmajor in die Unterwelt zu führen. Das haben Sie mit sich selbst auszumachen.«

»Hab ich. Die nächsten Jahre. Stimmt.« Matzbach öffnete die Augen; er hatte einen Entschluß gefaßt. Seine Stimme war fester und härter als zuvor. »Es gibt da aber noch etwas.«

»Und zwar?«

»Sie, Stiefbruder Flavio, haben Raus Double oder Triple erschossen. Persönlich. Das ist etwas, was ich gesehen habe. Was ich weitergeben werde. Zusammen mit allem, was ich weiß.«

Dittmer lachte. »Erzählen Sie's. Wem auch immer. Daß es eine Versammlung von Doppelgängern gibt. Daß jemand den Staat kontrolliert. Daß jemand, der nicht aufzutreiben ist. einen unauffindbaren Doppelgänger erschossen hat. Warum? Damit er nichts verrät? Was soll er verraten? Was soll er, oder Matzbach, oder Yü – was soll er verraten, wenn er nichts beweisen kann?«

»Wozu dann das Geld?«

»Als ... noble Geste. Damit kein schlechter Geschmack zurückbleibt, wie gesagt. Damit Sie und Yü keinen Stunk machen. Als Erinnerung daran, daß Sie vielleicht lästigen Stunk machen könnten, der aber am Ende zu nichts führen würde. Lästig, keinesfalls schädlich.«

»Warum haben Sie uns denn nicht gleich erschossen? Vor dem brennenden Haus?«

»Vielleicht aus Sentimentalität. Und: Weil ich die Feuerwehrsirenen gehört habe. Es wurde verdammt knapp, alle anderen Spuren zu beseitigen.«

»Gibt's eine offizielle Version?«

»Bei einem Brandanschlag nicht näher zu ermittelnder Rowdies kamen mehrere Personen ums Leben. Yü und Matzbach kamen verletzt davon, konnten die anderen aber nicht mehr retten. Die bis zur Unkenntlichkeit verbrannten Opfer wurden heute morgen auf dem Dorffriedhof bestattet.«

»Das war die zweite Beerdigung«, sagte Matzbach halblaut.

»Bitte?«

»Jorindes Wahrsagerei. Alles andere stimmt.«

»Und manches, was sie nicht gesehen hat, auch. Also?«

»Wer hat mich verarztet?«

»Ein diskreter Mediziner. Also, wie steht's? Halten Sie die Klappe wie Yü, oder...«

Matzbach nickte schwach. »An einem Abhang ist mir Neigung Pflicht«, sagte er. »Es gibt da aber noch etwas.«

Dittmer ächzte. »Was denn noch?«

»Da Sie es diskret machen wollen, und damit Yü es nicht hört, sag ich's Ihnen ins Ohr.«

Dittmer ächzte noch einmal, steckte den Revolver ein und kam zu Matzbachs Lager. Er kniete, beugte sich vor.

»Und zwar Folgendes«, sagte Matzbach. Mit der Rechten riß er Yüs langes Messer aus dem weißen Tuch und stöhnte auf, als Dittmer mit der Linken sein Handgelenk umklammerte und ihm die andere Hand in den verletzten, schmerzenden Bauch rammte.

»Wenn's weiter nichts ist.« Er stand auf, nickte Yü zu und ging zur Tür. »Sie haben nichts in der Hand, Matzbach. Und wir behalten Sie im Auge.« Er ging hinaus.

Sekunden später wurden unten mehrere Motoren angelassen; die Haustür fiel ins Schloß, mindestens zwei Wagen entfernten sich.

Matzbach schnappte immer noch nach Luft; allmählich ließ der Schmerz nach.

Yü kniete neben ihm. »Wie ist die Befindlichkeit des Leibes, alter Herr Matzbach?«

»Es hat eine Zerfetzung stattgefunden.« Matzbach stöhnte und biß die Zähne zusammen.

»Mehrere. Dschinnie weiß noch nichts. Dany darf nichts wissen. Wir werden die Erbschaft neu einteilen und uns im konzentrierten Vergessen üben. Das da« – er deutete auf Matzbachs Bauch, dann auf den Kopf – »wird am leichtesten von allem sein.«

»Fürwahr. O himmelversengende Scheiße.« Er bäumte sich auf, vielleicht, um in den wütenden Schmerzen einen Grund für seine Tränen zu haben. Er dachte an Jorinde, an Genenger, an Bergner, an Mahagonihaar, Berührungen diesseits und jenseits der Haut, Feuer und Sanftmut in grünen Augen, Nächte, geteilte Sonnenuntergänge, Dämonenmessen, flackernde Fackeln und Detonationen und Feuer und ein fahles Gesicht.

»Tut's weh?« Yü beugte sich über ihn; er blickte besorgt.

Matzbach strich über die Binden, Bandagen, Verbände, was auch immer es war, das seinen Bauch umspannte. »Was... was hab ich da? Was ist passiert?«

»Fleischwunde, alter Herr Matzbach. Ein Streifschuß. Hat dir den Bauch aufgeschrammt, oberflächlich. Du wirst eine ganze Weile deinen Nabel nicht sehen können.«

Matzbach ächzte.

»Tut es sehr weh?«

»Nur wenn ich lache.«